Diogenes Taschenbuch 21569

Inhalt

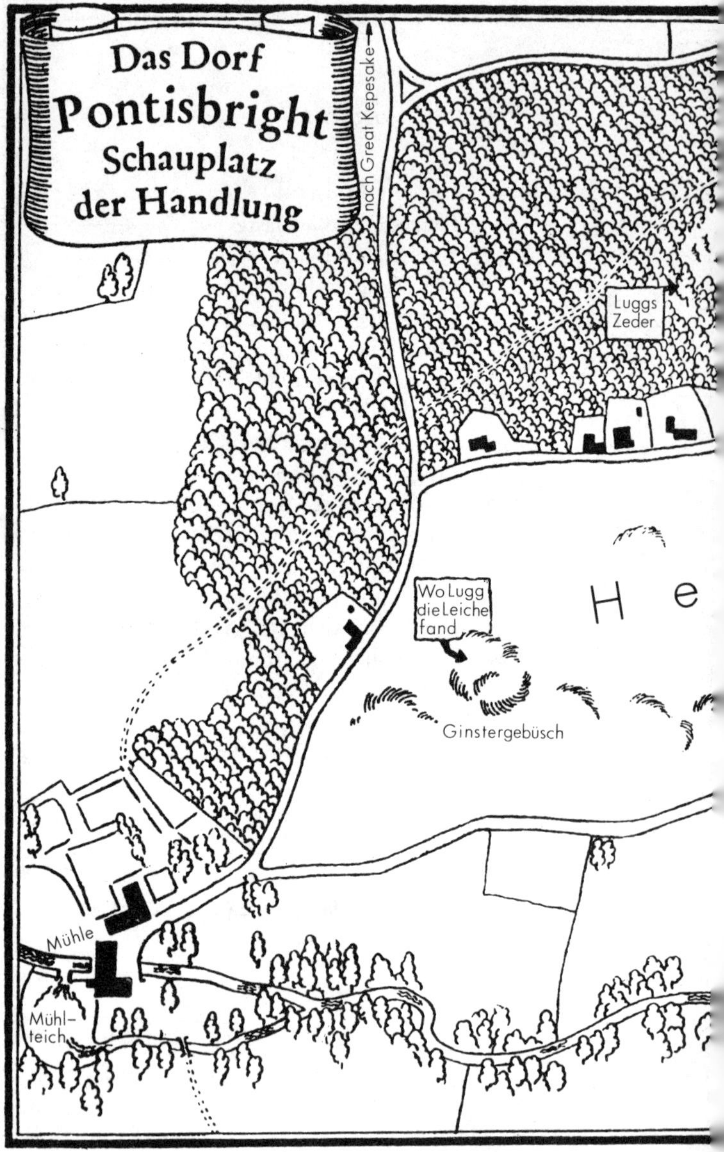
Das Dorf
Pontisbright
Schauplatz
der Handlung
nach Great Kepesake
Luggs
Zeder
Wo Lugg
die Leiche
fand
He
Ginstergebüsch
Mühle
Mühl-
teich

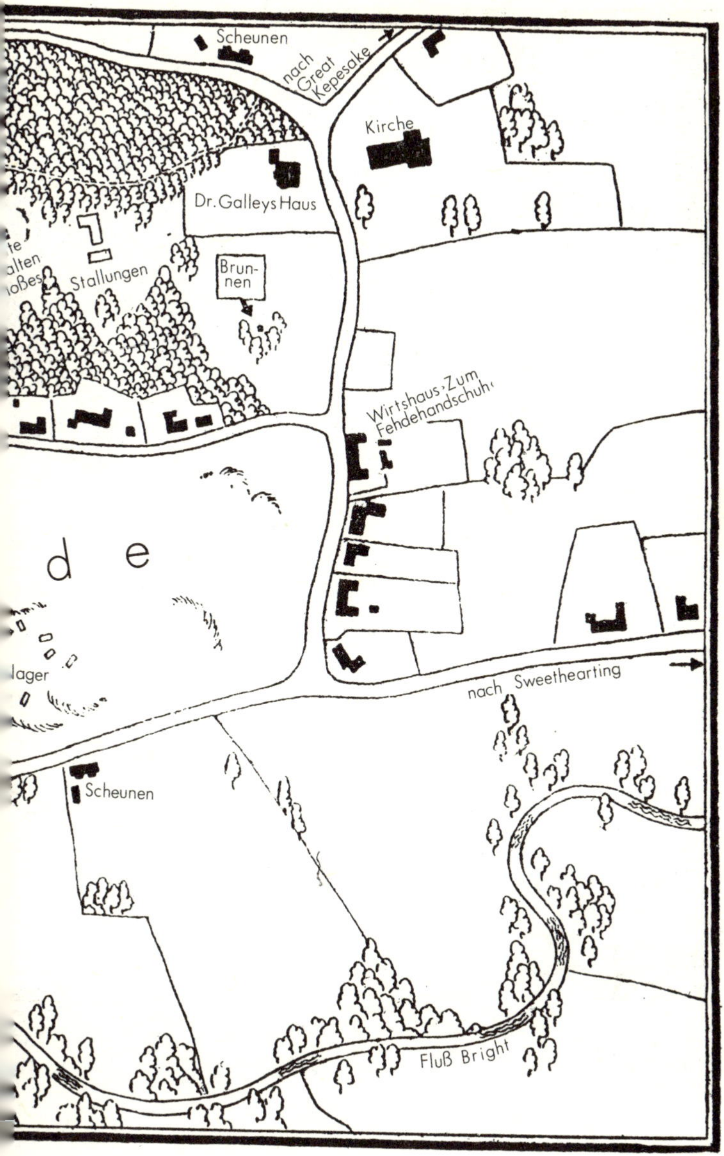

Scheunen
nach Great Kepesake
Kirche
Dr. Galleys Haus
te
alten
oßes
Stallungen
Brunnen
Wirtshaus ›Zum Fehdehandschuh‹
d e
lager
nach Sweethearting
Scheunen
Fluß Bright

I

Geheimnisvolle Gäste

Ein kleines Fenster in der besonnten gelben Seitenmauer des Hotels Beauregard in Mentone ging langsam auf, eine Hand kam heraus, stellte ein braunes Köfferchen auf den Sims und war gleich wieder verschwunden.

Guffy Randall ließ seinen Wagen gemächlich die sanft abfallende Straße auf die scharfe Rechtskurve zu hinabrollen, die ihn zur Vorderseite des Hotels und zu seinem Mittagessen führen sollte. Als er den Vorgang bemerkte, hielt er an und besah sich das nun geschlossene Fenster und den Koffer mit jener Miene höflichen, doch geruhsamen Interesses, das sein auffälligster Wesenszug war.

Es kam ihm so sinnlos vor, ein braunes Gepäckstück auf dem Sims vor einem geschlossenen Fenster des ersten Stockwerks abzustellen. Randall war ein Mann von behäbigem, logischem Denken. Außerdem hatte der Himmel ihn mit der Gabe der Neugier ausgestattet. So kam es, daß er immer noch seelenruhig auf die Hotelmauer starrte, als sich der zweite Teil des Vorganges abspielte.

Ein blankes Fenster im Erdgeschoß wurde behutsam geöffnet, und ein kleiner Mann in braunem Anzug begann herauszuklettern. Das Fenster war sehr klein, und das Augenmerk des Mannes, der auf diese ungewöhnliche Weise aus dem Hotel abreiste, schien mehr auf das gerichtet, was er hinter sich ließ, als auf den Weg, der vor ihm lag, und so kam er mit den Füßen voran heraus und landete mit den Knien auf dem Sims. Seine Bewegungen waren äußerst behend, und mit Erstaunen sah Randall, wie eine seiner Hände unverkennbar einen Revolver in eine straff gespannte hintere Hosentasche zurückschob. Im nächsten Augenblick hatte der Mann das

Fenster zugemacht, sich vorsichtig aufgerichtet, die Füße auf eine Rohrklammer gesetzt und sich so weit emporgezogen, daß er den Koffer wiedererlangen konnte. Dann sprang er geräuschlos auf den staubigen Weg herab und entfernte sich im Laufschritt. Der junge Beobachter registrierte ein kleines, rötliches, rattenhaftes Gesicht und angstvolle Augen mit roten Rändern.

Natürlich dachte er an die naheliegende Erklärung für diese Szene. Aber da in ihm das ganze Mißtrauen lebendig war, mit dem ein Engländer im Ausland ein ihm fremdes Justizsystem betrachtet, empfand er lebhafte Abscheu davor, irgend etwas damit zu tun zu haben. Außerdem hatte er Hunger. Der Tag war heiß und die Atmosphäre so träge, wie sie nur an der französischen Riviera in der Vorsaison sein kann, und er empfand keinen persönlichen Groll gegenüber einem Hotelgast, der in Geldnot war und der zu so einer stillosen Abreisemethode greifen mußte.

Ruhig bog er mit seinem Lagonda in die palmengesäumte Straße ein, die um die Bucht herumführte, und rollte langsam durch das kunstvoll verzierte schmiedeeiserne Tor auf das Hotelportal zu. Als er auf dem großen, kiesbestreuten Parkplatz hielt, stellte er mit Erleichterung fest, daß das Hotel alles andere als überfüllt war.

Ein Leben in dem exklusiven Schulinternat Rugby, auf der exklusiven Universität Oxford und auf englischen Landgütern hatte den achtundzwanzigjährigen Guffy Randall zu einem nahezu vollkommenen Musterexemplar eines jungen Aristokraten gemacht. Er war umgänglich, hatte gute Manieren, hatte freilich auch seine Fehler, war aber im ganzen ein reizender Mensch. Sein vergnügtes rundes Gesicht wirkte nicht gerade distinguiert, aber seine sehr blauen Augen waren offen und freundlich und sein Lächeln gewinnend.

Er hatte gerade das einigermaßen anstrengende Unternehmen hinter sich, eine kränkliche alte Tante in einen italienischen Badeort zu bringen, und war nun, nachdem er sie wohlbehalten in ihrer Villa abgeliefert hatte, auf der Heimfahrt an der Küste entlang.

Als er das angenehm kühle, pompöse Vestibül des Beauregard betrat, bekam er ein schlechtes Gewissen. Er hatte das Hotel in guter Erinnerung, und in seinen Gedanken tauchte das liebenswürdige Gesicht des Direktors auf, des kleinen Monsieur Etienne Fleurey.

Eine von Guffys charmantesten Eigenheiten war, daß er, wohin er auch kam, sich mit allen möglichen Menschen anfreundete. Er hatte Fleurey als einen ganz besonders zuvorkommenden Wirt kennengelernt und sagte sich, er hätte zumindest Alarm schlagen können, als er die mysteriöse Abreise des Fremden beobachtete, oder gar ihm nachjagen und ihn dingfest machen können.

Der junge Mann ärgerte sich über sich selber und beschloß zu tun, was er konnte, um diese Unterlassungssünde wiedergutzumachen. Er überreichte dem Portier seine Karte und sprach den Wunsch aus, man möge sie sogleich dem Direktor überbringen.

Monsieur Fleurey war eine bedeutende Persönlichkeit in der kleinen Welt des Beauregard. Unbedeutende Fremde konnten vierzehn Tage lang in seinem Hotel wohnen, ohne den Gewaltigen, der seine Haussklaven am liebsten aus dem Hintergrund zu lenken pflegte, auch nur zu Gesicht zu bekommen. Der junge Randall aber fand sich innerhalb weniger Minuten in dem kleinen, mahagonigetäfelten Allerheiligsten an der Sonnenseite des Vorhofs wieder, und Fleurey selbst schüttelte ihm die Hand.

Fleurey hatte eine ausgesprochen eiförmige Figur, die sich von seinem glänzenden Kopf aus allmählich nach unten verbreiterte, auf der Höhe der Rocktaschen den größten Umfang erreichte und sich von dort aus in eleganter Linie bis zu den Spitzen seiner makellos blanken Schuhe wieder verengte. Er war ein diskreter, verbindlicher Mensch, ein Weinkenner und ein gläubiger Verehrer der Erhabenheit des Adels.

Es begann Guffy zu dämmern, daß Fleurey sich über seinen Besuch geradezu ungewöhnlich freute. In der Art, wie er ihn begrüßte, schwang etwas von Erleichterung mit, als wäre der junge Mann nicht nur ein Gast seines Hauses, sondern ein Retter in der Not, und die ersten Worte des Hoteldirektors wischten jede Erinnerung an die unkonventionelle Abreise, die der Besucher soeben beobachtet hatte, aus seinen Gedanken.

»Oh, du gütiger Himmel!« sagte der Direktor in seiner Muttersprache. »Es ist mir sonnenklar, mein lieber Monsieur Randall, daß die Vorsehung selber in ihrer Gnade und Weisheit Sie mir ins Haus geführt hat.«

»So?« sagte Guffy, dessen Französisch nicht gerade vollkommen war und der den Schluß des Satzes nur ungefähr dem Sinne nach mitbekommen hatte. »Stimmt was nicht?«

Fleurey breitete beschwörend die Hände aus, und ein Schatten glitt über seine heitere Stirn. »Ich weiß nicht«, sagte er. »Ehe Sie hereinkamen, war ich völlig ratlos. Als dann Ihr Name auftauchte, da habe ich mir gesagt: Hier kommt mein Retter. Hier kommt gerade der Mensch, der mir am besten helfen kann. Sie wissen doch in der Aristokratie Bescheid wie in Ihrer Westentasche, Monsieur Randall. Es gibt niemanden mit einem Adelstitel oder mit einem Anspruch darauf, den Sie nicht kennen.«

»Na«, sagte Guffy rasch, »verlassen Sie sich darauf nur nicht gar zu sehr!« Er sah, daß sich auf dem Schreibtisch des Direktors, der sonst so tadellos ordentlich war, jetzt allerlei Nachschlagewerke stapelten – größtenteils alte Bände, die vom vielen Blättern speckig waren. Besonders stachen Adelshandbücher wie der Gotha und der Burke ins Auge. Auf einem Londoner Telefonbuch lag, auf ein Stück Seidenpapier gebettet, ein großes Taschentuch mit eingesticktem Wappen.

»Stellen Sie sich vor, wie perplex ich bin!« sagte Fleurey. »Aber ich muß Ihnen das erst einmal auseinandersetzen.«

Mit der Miene eines Mannes, der darauf brennt, seine Nöte

jemandem anzuvertrauen, doch nicht ohne auf das Innenleben seines Zuhörers gebührend Rücksicht zu nehmen, holte er aus einem kleinen Wandschrank hinter der Holztäfelung zwei Gläser und eine Karaffe hervor, und einige Sekunden darauf schlürfte Guffy einen kostbaren Amontillado, während sein Gastgeber erzählte.

Fleurey hatte ein Flair für dramatische Akzente. Er schlug ein gewaltiges Meldebuch auf und deutete auf drei Namen, die in der Mitte der letzten Seite standen. »Mr Jones, Mr Robinson und Mr Brown aus London«, las er vor. »Ist das nicht unheimlich? Ich bin schließlich nicht von gestern. Als Léon mich auf diese Anmeldungen aufmerksam machte, habe ich gleich gesagt: Ah, da steckt etwas dahinter!«

»Nie gehört«, sagte Guffy.

»Passen Sie auf!« Fleurey hob einen Finger gen Himmel. »Ich habe diese Gäste beobachtet. Alle drei sind jung und unverkennbar von Adel. Einer von ihnen hat – wie soll ich sagen? – ein ausgesprochen souveränes Auftreten. Die andern behandeln ihn mit der Zuvorkommenheit und Ehrerbietung von Höflingen. Etwas mysteriös ist der Diener, den sie bei sich haben.«

Der Franzose machte eine Pause, ehe er fortfuhr: »Auch das wäre an sich noch nicht besonders interessant. Aber heute morgen hat Léon, mein *maître d'hôtel*, eine Beschwerde erhalten, und zwar von einem vierten Gast, dessen Zimmer hinter der Suite liegt, in der Mr Brown aus London wohnt. Dieser Gast – keine Standesperson, neunzig Francs pro Tag und *vin du pays* – hat behauptet, sein Zimmer sei durchstöbert worden. Aber wohlgemerkt, gestohlen worden sei nichts.« Bei dem Wort ›gestohlen‹ senkte Fleurey die Stimme, wie um sich dafür zu entschuldigen, daß er es in Gegenwart eines Gastes in den Mund nahm.

Guffy nickte, um – sozusagen von Weltmann zu Weltmann – anzudeuten, er sei sich darüber im klaren, daß so etwas vorkomme.

»Ich bin selbst in das Zimmer hinaufgegangen«, sagte der Direktor, als gestehe er damit eine servile Handlungsweise ein. »Es war wirklich alles durcheinander. Der arme Gast hat zwar niemanden direkt beschuldigt, aber er hat durchblicken lassen, er habe den Diener im Verdacht, einen gewissen W. Smith. Also, mein Freund« – der Direktor setzte sein Glas ab –, »Sie können meine Lage begreifen. Nichts sehe ich in meinem Hotel lieber als Fürstlichkeiten, die inkognito reisen, und nichts sehe ich weniger gern als Betrüger und gerissene Diebe. Diese Leute sind aber nun zweifellos Aristokraten. Dafür habe ich einen Blick, da kenne ich mich aus. Ich habe hier das Taschentuch von Mr Brown. Sie sehen das Wappen. In allen diesen Handbüchern hier kommt so ein Wappen nur ein einziges Mal vor.«

Er nahm einen kleinen, abgegriffenen Lederband in die Hand, blätterte in den vergilbten Seiten und deutete auf ein grob skizziertes Wappen, unter dem ein einziges Wort stand: ›Averna‹.

»Über die Leute, denen dieses Wappen gehört, steht in dem Buch nichts. Aber Sie sehen, das Wappen existiert. Ob der Mann es mit Recht führt oder nicht, es ist jedenfalls ein echtes Wappen. Was soll ich bloß machen? Wenn ich mich übermäßig neugierig verhalte, werden sie abreisen. Wenn sie Betrüger sind, dann habe ich Glück gehabt. Wenn sie aber keine sind, dann ist mein Ruf, der Ruf der Höflichkeit, des sicheren Blickes und des Fingerspitzengefühls, den mein schönes Hotel genießt – dieser Ruf ist dann hin, futsch, geplatzt wie ein Luftballon.«

»Ich würde mir diese Leute gern mal ansehen«, sagte Guffy. »Läßt es sich nicht vielleicht einrichten, daß ich sie sehen kann, ohne daß sie mich sehen?«

»Kommen Sie her!« Der rundliche kleine Mann schlich auf Zehenspitzen durch das mit dicken Teppichen ausgelegte Zimmer, als fürchte er, der Fußboden sei nicht ganz fest, und machte einen Schieber in der Wandtäfelung auf. Zu seinem größten Erstaunen hatte Guffy ein kleines rundes Fenster vor sich, das hoch oben in die Nordwand der Hotelhalle eingelassen war, so daß man die ganze Halle überblicken konnte wie auf einer originell verkanteten Fotografie.

»Das«, sagte Fleurey mit Stolz, »ist meine Kommandobrücke. Von hier aus kann ich meine Passagiere sehen, meine Besatzung, den ganzen Betrieb auf meinem Schiff. Gehen Sie möglichst nicht so weit nach vorn! Sie müssen entschuldigen, aber solche kleinen Kniffe sind nötig. Sehen Sie – da in der Ecke beim Fenster! Ah, Mr Browns Kopf ist von der Palme verdeckt. Na, warten Sie einen Augenblick! Immerhin können wir schon die andern sehen.«

Als Guffy hinblickte, wandte sich einer der Männer in seine Richtung, und er bekam sein Gesicht zu sehen. Ein Laut der Überraschung entfuhr ihm.

Fleurey zupfte ihn ungeduldig am Ärmel. »Erkennen Sie die Leute?« fragte er. »Brauche ich mich nicht mehr aufzuregen? Ich bitte Sie, mein Freund, reden Sie!«

»Einen Augenblick...!« Guffy drückte das Gesicht an die Scheibe des Gucklochs, um das Gesicht des Mannes, der im Schatten saß, zu sehen.

In dem ›Kammerherrn‹ mit dem braunen Haar hatte er sofort Jonathan Eager-Wright erkannt, der vielleicht der tollkühnste Amateurbergsteiger Europas war und einem der ältesten Geschlechter Englands angehörte. Er war ein scheuer, zurückhaltender Mensch, der selten in England war und den Platz, der ihm in der Gesellschaft zukam, mit unverantwortlicher Gleichgültigkeit betrachtete.

Guffys Neugier wuchs. Er hatte keinen Zweifel, daß er auch den zweiten Mann erkennen würde, sobald der den Kopf drehte. Die ungemein breiten Schultern und das dichte schwarz-braune Kraushaar, mit dem sein Kopf aussah wie der Rücken eines geschorenen Lammes, konnten nur einem einzigen Menschen auf der Welt gehören: Dicky Farquharson, dem blitzgescheiten jungen Sohn von Sir Joshua Farquharson, dem Präsidenten der englisch-amerikanischen Bergbauingenieursfirma Farquharson & Co.

Als Guffy die beiden alten Freunde erkannt hatte, war sein erster Impuls, Fleurey zu beruhigen und schleunigst hinunter in die Halle zu laufen. Aber irgend etwas Merkwürdiges an dem Benehmen der beiden hielt seine Aufmerksamkeit und seine Neugier gefangen. Von seinem Ausguckposten aus kam es ihm vor, als benähmen sich Farquharson und Eager-Wright viel verhaltener als sonst. Ihr Aufzug und ihr Auftreten hatten etwas seltsam Förmliches an sich. Der Mann, der in der Ecke saß, schien die beiden zu fesseln, ja beinahe zu beherrschen. Obwohl Guffy Randall natürlich nicht hören konnte, was gesprochen wurde, gewann er den Eindruck, daß sie ehrerbietig den Ausführungen des andern lauschten, daß ihr Lachen von geradezu gezwungener Höflichkeit war, daß sie sich – mit einem Wort – gebärdeten, als säßen sie vor einem Manne königlichen Ranges. Wie zwei Menschen, denen eine solche Rolle denkbar schlecht paßte, in einer derartigen Situation zueinandergekommen sein mochten, vermochte Guffy wirklich nicht zu erraten.

Während er sie beobachtete, zogen die jungen Männer plötzlich beide ihre Feuerzeuge heraus und hielten dem dritten in dem Trio die Flamme gleichzeitig hin. Eager-Wright schien höher in seiner Gunst zu stehen, denn der dritte beugte sich auf ihn zu, um seine Zigarette in Brand zu setzen.

Dabei bekam Guffy ein blasses, ziemlich ausdrucksloses Gesicht zu sehen. Das glatte blonde Haar war von der hohen Stirn nach hinten gekämmt, und die hellblauen Augen lagen hinter den Gläsern einer gewaltigen Hornbrille versteckt. Die Miene des Mannes war gleichgültig und ein wenig gelangweilt.

»Donnerwetter!« rief Randall. »Das ist doch Albert Campion!« Gleich darauf begannen seine Schultern zu beben, und er wandte dem verblüfften Hoteldirektor ein puterrotes, verzerrtes Gesicht zu.

»Sie weinen?« rief der kleine Mann. »Sie sind entsetzt? Sie finden es amüsant? Was denn nun?«

Guffy hielt sich am Schreibtisch fest, während der kleine Hoteldirektor wie ein aufgeregter Pekinese um ihn herumlief.

»Mein Freund«, jammerte er, »Sie spannen mich auf die Folter. Sie verwirren mich. Soll ich lachen oder mich schämen? Ist es für mein Hotel eine Ehre oder eine Schmach? Sind es Adelspersonen, oder ist es eine Bande von Übeltätern?«

Guffy konnte sich nur mit Mühe beherrschen. »Das weiß Gott allein«, sagte er. Und dann, als der kleine Mann ein langes Gesicht machte, klopfte er ihm kräftig auf die Schulter. »Aber es ist schon in Ordnung, Fleurey, ganz in Ordnung. Eigentlich sogar ausgezeichnet, wissen Sie. Aufzuregen braucht man sich deswegen nicht.«

Ehe der Hoteldirektor ihn weiter ausquetschen konnte, war der junge Mann aus der Tür gesaust und, immer noch lachend, die Treppen hinunter in die Halle gelaufen.

Dabei überlegte sich Guffy, was für eine köstliche Situation das doch war. Daß ausgerechnet Albert Campion von dem guten Fleurey für irgendeine Fürstlichkeit gehalten wurde – die Geschichte war zu herrlich, als daß man sie so einfach hätte abtun können. Schließlich hätte sie ja beinahe stimmen können. Das war das großartige an Campion: Man wußte nie, wo er das nächste Mal auftauchen würde. Schließlich wußte selbst Guffy im Grunde sehr wenig von ihm, obwohl er wahrscheinlich einer der ältesten Freunde dieses jungen Mannes war. Er hieß eigentlich gar nicht Campion, aber es galt eben nicht als schicklich, daß der jüngere Sohn einer solchen Familie unter seinem eigenen adligen Namen einem so ausgefallenen Beruf nachging. Worum es sich bei diesem Beruf eigentlich handelte, davon hatte Guffy nur eine etwas nebelhafte Vorstellung. Campion selbst hatte sich einmal als ›Helfer in der Not und stellvertretenden Abenteurer‹ bezeichnet. Damit war er, alles in allem, wahrscheinlich ganz gut umrissen.

Allerdings, wozu er wohl im Hotel Beauregard als Fürst auftreten mochte, begleitet von zwei Männern wie Farquharson und Eager-Wright, das ging über Guffys nicht sehr bewegliches Vorstellungsvermögen.

Guffy eilte durch die Halle, über das ganze runde Gesicht strahlend, noch immer beherrscht von dem Gedanken, was für eine köstliche Situation das doch sei. Er legte Farquharson eine Hand auf die Schulter und lächelte Campion zu.

»Wie geht's Dero Hoheit?« fragte er und lachte.

Aber plötzlich erstarb das Lachen. Das blasse, nichtssagende Gesicht, in das er starrte, änderte sich keinen Augenblick, und um sein Handgelenk schloß sich wie ein Schraubstock Eager-Wrights eiserne Hand.

Farquharson stand hastig auf. Sein Gesicht verriet nichts als Bestürzung. Auch Eager-Wright war aufgestanden, aber sein warnender Griff lockerte sich nicht.

Farquharson machte eine leichte Verbeugung vor Campion. »Mit Verlaub«, sagte er, »darf ich mir gestatten, den Ehrenwerten Augustus Randall aus Monewdon in der Grafschaft Suffolk vorzustellen?«

Campion nickte. Kein Muskel in seinem Gesicht verriet auch nur eine Spur von andern Empfindungen als höflicher Gleichgültigkeit. »Mr Randall und ich sind einander schon einmal begegnet«, sagte er. »Wollen Sie vielleicht hier neben Mr Robinson Platz nehmen? Mr Jones hat die Vorstellung nicht vollständig besorgt.« Er lächelte mißbilligend. »Ich bin im – im Augenblick – Mr Brown aus London.«

Guffy sah sich verwirrt um und wartete auf das Gelächter, das, wie er glaubte, jeden Augenblick ausbrechen mußte. Doch auf allen drei Gesichtern sah er nichts als tiefsten Ernst, und Campions matte Augen hinter seinen Brillengläsern blickten streng und warnend.

2
Königliche Hoheit

»Die Türen meiner fürstlichen Suite sind fest verschlossen«, sagte Campion eine gute Stunde später. »Ziehen wir uns denn in aller Form in das Staatsschlafgemach zurück, und ich will dir in königlichem Vertrauen erzählen, wie ›schwer ruht das Haupt, das eine Krone drückt‹.«

Arm in Arm mit Guffy ging er durch den Wohnraum in das danebengelegene Schlafzimmer, wohin Eager-Wright und Farquharson schon vorausgegangen waren.

»Wir gehen hier hinein, weil die Wände so gut wie schalldicht sind«, erklärte Campion beiläufig, indem er das Moskitonetz zurückschlug und auf dem großen vergoldeten Rokokobett Platz nahm. Guffy Randall stand vor ihm, verdutzt und mürrisch. Dick Farquharson saß schlaff auf dem Toilettenhocker, ein Glas Bier in der Hand, während Eager-Wright am Fenster stand und breit grinste.

Guffy fand die Situation keineswegs erheiternd. Er hatte das Gefühl, in die Rolle eines dummen Flegels gedrängt worden zu sein, und gedachte sich nur mit einer ganz zerknirschten Entschuldigung zufriedenzugeben.

Farquharson beugte sich vor, über das ganze Gesicht lächelnd, so daß seine gekräuselte Stirn die Augenbrauen bis fast an sein kurzgeschnittenes Kraushaar heranschob. »Eigentlich ein Segen, daß Guffy erst in diesem Stadium aufgetaucht ist«, sagte er. »Er hätte es nicht lange ausgehalten, den Höfling zu spielen. Ein verdammt schweres Stück Arbeit ist das, mein Lieber«, setzte er hinzu, »denn Majestät nimmt es mit der Etikette sehr genau. Nimm mir's nicht übel, aber du hast noch gar nicht die richtige Haltung. Hacken zusammenklappen und aus der Hüfte verbeugen – schön tief!«

Guffy fuhr sich mit der Hand über die Stirn. »Hör mal zu«, sagte er, »ich tappe völlig im dunkeln. Ich nehme an, ihr verfolgt irgendeinen bestimmten Zweck damit, daß ihr in der Gegend herumsaust und euch in dieser sonderbaren Weise aufführt. Ich will mich natürlich nicht aufdrängen, aber wenn ihr mir wenigstens andeutungsweise verraten könntet, was los ist...«

Campions matte Augen blickten amüsiert durch seine gewaltigen Brillengläser, während er liebenswürdig lächelte. »Eigentlich hättest du von Anfang an dabeisein sollen«, sagte er. »Das Heer von Spionen, das mir täglich Meldung erstattet, hat drei Wochen lang ganz London nach dir abgesucht.«

»Tatsächlich?« Guffy blickte interessiert auf. »Ich bin mit dem alten Herrn in Oslo gewesen. Er sollte eine neue Hunderasse begutachten, die da gezüchtet wird. Das tut mir aber leid. Also ehrlich gesagt, Campion, ich finde, eine anständige Erklärung scheint mir doch am Platze. Als ich heute vormittag hier ankam, war der alte Fleurey ganz aufgelöst, weil er denkt, er hat eine Betrügerbande in der Bude. Und dann habe ich gesehen, daß ihr das seid!«

»Betrüger!« rief Eager-Wright entsetzt. »Ich muß sagen, das wirft kein sehr gutes Licht auf uns, Farquharson.«

»Na, er hat es allerdings auch für möglich gehalten, daß ihr irgendwelche Fürstlichkeiten seid«, ergänzte Guffy das Bild. »In dir, Campion, vermutet er den Landesherrn irgendeines Miniaturstaates auf dem Balkan.«

Farquharson und Eager-Wright tauschten Blicke. Über Campions blasses, einfältiges Gesicht glitt ein schwaches Lächeln. »Der gute Fleurey ist ein Mann mit Durchblick«, sagte er. »Einem Hotelier kann man nichts vormachen, Guffy. Der Mann hat absolut recht: Du stehst vor dem Erzfürsten von Averna und seinem gesamten Hofstaat. Wir wirken vielleicht nicht sehr imposant, aber dafür sind wir echt. Das ist bei dieser Geschichte der besondere Reiz, den wir an uns haben: daß wir absolut echt sind.«

Guffys blaue Augen wurden dunkel und ungläubig.

Campion sah ihn feierlich an. Dann streckte er ihm die Hand hin: »Gestatten – Albert, Erzfürst von Averna.«

»Nie gehört«, sagte Guffy ungerührt.

»Du wirst schon noch«, sagte Campion. »Ein tolles Ländchen ist das: Ich bin der Monarch, Farquharson vertritt die Landesregierung, Eager-Wright stellt die Opposition dar. Auf ein paar Orden legst du wohl keinen Wert? Der Drei-Sterne-Orden ist sehr schick, ohne protzig zu sein.«

»Das klingt ja ganz verrückt«, sagte Guffy. »Aber ich mache natürlich mit, wenn es dabei was für mich zu tun gibt. Ich will euch nicht zu nahe treten, aber es hört sich an, als ob ihr Spenden für ein Krankenhaus sammelt.«

Campions matte Augen wurden für einen Augenblick ernst. »Na ja, dazu kann's natürlich auch kommen«, sagte er. »Ich glaube übrigens, ehe du dich entschließt, zu uns zu stoßen, muß ich dich darauf aufmerksam machen, daß ich und alle meine nächsten Freunde ohne weiteres in die Lage kommen können, für mein Land das Leben zu lassen. Ach, Farquharson, hast du den Mantel da?«

Dick beugte sich auf seinem Hocker nach hinten und zog einen Koffer unter dem Toilettentisch hervor. Er holte einen leichten Reisemantel heraus und stellte ein fünfzehn Zentimeter langes Loch unter der Schulter zur Schau.

»Von einem Schuß?« erkundigte sich Guffy interessiert.

»Beim Einsteigen auf dem Bahnhof in Brindisi«, bestätigte Campion. »Wir Averner leben gefährlich.«

»Ich bin dabei«, sagte Guffy entschieden. »Übrigens, wo liegt dieses Averna eigentlich? Ist es eine Bildungslücke, daß ich noch nichts davon gehört habe?«

»Nein, das nicht. Sein größter Vorzug ist gerade, daß sehr wenige Leute schon mal davon gehört haben.« Campions präziser Ton war immer noch leicht, doch Guffy kannte ihn gut und merkte, daß er sich nun dem Ernst näherte. »Ganz ehrlich gesagt«, fuhr er fort, »es ist ein Staat, mit dem nicht allzuviel Staat zu machen ist. Zunächst mal – das Gebiet ist schätzungsweise tausend groß.«

»Quadratkilometer?« fragte Guffy staunend.

»Tausend Morgen«, sagte Campion bescheiden. »Dabei ist natürlich die Burg mitgerechnet, aber nicht der Steinhaufen. Unter meiner Souveränität steht nämlich auch noch die linke Hälfte eines wunderschönen Berges – ungefähr 1200 Meter – und die rechte Hälfte von einem noch viel großartigeren Ding. Zu diesem nicht gerade erstklassigen Grundstück gehört fließendes Wasser, kalt, außerdem ein halber Kilometer Küste, eine Trüffelzucht und ein volles halbes Dutzend Untertanen, die jetzt jeder ein signiertes Porträtfoto von mir in Hofornat und fünfhundert Zigaretten besitzen. Meine Audienz war eine ziemlich kümmerliche Angelegenheit. Nur mein persönlicher Charme hat mir meinen Thron bewahrt. Allerdings haben sicherlich auch die Uniformen dazu beigetragen. Unsere rot-goldenen machen sich ganz gut, du mußt sie mal sehen.«

Guffy setzte sich hin. »Bitte nimm mir's nicht übel«, sagte er, »aber das alles hört sich wirklich nicht so an, als ob ein wahres Wort daran wäre. Kannst du's nicht mal ganz schlicht und einfach erzählen, als wenn ich ein Kind wäre?«

»So einfach ist das eben nicht«, sagte Campion. »Aber hör zu! Zunächst mal spielt die Geschichte von Averna eine große Rolle. Angefangen hat sie mit einem gewissen Peter dem Einsiedler. Der hat sich im Jahre 1090 zu einem Kreuzzug aufgemacht. Er nahm einen Freund mit, der Walter der Geldlose hieß und der anscheinend auch so eine traurige Gestalt war, wie sein Name sagt. Sie zogen mit einem Haufen los, und auf dem Durchmarsch durch Dalmatien ist es ihnen ziemlich dreckig gegangen. Sie hatten sich eingebildet, sie würden auf wunderbare Weise verpflegt werden – vielleicht von Raben oder so, weißt du. Es war aber nicht so. Und in der Ebene von Kleinasien ereilte sie schließlich das dicke Ende. Na, das alles kannst du in jedem Geschichtsbuch finden. Aber jetzt kommen wir mehr zum eigentlichen Thema. Zu der Reisegesellschaft dieser beiden Figuren gehörte auch eine Draufgängertype namens Lambert von Vincennes. Der hatte es bei der Halbzeit satt, was man ja verstehen kann, und kehrte um. Er trennte sich von den beiden andern wackeren Kämpen in den Bergen an der dalmatinischen Küste und schlug sich zu Anfang mehr schlecht als recht durch. Aber er hatte den richtigen Pioniergeist, organisierte sich eine Frau – wahrscheinlich eine altungarische Schönheit – und verzog sich mit ihr in eine Art Kessel im Gebirge, ein hübsches Tal mit Bäumen und einem Bach und großen Felsenschutzwällen rundherum. Und das ist jetzt mein Reich.«

Guffy nickte verständnisvoll. »Bis jetzt ist alles klar«, sagte er.

Campion fuhr mit Würde fort: »Diese beiden haben sich mit ihren Trabanten für einige Zeit in dem Tal häuslich niedergelassen, und dann wollte sich der alte Knabe wieder auf den Heimweg machen. Der einzige Nachteil an diesem Tal war und ist es übrigens heute noch, daß man so schwer herauskommt. Wenn man einmal drin ist, dann ist man drin, und wenn aus der Ernte nichts wird oder das Bachwasser versiegt, kann die Situation höchst unangenehm werden. Außerdem fehlt es an gesellschaftlichem Leben. Immerhin – Lambert und ein paar Freunde ließen Lamberts Frau und die andern zurück und machten sich auf nach Hause. Erstaunlicherweise sind sie tatsächlich hingekommen. Aber bei den innenpolitischen Zuständen im damaligen Frankreich waren Lamberts Ländereien inzwischen beschlagnahmt worden, und der arme Kerl konnte nicht genug Geld aufbringen, um wieder in sein Tal zurückzureisen. Da ließ er sich in England sehen und wurde als eine Art Heiliger freundlich aufgenommen. Aber zu Entdeckungsfahrten hatte damals niemand große Lust, und so starb er schließlich in Kummer und Elend. Vorher hatte er aber noch sein Reich, an das niemand recht glaubte, der englischen Krone vermacht. Jahrzehntelang scheint das so was wie ein gängiger Witz gewesen zu sein. Dann zog Richard I. 1190 seinerseits zu einem Kreuzzug los, und in der Toskana löste sich eine Abteilung unter einem braven Recken namens Eduard dem Treuen von der Hauptexpedition, zog durch die Romagna nach Ancona und dann über die Adria – oder wie sie damals geheißen haben mag – nach Ragusa, wo die Dinarischen Alpen ans Meer stoßen.«

Campion machte eine Pause und sah seinen Freund ein wenig schuldbewußt an. »Sei nicht böse, daß ich dir diesen ganzen historischen Kram auftische«, sagte er, »aber es ist unbedingt notwendig, damit du richtig verstehst, was wir vorhaben. Also zurück zu Eduard dem Treuen! Er fand schließlich Lamberts Reich, es machte ihm aber keinen besonders großen Eindruck. Von der ersten Expedition lebte natürlich keiner mehr, und Eduard konnte sich für die Gegend anscheinend nicht sehr erwärmen. Aber er pflanzte das königliche Banner auf und nahm das Land offiziell in Besitz – offenbar ungehindert, denn soviel ich feststellen konnte, bestand die Bevölkerung aus zwei Eidechsen und einem Bären. Es wurde auch nicht gerade besser, als jemand aufgrund abstruser und fälschlicher Berechnungen das Gerücht ausstreute, das Tal sei der Schauplatz der Szene zwischen Kain und Abel gewesen. Damit war für Eduard die Sache erledigt. Er taufte das Gebiet Averna und verduftete in Richtung England. Als er später dem König seine Meldung einreichte, scheint sich Richard köstlich amüsiert zu haben. Er belohnte den guten Eduard, aber mit dem Reich speiste er in einer königlichen Laune eine komplett verrückte Familie namens Huntingforest ab, die Vorfahren der Grafen von Pontisbright. Zwei von diesen Burschen kamen auf Expeditionen nach dem Reich ums Leben, und ich könnte mir denken, daß sich Richard einen Ast darüber gelacht hat, beziehungsweise seine Erben – zu so etwas neigte ja der Humor des Mittelalters. Wenn dann später einen von dieser Familie Huntingforest der Hafer stach, schlug der regierende König einfach eine Reise zum Besuch des alten Familienbesitztums vor.«

Guffy grinste, und Campion fuhr befriedigt mit seiner Rede fort:

»Keiner hat viel davon gehabt«, sagte er, »bis dann um 1400 herum Giles Huntingforest, der fünfte der Grafen Pontisbright, tatsächlich hinpilgerte, sich als Erzfürst etablierte und eine Burg baute. Dem haben wir die Debatte, die jetzt im Gange ist, zum größten Teil zu verdanken. Er ließ eine Krone anfertigen, setzte eine Charta auf – sozusagen die Gründungsurkunde seines Winkels der Erde – und ließ sie vom englischen König unterschreiben und bestätigen. Danach kam alles in normale Bahnen. Die meisten Pontisbrights blieben lieber zu Hause. Die Familiengüter in Mittelengland waren zusammengeschrumpft, aber sie bekamen neue in der Nordseegegend und wurden ziemlich große Tiere, die mit der Regierung zu tun hatten. Ein paar unternehmungslustige Mitglieder des Geschlechtes machten sogar auf der üblichen Bildungsreise durch Europa einen Abstecher nach Averna, und bei feierlichen Gelegenheiten kam in der Familientitulatur neben dem Namen Huntingforest und dem Titel eines Grafen von Pontisbright auch der Erzfürst von Averna vor. Aber das Besitztum selbst war reizlos und wertlos, und keiner kümmerte sich groß darum. Zum letzten Mal hat es 1815, nach der großen Neuordnung Europas beim Wiener Kongreß, ein bißchen von sich reden gemacht. Inzwischen sind wir beim fünfzehnten Grafen Pontisbright angekommen. Dem gab die britische Regierung still und leise Geld, so daß er sein Besitztum heimlich bei Metternich, dem großen Immobilienmakler dieser Zeit, bezahlen konnte. Man wollte auf diese Weise vermeiden, daß es wegen dieses Landfleckchens Krach und Kämpfe gäbe, in die England möglicherweise hätte verwickelt werden können. Im Krimkrieg ist dann der letzte männliche Sproß der gräflichen Linie gefallen. Das wäre in kurzen Worten die Geschichte – oder jedenfalls der größte Teil.«

Als er geendet hatte, stand er vom Bett auf und wanderte im Zimmer umher. Seine lange, dürre Figur wirkte irgendwie sehr modern und prosaisch nach dieser Geschichte.

Guffy war immer noch nicht recht im Bilde. »Das habe ich alles kapiert«, sagte er, »aber ich verstehe trotzdem noch nicht, was du damit zu tun hast. Ich denke, dein Familienname...« Er zögerte. Campions richtiger Name war eines der wenigen Themen, die in seiner Anwesenheit tabu waren.

»Na ja, jetzt kommen wir zu dem schwierigen Teil.« Campion sah seinen Freund durch seine Brille nachsichtig an. »Vielleicht weißt du noch, vielleicht auch nicht, daß vor ungefähr acht oder neun Monaten dort in der Gegend ein kleines Erdbeben war. Viel ist nicht passiert, aber es hat Italien ein bißchen durchgerüttelt und in Belgrad ein paar Fensterscheiben kaputtgemacht. Lange kam niemand auf den Gedanken, es wäre irgendwelcher wesentliche Schaden angerichtet worden, bis Eager-Wright auf einer Urlaubstour in den bosnischen Alpen entdeckte, daß ein paar Berge sich neuerdings ein bißchen verändert hatten. Felsbrocken und dergleichen waren durch die Gegend geflogen. Ja also – und das ist ungeheuer wichtig und überhaupt der springende Punkt in der ganzen Geschichte: Er hat für die britische Regierung ausfindig gemacht, daß Averna mit geringfügiger Beihilfe von jemandem wie Farquharson zu einem recht nützlichen Stützpunkt gemacht werden könnte. Weißt du, die Sache ist ungefähr so: Bis zum vorigen Jahr war Averna ein kleines ovales Stück Land, ganz und gar von Felsen umschlossen, bis auf einen einzigen schmalen Tunnel, durch den ein Bergbach ins Meer floß. Ich glaube, einer der ersten Grafen Pontisbright hat mal versucht, durch diesen Tunnel durchzurutschen, und ist nicht am andern Ende rausgekommen. Aber jetzt, seit der Wackelei im vorigen Jahr, ist der Tunnel kein Tunnel mehr, sondern eine offene Spalte im Gestein, die See ist eingedrungen, und Averna hat jetzt einen kleinen Küstenstreifen – gut und gerne einen halben Kilometer lang, würde ich sagen. Farquharson hat sein sachkundiges Auge darauf geworfen. Nach seiner Ansicht wäre es jetzt verhältnismäßig einfach, das Werk des Erdbebens fortzusetzen und so einen ausgezeichneten natürlichen Hafen zu schaffen – und zwar für ein Butterbrot.«

Guffys runde Augen wurden noch runder. Der Sinn der langen Rede begann ihm zu dämmern.

Farquharson beugte sich vor. »Das ist noch nicht alles, Randall«, sagte er. »Alles deutet darauf hin, daß in dem Gelände hinter der Burg ein unerschlossenes Ölfeld liegt. Vermutlich ist es schon vor Jahren entdeckt worden, aber wegen der unerhörten Transportschwierigkeiten war es wertlos. Auch jetzt möchte ich bezweifeln, daß es sich wirtschaftlich lohnen würde, das Öl zu exportieren. Aber wozu soll man's denn exportieren, wenn Schiffe es an Ort und Stelle tanken können? Also jetzt begreifst du wohl die Lage, nicht?«

»Lieber Himmel«, rief Guffy, »ein natürlicher Hafen mit natürlichem Treibstoff!«

»Der Ansicht scheint man allgemein zu sein«, sagte Farquharson. Campion nahm den Faden wieder auf, wobei seine leise, töricht klingende Stimme in seltsamem Gegensatz zur Gewichtigkeit seiner Mitteilung stand:

»Aber niemand will, daß jemand anders so ohne weiteres einen natürlichen Hafen an der Adria bekommt«, sagte er. »Es wird wahrscheinlich allerlei internationale Rechtsstreitigkeiten deswegen geben. Rechtsstreitigkeiten sind auch in einer noch so friedlichen Situation heikel genug, aber gerade jetzt könnte es ziemlich unangenehm werden, wenn es viel Zank und Stunk gäbe – so, wie die Lage in Europa ist.«

»Ich verstehe«, sagte Guffy langsam. »Daß dieses Averna tatsächlich den Grafen von Pontisbright gehört hat, steht also ganz einwandfrei fest?«

»O ja, durchaus. Zunächst haben sie es in Besitz genommen, und dann haben sie es sicherheitshalber noch von Metternich käuflich erworben. Die Familie Huntingforest zu Pontisbright besitzt – oder besaß zumindest – die Urkunden, die Charta, die Kronjuwelen, Metternichs Quittung sogar, und wenn der Mannesstamm nicht im Krimkrieg erloschen wäre, gäbe es gar kein Problem. Es ist aber so, daß gegen Ende nicht viel los war mit der Familie. Zum Schluß scheint es ein allgemeines Kuddelmuddel gegeben zu haben. Dabei ist – offen gesagt – alles verlorengegangen, was sich auf Averna bezieht. Da liegt unsere Aufgabe. Wir sind auf einer phantastischen Schatzsuche, bei der eine ganze Menge auf dem Spiel steht. Die hohen Herren in London haben von der Geschichte Wind gekriegt, erst durch Eager-Wright und dann von ihrem eigenen Sachverständigen, und da sie den Eindruck gewonnen haben, daß es sich um so eine komplizierte und ein bißchen dunkle Angelegenheit handelt, die meinem Wesen so gut entspricht, haben sie mir die Ehre angetan, mich zuzuziehen und mir freie Hand zu geben. Also, das wär's. Ganz nett, nicht?«

Guffy Randall saß ein paar Minuten lang schweigend da und dachte über das Gehörte nach. Langsam und systematisch, wie es seine Art war, Schritt für Schritt. Endlich blickte er mit ein wenig entsetzten Augen auf. »Gar nicht so einfach, wie?« sagte er. »Ich meine, diese Beweisstücke können praktisch überall stecken.«

»Das ist es ja eben«, sagte Eager-Wright aus seiner Ecke. »Allerdings, wir beurteilen die Lage etwas hoffnungsvoller, seit sich jemand die Mühe gemacht hat, auf uns zu schießen.«

Campion nickte. »Die weisen Lenker unseres Staates befürchten aufgrund gewisser Informationen, daß unter Umständen irgendein skrupelloser Geschäftemacher nächstens einen Teil dieser Dokumente, Kronen und was es sonst noch ist, in die Hand bekommt und sie so lange behält, bis er den Höchstpreis dafür herausschlagen kann. Denen in London liegt daran, ihn aus seinem Mauseloch hervorzulocken, sofern er tatsächlich existiert. Unser einigermaßen aufsehenerregender Einzug in Averna und unsere gemächliche Rückreise quer durch Europa – das alles hat den Zweck, möglichst viel Aufmerksamkeit auf uns zu ziehen. Eigentlich wollten wir warten, bis wir ein Kaufangebot bekämen, und uns dann hartnäckig wie junge Bulldoggen an dem Verkäufer festbeißen. Soviel ich weiß, besteht zur Zeit sogar die Absicht, nötigenfalls den Titel eines Grafen von Pontisbright neu zu verleihen. Aber selbst in diesem Falle würden unsere Auftraggeber wohl vor dem Internationalen Gerichtshof im Haag nicht viel Glück haben, wenn sie die Dokumente nicht vorweisen können. Bis jetzt hat noch niemand versucht, uns irgendwas zu verkaufen. Aber es hat jemand versucht, uns umzubringen, und seit unserer Abreise aus dem Fürstentum hat man uns intensiv nachgespürt. Also es sieht so aus, als wären unsere Bemühungen nicht ganz umsonst gewesen. Bedenklich ist nur, daß die Geschichte sich so lange hinzieht. Sie ist ja ziemlich ernst, wie du dir vorstellen kannst. Ich halte es durchaus für möglich, daß es in ganz Europa knallt, wenn eine gewisse Macht meint, Averna ist einen Krieg wert. Es ist immerhin so wichtig, daß es einen guten Vorwand abgäbe.«

»Ich verstehe. Habt ihr den Mann gesehen, der auf euch geschossen hat?«

»Nur ganz flüchtig«, sagte Farquharson. »Es waren zwei. Der eine, der uns schon seit einiger Zeit nachgestellt hatte, sah höchst eigenartig aus: In der Mitte der Stirn kam sein Haaransatz spitz bis fast an die Nasenwurzel heran, so daß sein Gesicht wie das einer Eule wirkte. Als wir auf dem Bahnhof in Brindisi einstiegen, hat er auf gut Glück nach uns geschossen. Unglücklicherweise waren wir gleich darauf von Menschen umringt. Obwohl wir hinter den Kerlen herrannten, sind sie uns entwischt. Seitdem haben wir den mit dem Eulengesicht nicht mehr gesehen. Aber sein Genosse, ein kleiner Bursche mit einem rattenhaften Gesicht, der dauernd schnieft, wohnt hier im Hotel auf demselben Stockwerk.«

»Tatsächlich?« fragte Guffy interessiert. »Ist das der Mann, dessen Zimmer durchstöbert worden ist?«

Diese harmlose Frage löste bei seinen Zuhörern sofort eine erstaunliche Reaktion aus. Eager-Wright sprang auf, und Campion hielt in seiner Wanderung inne und sah den Sprecher scharf an.

»Fleurey hat mir das erzählt«, sagte Guffy schnell. »Deswegen wollte er ja feststellen, wer ihr seid. Angeblich hat irgend jemand, der hier auf dem Stockwerk wohnt, sich beschwert, daß dein Diener, W. Smith, in seinen Sachen herumgewühlt habe. Fleurey legte natürlich großen Wert darauf, nicht bei euch Beschwerde zu führen, ehe er einwandfrei wußte, ob ihr nicht vielleicht Fürstlichkeiten seid, die inkognito reisen. Da fällt mir ein – als ich kurz vor Mittag angefahren kam, sah ich einen Mann aus einem Fenster in diesem Stockwerk rausklettern. Es war ein kleiner Kerl mit einem Gesicht wie eine Ratte und einem braunen Anzug.«

»Das ist er!« sagte Eager-Wright. »Lugg muß ihm einen Schreck eingejagt haben.«

Campion, der plötzlich ernst geworden war, wandte sich an Eager-Wright. »Ach, könntest du Lugg mal suchen gehen?« fragte er. »Ja, Guffy, es ist selbstverständlich mein guter alter Lugg. Er versteckt sich nur unter dem Namen Smith, so wie wir auch. Der Sache muß nachgegangen werden. Was mag der Hornochse jetzt angestellt haben?«

Fünf Minuten später kam Eager-Wright mit neugierig flackernden Augen wieder. In seinem Kielwasser trottete atemlos, aber entrüstet Campions Leibdiener und Faktotum Lugg. Er war selbst in günstigen Augenblicken ein riesenhafter, düster wirkender Bursche. Der untere Teil seines mächtigen weißen Gesichtes war von einem schwarzen Schnauzbart fast verdeckt, aber trotz der Leichenbittermiene, die er fast ständig zur Schau trug, hatte er die flinken, scharfen Augen eines echten Londoner Cockney. Der Umstand, daß er Einbrecher gewesen war, ehe er – wie er selber sagte – seine

Figur verloren hatte, machte ihn zu einem höchst wertvollen Bundesgenossen seines Herrn, dem er treu ergeben war. Luggs Kenntnis der Unterwelt war einzigartig.

Im Augenblick hing der tadellose schwarze Anzug des typischen Butlers etwas seltsam an seiner unförmigen Gestalt, zumal er mit keiner Spur jener Ehrerbietung auftrat, die sonst fast stets mit dieser Kleidung einhergeht. Er blickte seinen Herrn aufsässig an.

»Jetzt kann ich wohl nich mal mehr 'n bißchen pennen nach 'm Essen, was?« brummte er in seiner Cockney-Mundart. »In einer Tour: ›Jawohl, der Herr‹ – ›Nein, der Herr...‹ Zum Halse kommt mir das schon raus!«

Campion schob seine Ausführungen mit einer ungeduldigen Handbewegung beiseite. »Dieser Edwards mit der Schniefnase hat sich durch ein Fenster aus dem Hotel davongemacht. Vorher hat er bei der Hoteldirektion gemeldet, sein Zimmer sei von jemandem durchstöbert worden, der Ihnen auffallend ähnlich gesehen haben soll.«

Lugg schien sich nicht im geringsten zu schämen. »Soso, gesehn hat er mich also!« sagte er. »Das wollt ich nämlich gerne wissen.«

»Also hören Sie mal zu, Lugg, das ist unerhört! Das beste ist, Sie packen Ihre Sachen und fahren sofort nach Hause in die Bottle Street.« Campion schien mehr aus Besorgnis zu sprechen als aus Ärger.

»Aha, daher pfeift der Wind!« sagte sein Gehilfe empört. »Feines Benehmen soll jetzt Trumpf sein, was? Ich tu ja vor Ihren Freunden nich gerne so mit Ihnen reden, aber ich hab noch nich gewußt, daß wir vornehm tun müssen, wenn wir unter uns sind. Kann ja sein, daß Sie'n Fürst sind, aber nich für mich! Na meintswegen, da hau ich eben ab. Aber Sie werden's noch bereuen. Als ich mir die Bude von dem Kerl mit der Schniefnase angesehn hab, da hab ich nich etwa seine Koffer gefilzt, wie Sie sich vielleicht denken können. Ich hab mir bloß seine Morgenpost geschnappt. Er hat grade in der

Badewanne gesessen, und da bin ich reingesaust wie'n geölter Blitz und hab mir die Briefe durchgelesen – gleich nachdem er sie selber gelesen hatte. Und ich hab sogar was gefunden. Ich hab den Schlüssel zu der ganzen Chose gefunden. Ich wollt Ihnen das zeigen, sowie ich Sie unter vier Augen erwische. Aber jetzt? Ich werd mich beherrschen können! Ich fahre ja zurück nach London.«

»Anscheinend gekränkt«, sagte Campion sarkastisch. »Nun erzählen Sie's schon, wenn's interessant ist!«

Lugg schien besänftigt zu sein, tat aber so, als hätte er die Zwischenbemerkung nicht gehört. »Also der mit der Schniefnase is stiftengegangen?« fragte er. »Hab ich mir doch gedacht. Ich hab ihm 'n Zettel auf 'n Toilettentisch gelegt, daß ich ihm mal zeigen würde, wie seine dämliche Birne von innen aussieht, wenn ich sein blödes Geschniefe noch mal zu hören kriege. Ich hab natürlich keinen Namen drunter geschrieben, aber wenn er mich gesehen hat, dann is ja klar, warum er plötzlich stiftengegangen is.«

»Aber wie ist denn das nun mit dem Schlüssel zu der ganzen Angelegenheit?« erkundigte sich Campion von neuem.

Mit einer Geste der Resignation zog Lugg sich die Jacke aus, knöpfte seine Weste auf und zog aus einer kleinen Tasche im Futter einen zerknitterten halben Bogen Papier.

»Da haben Sie's!« sagte er. »Sie kämpfen auf Ihre vornehme Tour, Sie sagen: ›Gestatten‹ und ›Verzeihung‹. Aber wenn man was erreichen will, da muß man eben losgehn und es auf die unverfälschte krumme Tour machen, die der Herrgott dafür geschaffen hat. Und wenn Sie was dagegen haben, Briefe zu lesen, die für jemand anders sind, dann nehm ich sie eben wieder mit.«

»Sie sind doch ein schrecklicher Kerl, Lugg«, sagte Campion, indem er nach dem Blatt griff.

3

Der Mann im Hintergrund

Der Papierfetzen war schmierig und speckig, aber was darauf geschrieben stand, war deutlich lesbar:

Pension Gwen, London

Lieber E.!

Dies zum Bartstreichen. Habe von P. gehört, daß der Alte wütend ist. Wir sind beide den falschen Weg gegangen, wie ich mir dachte. Ich fahre heute abend nach Mondeszeit ab. Der Alte hat etwas gehört, das uns vielleicht weiterhilft. An einem Baum im Garten soll etwas eingeritzt sein, das Licht in die Sache bringt. Nach meiner Meinung kalter Kaffee. Komm mir vorsichtig nach! Um diese Bande brauchst Du dich nicht mehr zu kümmern, die wissen weniger als wir.

Dein D.

»Da haben Sie's!« sagte Lugg. »Wenn das nich eindeutig is! Da steht alles drin.«

»Ihr könnt mich totschlagen, aber ich versteh's nicht«, sagte Guffy, der immer noch mit gerunzelter Stirn das Dokument studierte. »Wirst du schlau draus, Campion?«

»Einigermaßen schon. Es ist höchst interessant«, sagte der blasse junge Mann mit der Hornbrille. »Weißt du, der Briefschreiber bemüht sich eben, die Ausdrucksweise des Empfängers zu gebrauchen, und das ist der Mann mit der Schniefnase, dieser Edwards – daher ›Lieber E‹. In normale Sprache übersetzt, dürfte es ungefähr so lauten – nicht wahr, Lugg? ›Dies als Startzeichen. Habe von P. gehört, daß unser Auftraggeber wütend ist. Wir sind beide auf der falschen Fährte gewesen, wie ich mir dachte. Ich fahre heute abend nach Pontisbright ab. Unser Auftraggeber hat etwas gehört, das uns vielleicht zeigt, wo wir die Beweisstücke zu suchen haben. An einem Baum im Garten‹ – vermutlich im alten Schloßgarten von Pontisbright – ›soll etwas eingeritzt sein, das uns vielleicht den Weg dahin weist. Ich halte nicht viel davon. Komm mir nach Pontisbright nach, aber nimm Dich dabei in acht! Um Campion und seine Freunde brauchst Du Dich nicht mehr zu kümmern, denn sie wissen weniger als wir. – Dein Doyle.‹«

»Wo liest du denn da ›Pontisbright‹?« fragte Farquharson.

»Das ist die Reimsprache der Londoner Cockneys. Lugg ist Fachmann dafür – nicht wahr, Lugg?«

»Klar. Daß ›Bartstreichen‹ soviel heißt wie ›Startzeichen‹, kapiert bei uns zu Hause jedes Kind – jedenfalls war's früher so.«

»Und ich glaube, besonders bei Eigennamen ist diese Reimsprache auch heute noch sehr beliebt«, erläuterte Campion weiter. »Darum schreibt er ›Mondeszeit‹ für ›Pontisbright‹. Freilich, es ist nur eine Vermutung, aber ich glaube, wir können ruhig davon ausgehen.«

»Klar«, kam Luggs Grabesstimme aus dem Hintergrund.

»Woher weißt du denn, daß ›D‹ für Doyle steht?« fuhr Guffy hartnäckig fort.

»Nun ja, dieser Doyle ist doch mit Edwards zusammen hinter uns her gewesen. Es liegt darum wohl nahe, daß er seinem Genossen etwas zu diesem Thema schreibt. Außerdem drückt er sich in London viel in der Pension Gwen herum. Das ist eine ziemlich finstere Absteige in der Waterloo Road.«

»Doyle – das ist doch der mit dem Eulengesicht, der in Brindisi auf uns geschossen hat?« sagte Eager-Wright. »Dann ist das doch sehr wichtig, nicht, Campion? Was hältst du davon?«

Campion überlegte. »Es ist überhaupt ein interessanter Brief«, sagte er endlich. »Ich sehe gar keinen Grund zu dem Verdacht, er könnte nicht echt sein, und das heißt, daß er uns auf eine ganz neue Fährte bringt. Zunächst mal – wenn Doyle nach Pontisbright fährt, dann finde ich, wir sollten auch hinfahren. Das ist übrigens das Dorf in der Grafschaft Suffolk, wo früher das Schloß der Grafen Pontisbright gestanden hat. So, so, so, vielleicht wird die Geschichte jetzt endlich amüsant.«

Er blieb einen Augenblick schweigend stehen und starrte auf das Blatt Papier.

»Ich weiß, was Sie denken«, sagte Lugg plötzlich. »Sie denken, was ich mir schon die ganze Zeit gedacht hab, nämlich: Wer ist dem Doyle sein ›Alter‹?«

Campion sah seinen Gehilfen an, und einen Augenblick lang betrachteten sie einander nachdenklich.

»Na, und warum nich?« sagte Lugg. »Es könnte sein. Und, wenn ja, geben entweder Sie den ganzen Plan auf, oder ich kündige.«

»Schwache Nerven?« erkundigte sich sein Arbeitgeber milde.

»Ne«, sagte Lugg mit Entschiedenheit. »Aber ich weiß, was für mich gut ist. Ich hab noch nie ein Wunder bewirkt und will damit auch jetzt nich anfangen.«

Campion schien zu bemerken, daß diese rätselhaften Andeutungen seine Freunde auf die Folter spannten, und wandte sich ihnen zu.

Dann erläuterte er den andern: »Unser Freund Doyle mit dem Eulengesicht hat zu Anfang seiner unersprießlichen Laufbahn mal für einen höchst bemerkenswerten Mann gearbeitet. Jetzt ist Lugg und mir der Gedanke gekommen, daß er vielleicht wieder seine alte Stelle hat. Ihr habt doch schon mal von Phil Savanake gehört?«

»Von dem Finanzier?« fragte Farquharson, während Eager-Wright und Guffy verständnislose Gesichter machten.

Campion nickte. »Ein bemerkenswerter Mann ist das, ein Geschäftsgenie, wie sie ab und zu auftauchen. Er ist Generaldirektor von einem Dutzend Firmen internationaler Bedeutung, aber wie er's dazu gebracht hat, das gehört zu den Geheimnissen, über die sich die Leute so lange vergeblich die Köpfe zerbrochen haben, bis sie's aufgegeben haben. Zu Anfang seiner Karriere waren ein paar sehr merkwürdige Geschichten im Umlauf, und in der Zeit nach der Pleite des Winterton-Textil-Konzerns ist er immer mit einer Leibgarde von Rabauken umhergelaufen. Eine der Hauptgestalten dieser Bande war Doyle. In der Zwischenzeit ist Savanake immer größer und mächtiger geworden. Er läßt sich nie fotografieren oder interviewen und hält sich möglichst im Hintergrund.«

»Aber«, sagte Farquharson entgeistert, »ob der auf diese Sache Wert legt? Bedenke mal, was für ein Risiko das wäre!«

Campion lächelte. »Ich glaube, wegen des Risikos würde er sich keine Sorgen machen«, sagte er. »Aber ob er auf diese Sache Wert legt, das ist ein ganz anderes Problem. Wenn wir's mit dem zu tun haben, dann haben wir allerhand Aufregung vor uns. Wie dem auch sei, ich wüßte nicht, wie wir das jetzt gleich feststellen könnten. Wenn es sich ergibt, dann ergibt es sich eben. Wichtig ist aber diese Geschichte mit dem Hinweis, der in einen Baumstamm eingeritzt sein soll. Wir können es uns nicht leisten, so einen Fingerzeig zu übergehen – oder? O weh, ich sehe, die schönen Tage meines Pomps sind nun vorüber. Ich muß mich wieder an die Arbeit machen.«

»Sag mal«, fragte Guffy, »wonach suchen wir denn eigentlich? Die Frage kommt dir vielleicht etwas banal vor, aber mir macht sie jedenfalls zu schaffen.«

»Ach, verzeih!« sagte Campion mit ehrlicher Reue. »Das hätte ich schon längst erklären müssen. Nach Ansicht der hohen Herren in London gibt es drei Dinge, ohne die sie einfach keine Aussicht auf eine günstige Entscheidung des Internationalen Gerichtshofs im Haag hätten: Das erste – ja, es klingt ein bißchen märchenhaft – das erste ist die Krone, die sich Giles Huntingforest, Graf von Pontisbright, um 1400 herum hat anfertigen lassen. Er hat sie bei italienischen

Kunsthandwerkern in Auftrag gegeben, und die einzige Beschreibung, die zu finden ist, kommt in einer Handschrift im Britischen Museum vor und klingt reichlich phantastisch. Ich will sie dir mal vorlesen.«

Er setzte sich wieder auf das Bett und zog einen Zettel aus seiner Brieftasche. Er begann vorzulesen, wobei die altertümlichen Worte, mit seiner präzisen Stimme gesprochen, noch seltsamer klangen:

»Drei Tropfen Blut aus königlicher Wunde, drei matte Sterne gleich dem Ei der Taube, gefaßt und gebunden in blumiger Kette. Doch wenn ein Pontisbright sie trägt, sieht niemand sie denn an den Sternen.«

Als er zu Ende gelesen hatte, blickte er Guffy durch seine gewaltigen Brillengläser ernst an. »Das klingt reichlich mysteriös, nicht?« sagte er. »Zum Beispiel der Satz, daß sie unsichtbar sein soll, wenn einer sie aufhat. Außerdem waren die Kronen damals im Mittelalter noch nicht solche melonenartigen Dinger mit rotem Plüsch und Edelsteingirlanden. Man trug sie in so ziemlich jeder beliebigen Form. Also das wäre dies. – Unser nächstes Problem ist die Charta. Die ist auf Pergament geschrieben, das nach den Papierrechnungen der Zeit entweder eine halbe oder eine viertel Schafshaut gewesen sein muß. Sie ist natürlich lateinisch abgefaßt und trägt das Siegel König Heinrichs IV. von England und sein Handzeichen – schreiben konnte der Mann nicht, glaube ich. Und der dritte Schatz ist, wie sich's gehört, der wichtigste von allen: nämlich schlicht und einfach Metternichs Empfangsbestätigung für die Zahlung im Jahre 1815. Wie die aussieht, mögen die Götter wissen. Also du siehst, es wird amüsant.«

Guffys gutmütiges rundes Gesicht belebte sich. »Das ist doch aber ganz nett«, sagte er. »Ich meine, ich finde es ganz reizvoll. Wer wohnt denn jetzt in dem Schloß von Pontisbright? Ich kenne die Gegend dort recht gut, aber ich kann mich nicht erinnern, daß ich auch nur den Namen schon mal gehört hätte.«

Campion warf Farquharson einen Blick zu und schnitt ein Gesicht. »Da haben wir's mit einem weiteren Haken zu tun«, sagte er. »Es ist überhaupt kein Schloß mehr da. Als der letzte Graf gefallen war, hat die alte Gräfin, die als einzige des Geschlechtes noch übrig war, einfach alles in Bausch und Bogen verkauft. Die ganze Bude wurde abgetragen und Stück für Stück verkauft, bis nichts weiter übrig war als ein Loch, in dem die Grundmauern gestanden hatten.« Er machte eine Pause. »Davon haben wir nicht viel, nicht?«

»Aber der Garten!« beharrte Guffy. »In diesem Brief wird doch ausdrücklich der Garten erwähnt.«

»Ach, das Grundstück selber ist schon noch vorhanden, soviel wir wissen«, schaltete Farquharson sich ein. »Völlig ungepflegt, aber doch noch vorhanden.«

»Aber wohnt in dem Nest nicht doch irgend jemand, der wenigstens entfernt was mit der Familie zu tun hat? Im Auszugshaus oder so?«

»Eine Mühle ist da«, warf Eager-Wright hin. »Da wohnt die Familie eines Mannes, der vor dem Kriege Ansprüche auf den Grafentitel erhoben hat. Er ist aber nicht durchgekommen damit. Dann ist er in Frankreich gefallen. Die Familie besteht aus ein paar Kindern, glaube ich, aber genau wissen wir das nicht. Meinst du, wir sollten da mal hinfahren, Campion?«

Der große, blonde junge Mann mit der Hornbrille nickte. »Ich denke doch. Schließlich sind Doyle und seine Hintermänner, soviel wir wissen, außer uns die einzigen, die sich für die Sache interessieren. Da wir bis jetzt nichts Greifbares in Aussicht haben, können wir ruhig mal hinfahren und sehen, was die Konkurrenz hat. Weißt du, Farquharson, könntest du dich in deinem Amte als oberster Kammerherr um die nötigen Vorbereitungen kümmern – unsere Rechnung bezahlen und die Zimmer kündigen und dafür sorgen, daß wir heute abend wegkommen?«

»Heute abend?« begehrte Lugg auf. Aber da klopfte es diskret an der Eingangstür der Hotelsuite, und er trottete mürrisch hin, um sie aufzumachen. Als er gleich darauf wiederkam, meldete er, Monsieur Fleurey sei untröstlich, aber ob er vielleicht Mr Randall kurz sprechen könne.

Einigermaßen erstaunt ging Guffy hinaus. Noch größer war seine Überraschung, als er Fleurey selbst auf der Schwelle stehen sah. Es war sichtlich ein schwerer Schlag für den kleinen Hoteldirektor, daß er gezwungen war, etwas in eigener Person zu besorgen.

»Monsieur Randall«, begann er, »es ist mir außerordentlich unangenehm, aber darf ich Sie vielleicht bitten, mit mir zu kommen?«

Er führte den jungen Mann in eine unvermietete Suite weiter hinten auf dem Korridor und machte mit größter Umsicht die Tür zu. Nachdem er sich überzeugt hatte, daß er nicht belauscht werden konnte, wandte er seinem Gast ein fettglänzendes Gesicht zu, in dem so tiefer Kummer geschrieben stand, daß es Guffys ganzes Mitleid ebenso wie seine Neugier erregte.

»Monsieur, die Lage, in der ich mich befinde, ist geradezu grauenvoll. Ich bin ruiniert. Meine Welt ist eingestürzt. Es wäre unendlich viel besser, ich wäre tot.«

»Schon gut«, sagte Guffy, da er nicht wußte, was er sonst hätte sagen können. »Was ist denn los?«

»Der abscheuliche Idiot, der sich beschwert hat«, fuhr Fleurey mit Tränen in den Augen fort, »– er ist weg! Er ist abgeschwirrt, entwichen wie ein übler Dunst. Aber das ist noch nicht alles. Umstände, über die ich zu schweigen verpflichtet bin, Umstände, die Sie, mein lieber Monsieur Randall, als Mann von Ehre verstehen und achten werden, Winkelzüge des Schicksals, gegenüber denen ich ohnmächtig bin, zwingen mich zu der Forderung, daß der Diener Smith Gegenstände zurückgibt, die er möglicherweise aus dem Zimmer dieser *canaille* weggenommen hat – zweifellos aus einem durchaus begreiflichen Versehen.«

»Na«, sagte Guffy, hin und her gerissen zwischen Schuldgefühl und dem Wunsche zu helfen, »ich glaube, das wird aber ziemlich peinlich.«

»Peinlich? In meinem ganzen Berufsleben habe ich noch kein so zermalmendes Gefühl der Verlegenheit empfunden wie in diesem Augenblick! Aber was bleibt mir übrig? Ich sage Ihnen, mein ganzes Leben, das Wohlergehen meines Hotels, auf dem meine Existenz beruht – all das hängt von der Rückgabe eines gewissen ...« – Fleurey schluckte – »eines gewissen Briefes ab, den der Diener Smith zweifellos für sein Eigentum gehalten hat.«

Guffy faßte einen Entschluß. Abgesehen davon, daß der kleine Hoteldirektor offenbar dicht daran war, sich ihm weinend vor die Füße zu werfen, hatte Randall sehr entschiedene Ansichten hinsichtlich der moralischen Berechtigung von Luggs Eskapade.

»Passen Sie mal auf!« sagte er. »Ich nehme an, es handelt sich um irgendein Versehen. Ich möchte vorschlagen, Sie suchen das Zimmer, in dem dieser Mann mit der Schnief ... – ich meine, Ihr ehemaliger Gast – gewohnt hat, in ungefähr einer Viertelstunde noch einmal ab. Man kann ja bei Briefen nie wissen. Solche Sachen können unter Betten rutschen oder sich unter Teppiche schieben, nicht wahr?«

Fleureys kleine, lebhafte Augen begegneten eine Sekunde lang denen des Engländers. Dann ergriff er Guffys Hand und quetschte sie. »Monsieur Randall«, sagte er mit einem Schlukken, das er nicht ganz zu unterdrücken vermochte, »Sie sind ein wahrer Held.«

Guffy begab sich in die fürstliche Suite zurück und brachte sein Ultimatum vor.

Lugg stellte sich bockbeinig an, doch Campion ging sofort darauf ein. »Das ist eigentlich eine recht gute Idee«, sagte er. »Lugg, Sie gehen still und leise hin und werfen den Brief hinters Bett. Gelesen haben wir ihn ja. Stellen Sie sich nicht so dumm an!«

Als der ungeschlachte Mensch murrend losgezogen war,

um den Auftrag auszuführen, wandte Campion sich wieder an Guffy. »Ich kann mir nicht vorstellen, daß es viele Dinge gibt, über die unser Freund Fleurey sich derart entsetzlich aufregen kann. Du etwa?« fragte er langsam.

»Kaum. Es hat ja ausgesehen, als wäre der arme Kerl dem Selbstmord nahe.« Guffy war noch immer voll Verwunderung.

Campion trat ans Telefon. »Klein Albert hat einen seiner seltenen Geistesblitze«, sagte er und meldete ein Gespräch nach Paris an.

Nach einer kurzen Unterhaltung in raschem Französisch mit irgendeinem Orakel in der Hauptstadt legte er den Hörer auf und sah das Trio an. Die matten Augen hinter den Brillengläsern hatten einen seltsamen Ausdruck, und zum erstenmal an diesem Tage lag auf seinen hohen Wangenknochen ein schwacher Farbhauch.

»Das war mein alter Freund Daudet von der Sûreté«, sagte er. »Der weiß alles. Aber in diesem Falle hat es sich wirklich um eine ganz einfache Frage gehandelt. Mir war der Gedanke gekommen, daß der gute Fleurey wohl nur aus einem einzigen Grunde in eine derartige Hysterie verfallen kann: nämlich aus Angst, seine Stelle zu verlieren, die hervorragende Position aufgeben zu müssen, die er sich so mühsam erarbeitet hat. Ich habe mich bei Daudet erkundigt, wer der Besitzer unseres Hotels ist, und er hat mir gesagt, es gehört ebenso wie das Mirifique in Nizza und das Mirabeau in Marseille der Société Anonyme de Winterton Incorporated. Und der Generaldirektor und Hauptgesellschafter dieses interessanten kleinen Unternehmens, meine Besten, ist niemand anders als unser lieber, guter Phil Savanake. Wißt ihr, ich glaube, jetzt geht's wirklich los.«

4
Ort voller Rätsel

»Da sehen wir des Schicksals mächtige Flammenschrift mitten im ›East Suffolk und Hadleigh Kurier‹ – wenn auch stilistisch nicht ganz einwandfrei«, sagte Campion sechsunddreißig Stunden später vergnügt zu Guffy, der neben ihm im Fond seines ehrwürdigen Bentley saß. Lugg steuerte den Wagen, und neben ihm hielt Eager-Wright ein friedliches Nickerchen.

In dem Lokalblatt, das sie unterwegs gekauft hatten, war eine Überschrift: ›Rätselhafter Überfall‹, und die wenigen Worte die darunter standen, las er schon zum vierten oder fünften Male:

›Miss Harriet Huntingforest, wohnhaft in Pontisbright bei Hadleigh, Suffolk, wurde gestern das Opfer eines seltsamen Überfalls durch einen Einbrecher, der ins Haus eindrang, es durchsuchte, aber keine Wertgegenstände entwendete. Miss Huntingforest, die den Einbrecher überraschte, forderte ihn unerschrocken zum Verlassen des Hauses auf, wurde aber brutal niedergeschlagen, so daß sie das Bewußtsein verlor. Nach dem einzigen Hinweis auf die Person des Täters, den Miss Huntingforest dem Ortsgendarm liefern kann, ist dieser von ungewöhnlicher Größe und besitzt ein auffallend eulenhaftes Gesicht.‹

»Fein, nicht?« sagte Campion und reichte Guffy die Zeitung. »Das ist eine unmittelbare Botschaft der Vorsehung, die mir zu verstehen gibt: ›Albert, du bist auf der richtigen Spur‹.«

»Das ist höchst merkwürdig«, sagte Guffy. »Ich bin froh, daß ich mitgekommen bin. Nachdem Farquharson zurückbleiben mußte, um seinen Bericht abzugeben, wäre der Hofstaat von Averna ohne mich ein bißchen unvollständig, glaube ich.«

»Was mag dieser Mr Doyle mit dem Eulengesicht bloß damit bezwecken, daß er alte Damen vermöbelt?« fragte sich Campion kopfschüttelnd. »Nun, wir müssen uns eben gedulden, bis wir hinkommen – falls wir überhaupt hinkommen.« Er ließ den Blick über das einsame Land schweifen, durch das sie fuhren.

Von Kilometer zu Kilometer wurde das Landschaftsbild immer lieblicher und ländlicher. Es war, als wären sie schon kilometerweit gefahren, ohne eine Menschenseele zu sehen. Plumpe weiße Häuschen lagen zwischen großen, abgeblühten Bäumen versteckt, die steinigen Straßen waren staubig und stellenweise äußerst schlecht.

Kaum hatte er ausgeredet, da brachte Lugg an einer besonders verwirrenden Kreuzung, von der fünf Straßen ausgingen, den Wagen zum Stehen und drehte sich mit verärgerter Miene zu seinem Brotherrn um. »Na, wo stecken wir jetzt?« fragte er.

»Sind Sie denn blind drauflosgefahren?« fragte Campion sanft zurück. »Springen Sie mal raus, und sehen Sie sich den Wegweiser an!«

Lugg gehorchte brummend und kam bald darauf mit der Mitteilung zurück, die beiden Straßen zur Rechten führten angeblich nach einem Ort namens Sweethearting, geradeaus gehe es nach Little Dunning und sie seien offenbar aus Little Sweffling gekommen. Dann zeigte er auf die fünfte der Straßen und fügte hinzu: »An der da is bloß so'n Pfadfinderzeichen. Wahrscheinlich hat das arme Schwein, was den Wegweiser gemalt hat, auch nich gewußt, wo die hinführt, und is so erledigt gewesen, daß er nich mehr hinlatschen konnte und nachgucken. Woll'n wir mal hinfahren und nachsehn?«

»Ein Pfadfinderzeichen?« fragte Campion. Als Luggs mächtige Pranke auf ein Tor rechts von ihnen wies, hinter dem ein gepflügtes Feld lag, erhob sich der junge Mann langsam, stieg aus und ging auf das Tor zu, um das Zeichen näher zu betrachten. Auf dem verwitterten und verschmutzten Holz war ein runder Fleck blank geschabt, in dessen Mitte ein rotes Kreidezeichen zu sehen war. Es war sorgfältig gezogen und bestand aus einem Kreuz mit einem Häkchen darüber.

Campion legte die Stirn in Falten. »Äußerst merkwürdig!« sagte er zu Guffy, der hinzutrat. »Sicherlich ist es bloß Zufall. Hast du so ein Zeichen schon mal gesehen, Guffy? Es ist wahrscheinlich das älteste Symbol der Welt.«

Eager-Wright, der sich inzwischen zu ihnen gesellt hatte, machte ein verblüfftes Gesicht. »Ich hab's schon mal irgendwo gesehen«, sagte er. »Was ist das? Ein Landstreicherzeichen?«

»Nein«, sagte Campion langsam, »es ist ein vorzügliches Exemplar des uralten Gott-steh-uns-bei-Zeichens. Offen gesagt, Freunde, ihr habt keine Ahnung, wie alt es ist. Es ist wahrscheinlich das Zeichen, das die Kinder Israel in Zeiten der Verfolgung an ihre Türen gemalt haben. Die alten Briten haben es angewandt, als die norwegischen Seeräuber über sie herfielen. In der Zeit des Schwarzen Todes konnte man es an fast jeder Tür und Hauswand finden. Das Kreuzsymbol ist ja viel älter als das Christentum. In der Regel findet man dieses Ding mehr in Gegenden, die von einer Gefahr bedroht sind, als an Stellen, wo das Unglück schon zugeschlagen hat. Es ist eine Art... nun ja, es ist ein Symbol der Angst. Es ist sehr eigenartig, daß es jetzt hier auftaucht.«

»Wenn wir 'ne Wirtschaft finden könnten«, sagte Lugg, dem das Phänomen wenig oder gar keinen Eindruck gemacht hatte, »könnten wir nach 'm Weg fragen. Dann hätten wir doch wenigstens das Gefühl, wir kommen vorwärts und täten jedenfalls nich die Zeit verplempern.«

Die Richtigkeit dieser Bemerkung war nicht zu bestreiten, und nachdenklich trotteten sie zum Wagen zurück.

Die grüne Landschaft wirkte in der Spätnachmittagssonne so friedlich und lieblich, und doch konnte man nicht wissen, was für eine Wolke über dieser sanften, unberührten Gegend hängen, was für ein Geheimnis sich in ihren üppigen Wiesen oder hinter den herabhängenden Ästen ihrer dichtbelaubten Bäume verbergen mochte.

Es war acht Uhr abends, als Lugg, der offenbar eine Art Wünschelrutengespür für Bier entwickelt hatte, den alten Bentley langsam in das breite Tal hinabsteuerte, in dem das Dorf Pontisbright lag. Der größte Teil des Ortes erstreckte sich an zwei Seiten einer rechteckigen Heidefläche entlang, die etwa dreißig Morgen umfaßte und mit Ginster und Heidekraut zwischen kurzem, borstigem Gras bewachsen war. Die Hauptstraße, auf der sie kamen, lief an einer Seite der Heide entlang, senkte sich dann plötzlich, bog im Grunde des Tales im rechten Winkel ab und setzte sich nordwärts fort. Links von ihr schlängelte sich ein Flüßchen, an dessen Ufer eine alte weiße Mühle mit geräumigem Wohngebäude stand. Dort also wohnte die Familie Fitton – die Kinder des Mannes, der Ansprüche auf den Titel eines Grafen Pontisbright erhoben hatte.

Gegenüber der Mühle begann ein ausgedehnter Waldstreifen. Sie vermuteten, daß etwa an dieser Stelle wohl einst das Schloß des Grafen Pontisbright gestanden haben mußte. Aus dem Wald ragte an der entgegengesetzten Ecke ein anderes Haus hervor, das mit seinen weißen Mauern und dem Schieferdach in seltsamem Gegensatz zu all dem Alten rundherum stand.

Lugg schwenkte von der Hauptstraße ab und fuhr mit dem Bentley stolz vor der Pforte eines der reizvollsten Wirtshäuser in dieser für seine Dorfgasthöfe berühmten Gegend vor. Der ›Fehdehandschuh‹ hatte ein Strohdach, und seine vergitterten Fenster saßen unregelmäßig in den mit Klematis bewachsenen Wänden. Am Rande des kopfsteingepflasterten Vorhofes stand eine Reihe von Bänken. Zwischen den Steinen war ein Pfosten eingerammt, von dem ein großes Wirtshausschild herabhing. Die grobe Malerei war stark verwittert, doch die Umrisse eines eindrucksvollen Handschuhs auf blauem Grunde waren gerade noch erkennbar.

Es war klar, daß die Ankunft von Fremden ein gewisses Aufsehen erregen mußte. In den unteren Fenstern tauchten erstaunte Gesichter auf, und das Gemurmel aus der Bar verstummte.

Lugg schnüffelte, während er aus dem Wagen kletterte und seinen Passagieren die Tür zum Aussteigen aufhielt. »Aussehen tut's wie gemalt«, sagte er und setzte ernst hinzu: »Na, hoffentlich is es nich bloß Augenwischerei, und das Bier taugt auch was.«

In der Bar fanden sie den Wirt, ein rundliches Männchen mit Hemdsärmeln und Mütze, das ein ziemlich entsetztes Gesicht machte. Er schien nicht recht zu wissen, ob er ihnen Unterkunft bieten könne, und sie hatten den Eindruck, ihre unerwartete Ankunft habe ihn in ehrliche Verlegenheit gebracht. Schließlich aber erlag er Guffys Überredungskünsten, und seine Frau, eine umfängliche Person mit rotem Gesicht, die gleich ihrem Manne ein wenig verängstigt wirkte, führte sie hinauf in geräumige Gästezimmer im unverfälschten Stil der Tudor-Zeit.

Da es zu spät war, um noch Besuche zu machen, begnügte sich der Hofstaat von Averna an diesem Abend damit, zielbewußt-zwanglos herumzuhorchen. Eager-Wright und Guffy mischten sich unter die Männer, die sich in der Bar mit dem altbeliebten englischen Pfeilwurfspiel die Zeit vertrieben, während Campion den Wirt, Mr Bull, zu dem ebenso beliebten Münzenspiel, dem ›Shove-ha'penny‹, am Schankstubentisch aufforderte, der von langen Jahren eifrigen Spielens blank war wie Glas. Es ist ein Spiel, das Fremdheit und Unterschiede schnell ausgleicht, und so kamen Bull und Campion im Laufe des Abends in ein freundschaftliches Verhältnis, wie sie es sonst vielleicht erst nach Jahren hätten erreichen können.

»Ich kann Sie nicht bemogeln«, sagte der Wirt zu Campion

und sah den jungen Mann vertrauensselig an. »Ich könnte ja mein Glas hochnehmen und dabei eine Münze mit dem Ärmel runterwischen.« Er machte es mit bemerkenswerter Geschicklichkeit vor. »Aber ich mach's nicht. Ich mach's nicht, denn das wär' gemogelt, und das wär' nicht anständig.«

»Ich auch nicht«, sagte Campion, da er glaubte, sein Partner erwarte von ihm irgendeine Reaktion auf diese bedeutsame Erklärung.

»Nein, wahrscheinlich nicht«, sagte der Wirt. »Wahrscheinlich könnten Sie's gar nicht. Da gehört schon allerhand Übung dazu. Es gibt Leute hier im Hause« – er wies mit einer Kopfbewegung auf einen harmlos aussehenden Alten, der sich in einer Ecke mit Bier vollaufen ließ –, »die versuchen das schon seit fünfzig Jahren und haben's noch nie fertiggebracht, jedenfalls nicht, ohne dabei erwischt zu werden. Aber ich will Ihnen mal was sagen«, fuhr er fort und hauchte Hopfendunst und Vertraulichkeit in Campions Ohr, »es gibt einen, vor dem müssen Sie sich in acht nehmen beim Shove-ha'penny, und das ist Scatty Williams. Der Scatty Williams, das ist ein Schlauer.«

Campion schien für den Augenblick sein Spiel vergessen zu haben. »Scheint ja ein komischer Vogel zu sein«, warf er ein.

»Ja, das stimmt sogar«, sagte der Wirt und spuckte aus. »Er sieht ein bißchen aus wie ein Vogel – wie 'ne Ente. Glatze und lange gelbe Nase. Nicht quittengelb natürlich – so ähnlich wie die Wände hier.«

In Campions Vorstellung nahm das interessante Bild, das er sich von Scatty Williams machte, geradezu phantastische Züge an.

»Er arbeitet da in der Mühle«, erzählte der Wirt weiter. »Der und die Miss Amanda, die schmeißen praktisch den Betrieb. Die hat übrigens einen Radiofimmel. Dazu wird die Mühle jetzt hauptsächlich benützt.«

Bisher war Campion noch nicht auf den Gedanken gekommen, daß die Mühle noch in Betrieb sein könnte, und sein Interesse an der Familie Fitton stieg. »Ich hätte gedacht, es gibt gar nicht genug Korn hier in der Gegend, daß eine Mühle sich tragen kann«, sagte er einfältig.

»Das stimmt schon«, bestätigte Bull, »Korn gibt's sehr wenig. Miss Amanda mahlt wahrscheinlich keine zwanzig Sack im Jahr. Sie betreibt einen Dynamo. Damit lädt sie Radiobatterien auf. Die ist ganz tüchtig für ihr Alter – sie ist ja erst siebzehn.«

»Siebzehn?« fragte Campion, in dessen Kopf ein recht interessantes Bild der beiden Müller von Pontisbright entstand. »Wohnt dieses erstaunliche Mädchen ganz allein in der Mühle?«

»Nein, nein. Drei sind's – drei von der Familie Fitton. Da ist Mary, die Älteste; die ist dreiundzwanzig. Dann kommt Miss Amanda. Und dann der junge Hal; der ist erst sechzehn. Der wär' der Gutsherr, wenn die Gerichte gerecht wären, denn ein Pontisbright ist der bestimmt. Sie werden ihn ja sehen. Wie ein wandelnder brennender Busch sieht er aus – ja, das stimmt.«

Campion kam nicht dazu, sich diesen auffälligen Vergleich erläutern zu lassen, denn der Wirt redete weiter:

»Außerdem wohnt eine Ausländerin bei ihnen, eine tüchtige, anständige alte Dame. Miss Huntingforest heißt sie. Gestern ist sie von einem Einbrecher niedergeschlagen worden.« Er wurde einen Augenblick nachdenklich und wandte sich dann mit der Miene eines Mannes, der eine Eingebung gehabt hat, an Campion: »Jetzt ist mir wirklich ein Gedanke gekommen. Wenn Sie und die andern Herren sich hier aufhalten wollen, dann ist es das beste, Sie lassen sich als Pensionsgäste in der Mühle einquartieren. Ich glaube, die würden Sie gerne aufnehmen. Scatty hat zu mir gesagt, er wollte sich die Zeitung ausborgen und nachsehen, ob vielleicht jemand wegen einer Unterkunft inseriert hat.«

»Das wäre gar keine schlechte Idee«, sagte Campion. »Eine sehr gute Idee wäre das sogar. Aber ich denke, wir haben uns schon hier bei Ihnen eingemietet?«

»Das tut nichts«, sagte Bull mit Nachdruck. »Zerbrechen Sie sich nur deswegen nicht den Kopf! Mir macht das nichts aus.«

»Richtig«, sagte Campion einfältig. »Richtig. Sie sind hier anscheinend gar nicht scharf auf Gäste? Ich hatte gleich so ein sonderbares Gefühl, als wir ankamen.«

»Ah«, sagte Bull, »sonderbar ist es schon, und ich wär kein ehrlicher Mensch, wenn ich das nicht zugeben täte.«

Sie spielten noch über die Polizeistunde hinaus. Eager-Wright und Guffy gingen in ihre Zimmer hinauf, und Campion blieb allein mit dem Wirt in der großen leeren Schankstube zurück. Eine Öllampe war angesteckt worden, und die unbestimmten Schatten, die sie über den Tisch warf, gaben dem Wirt einen solchen Vorteil gegenüber seinem Gegner, daß er offenbar fand, es wäre schade um das schöne Geld, wenn er den Vorschlag machte, mit dem Spielen aufzuhören.

Campions Gesicht blieb stumpf und nichtssagend; doch in die Augen seines Gastgebers kam, als die Nacht sich immer mehr um sie legte, wieder der verängstigte Ausdruck, der schon zu Beginn des Abends darin geflackert hatte, und gegen elf Uhr, während sie noch beim Spiele saßen, erschien Mrs Bull an der Tür, einen Mantel über das Nachtgewand geworfen, auffallend bleich im Gesicht. Ihr Mann ging hin und sprach mit ihr, und der Gast, der gleichgültig am Tische saß, schnappte einen gedämpften Satz auf. Es waren alltägliche Worte, doch in dem Flüsterton, in dem sie gesprochen wurden, lag Entsetzen: »Es ist wieder da draußen!«

Campion trat ans Fenster, um das Gespräch nicht zu belauschen, schlug den kurzen roten Vorhang zurück und blickte hinaus in eine der herrlichsten Mondnächte, die er je erlebt hatte. Der Mond war nahezu voll, und sein Licht strömte ins Zimmer wie ein Scheinwerferstrahl. Draußen war es so hell, daß man beinahe die Farben unterscheiden konnte.

Campion stand da und betrachtete die Aussicht, als hinter ihm ein rascher Schritt zu hören war. Im nächsten Augenblick wurde ihm der Vorhang aus der Hand gerissen und mit einem Ruck wieder vor das Fenster gezogen. Er drehte sich mit höflichem Erstaunen um und erblickte den Wirt.

Der Mann war ganz bleich, seine kleinen Augen zuckten, und seine Lippen bebten. »Lassen Sie das nicht hier rein!« sagte er heiser. »Lassen Sie das auf keinen Fall hier rein!«

Er ging in den Barraum und war gerade dabei, sich etwas einzugießen, als Campion hereintrat. Der junge Mann blieb an der Tür stehen. Er wirkte so harmlos und hilflos wie immer. »Ist etwas Merkwürdiges im Gange?« erkundigte er sich freundlich.

Bull trank, ehe er antwortete. Dann senkte er die Stimme und sagte unsicher: »Die Mächte der Finsternis! Gott steh uns bei!«

Während er das sagte, zeichnete er mit dem Zeigefinger etwas in die Bierpfützen auf der Theke, wischte es aber mit einem Tuch gleich wieder weg. Campion konnte gerade noch ein Kreuz mit einem kleinen Haken darüber erkennen, ehe es unter dem Wischlappen verschwand.

Langsam ging der junge Mann hinauf in sein Zimmer. Er zog sich nicht aus, sondern stand lange am Fenster und sah in den mondbeglänzten Gasthofgarten hinaus. Da sein Zimmer an der Rückseite des Hauses lag, konnte er die Heide nicht sehen. Alles sah friedlich aus, und die Luft war warm und voller Blütenduft. Es war kaum zu glauben, daß in einem so lieblichen Tal irgendein ernsthaftes Unheil wohnen sollte oder daß ein Schreckgespenst umgehen und so arglose Gemüter wie die braven Menschen des Gasthofes ängstigen könnte.

Campion stand immer noch reglos da und blickte mit den matten Augen hinter seinen Brillengläsern nachdenklich vor sich hin, als das Schloß seiner Tür leise schnappte. Er drehte sich um und sah gerade, wie sich Luggs mächtige Gestalt mit dem großen weißen Gesicht ins Zimmer schob.

Campion musterte ihn kalt. »Suchen Sie etwa ein Nachtlicht?« erkundigte er sich endlich.

»Pst!« machte Lugg und hob warnend die Hand. »Pst! Hier stimmt was nich. Die Beine zittern mir noch so, daß ich kaum sprechen kann.«

»Sie werden ein bißchen komisch, Lugg«, murmelte Campion. »Haben Sie vielleicht Stimmen gehört?«

Lugg ließ sich schwer auf das Bett sinken. »Ich bin 'n Stück spazierengegangen«, sagte er. »Ich hab 'n bißchen Leibschneiden gehabt, und da hab ich mir gedacht, beim Laufen wird's besser.« Er wischte sich die Stirn ab und sah seinen Herrn verständnisheischend an. »Hab gedacht, vielleicht kann ich irgendwas über das Nest hier aufgabeln. Und das hab ich auch. Was ganz Komisches is hier im Gange. Zunächst mal – ich hab 'ne Leiche gefunden.«

»Eine was?« fragte Campion ganz aus der Fassung gebracht.

»'ne Leiche«, sagte Lugg selbstgefällig. »Ich hab mir doch gedacht, da wer'n Sie Augen machen. Die hat da draußen im Mondschein gelegen, in ein Laken eingewickelt. Auf den Schreck hab ich meine Pulle in einem Zuge ausgesoffen.«

»Na ja, Sie müssen sich mal ordentlich ausschlafen«, sagte Campion beruhigend.

Aber Lugg ließ sich nicht abbringen. »Da draußen auf der Heide liegt sie. Komm' Sie sie sich doch mal ansehn! Da schläft man gut hinterher. Ich bin einfach so durch die Gegend gewackelt, die Hände in den Hosentaschen – auf einmal seh ich da mitten in so 'm großen Ginstergebüsch was Weißes schimmern. Ich bin um das Gebüsch rumgegangen, bis ich zu einem kleinen Pfad kam, und da hab ich auf einer freien Stelle mitten drin die Leiche liegen gesehn. Sie war ganz in 'n Leichentuch eingewickelt. Bloß das Gesicht guckte raus. Auf den Augen lagen Penny-Stücke, und das Kinn klappte runter. Es war ein Mann – ein alter Mann, scheint's – und steif wie'n Stock. Ich hab 'n mir bloß ganz kurz angesehn und bin hierher gepest wie 'n angestochener Affe.«

Campion nahm die Brille ab. »Das scheint recht sehenswert zu sein«, sagte er ruhig. »Also los!«

Sie schlichen leise aus dem Gasthof hinaus, gingen auf Zehenspitzen über das Kopfsteinpflaster und atmeten erleichtert auf, als ihre Füße in das schalldämpfende Gras der Heide einsanken.

»Da drüben isses«, sagte Lugg und zeigte auf ein ausgedehntes dunkles Gebüsch nahe der unbewohnten Seite der Heide. »Is'n bißchen komisch, nich? 'ne Leiche is ja ganz schön, aber wenn 'ne Leiche so mitten auf der Heide aufgebahrt liegt – da is doch was Grauliches bei.«

Campion schwieg, aber er beschleunigte den Schritt, und nach und nach kamen sie näher an das Ginstergebüsch heran. Als sie nur noch ein paar Meter von seinem Rande entfernt waren, schob sich eine Treibwolke vor den Mond und nahm ihnen vorübergehend das Licht.

»Hier isses.« Luggs Stimme klang ungewöhnlich belegt. »Das is der Pfad.«

Er trat in eine schmale Spur hinein und schob im Gehen die überhängenden stachligen Zweige mit den gelben Blüten beiseite. Gerade als sie die freie Stelle erreichten, kam der Mond hinter der Wolke hervor, und alles war wieder hell beleuchtet.

Auf der freien Stelle war nichts – bis auf sie selbst.

»Aber ich hab sie doch gesehn!« rief Lugg hysterisch. »Da, Sie könn's selber sehen, hier hat sie gelegen.« Er wies auf ein grob gemachtes Lager aus trockenem Farn und Heu in der Mitte der freien Stelle, wohin das Mondlicht ungehindert drang.

Campion trat einige Schritte vor und hob etwas auf, das, halb vom Schatten verdeckt, unter einem Ginsterstrauch lag. Es war ein Stück Leinen, etwa so groß wie ein Herrentaschentuch. Mit spitzen Fingern schüttelte er es aus, und Lugg brummte.

Auf das Taschentuch war etwas gezeichnet – ein Kreuz mit einem Häkchen darüber.

»Na«, sagte Lugg, dem plötzlich die Worte fehlten, »na, was sagen Sie dazu?«

Campion warf den Stoffetzen weg und wischte sich seine langen weißen Finger sorgsam mit seinem Taschentuch ab. »Nichts sage ich, mein Lieber«, antwortete er. »Gar nichts sage ich. Ich weiß nicht, was ich dazu sagen soll.«

5
Die schöne Müllerin

»Gestern noch Fürst«, bemerkte Campion, als er am nächsten Morgen mit Guffy und Eager-Wright über die Heide auf die Mühle zuwanderte, »– heute ein armer Schlucker, der den Schaden reparieren kommt. Da steckt ein hübsches Stückchen billige Philosophie drin.«

»Also mit dem Erzfürstenrummel machen wir Schluß?« fragte Eager-Wright, nicht ohne Erleichterung.

Campion nickte. »Von jetzt an«, sagte er steif, »bringt ihr mir nicht mehr Respekt entgegen als meinem von Natur aus überlegenen Intellekt gebührt.«

Guffy, der nicht auf das Gespräch geachtet, sondern die Gegend mißbilligend gemustert hatte, wandte sich zu ihnen um. »Ein Jammer, daß sie das alte Schloß abgerissen haben«, sagte er. »Es muß ein ganz schöner Bau gewesen sein. Das da drüben neben der Kirche wird wohl das Pfarrhaus sein.«

Die drei jungen Männer blickten nach dem Schieferdach des neueren Hauses, das sie schon vom Wagen aus wahrgenommen hatten, und Eager-Wright faßte in Worte, was sie alle dachten: »Wahrscheinlich ist es gar nicht so einfach, da im Walde herumzupirschen. Immerhin, wir sind ja vermutlich allein auf weiter Flur. Der Kerl mit dem Eulengesicht wird wohl kaum noch hier herumlungern nach seiner Riesenblamage mit dem Überfall auf Miss Huntingforest – oder wie die Frau heißt.«

»Ich weiß nicht, ob ihr schon auf den Gedanken gekommen seid«, sagte Campion unsicher, »daß unser großer Geschäftsfreund Savanake im Augenblick den mit dem Eulengesicht und diesen Edwards mit der Schniefnase nur deshalb für sich arbeiten läßt, weil er seit ein paar Jahren ein mehr oder weniger rechtschaffenes Leben geführt hat und sich deshalb nicht mehr auskennt. Aber jetzt kann es ihm jeden Augenblick einfallen, Verbrecher etwas besserer Sorte anzuheuern. Darum müssen wir uns beeilen. Ich wäre froh, wenn wir die Trophäen in den sicheren Port bringen könnten, ehe Savanake die Sache selber in die Hand nimmt. – Aha, da wären wir!«

Sie hatten die Heide nun hinter sich und bogen in den schmalen Fahrweg zur Mühle ein. Hier lag der ländliche Reiz von Suffolk in voller, unverfälschter Lieblichkeit vor ihnen. Trotz der Rührigkeit der jungen Miss Amanda und ihres Gehilfen hatte die Mühle offensichtlich nicht viel zu tun, denn auf dem Fahrweg wucherte Gras. Daneben lag ein grober Grünflecken, der sanft zu dem weiß schäumenden Mühlgraben hin abfiel. Die Mühle selber, ein großer weißer Bau aus Holz und Ziegeln, spannte sich über den Fluß zu der Wiese am andern Ufer hinüber, und daneben stand das Wohnhaus.

Falls man noch Zweifel daran gehegt hatte, daß die Müller von Pontisbright einmal wohlhabende Leute gewesen waren, so mußten sie sich alsbald zerstreuen. Das Haus war ein fast vollkommenes Beispiel der Architektur des späten 15. Jahrhunderts. Seine Fachwerkmauern waren verputzt und mit schönen Schmuckleisten verziert. Große Flügelfenster mit Rautenmustern standen unter rostroten Ziegeln vor. Der ganze weitläufige Bau erinnerte irgendwie an eine schmucke spanische Galeere mit geblähten Segeln. Den Reiz des Hauses erhöhten noch die ausgeblichenen Kattunvorhänge, die durch die offenen Fenster flatterten, sowie der Schimmer polierten Holzes aus dem Inneren. Selbst die äußerst komplizierte Antennenanlage, mit der das Dach drapiert war, wirkte ländlich und altertümlich.

Ein Anachronismus jedoch stach ins Auge: Vor der Tür stand ein zwar uraltes, aber doch unverkennbar elektrisches Automobil. Dieses sonderbare Gefährt war mit ungeübter

Hand rot gestrichen worden, und wie es nun so behäbig dastand, sah es aus, als sei es vor Scham über sein Alter so tief errötet. Als sie näher kamen, sahen Sie, daß der ursprüngliche Polsterbezug, der längst das Zeitliche gesegnet hatte, durch den gleichen ausgeblichenen Kattun ersetzt worden war, der zum Schmuck des Hauses diente.

Guffy starrte die Erscheinung mit ehrerbietigem Staunen an. »Das ist ja ein tolles Vehikel!« rief er. Dann machte er eine Pause und blickte zweifelnd um sich. »Wir sind eigentlich ziemlich viele auf einmal«, sagte er zögernd. »Wollt ihr beiden nicht reingehen und alles abmachen? Ich warte draußen.«

Von dem Augenblick an, als Campion und Eager-Wright sich der Haustür näherten, legte sich über das ganze Unternehmen eine Atmosphäre leicht komischer Unwirklichkeit. Kaum hatte Eager-Wright an die Tür geklopft, da wurde sie mit verdächtiger Eilfertigkeit von einem Menschen aufgerissen, der nach der Beschreibung des Wirtes leicht als Scatty Williams zu erkennen war.

Der Mann ähnelte wahrhaftig in erstaunlichem Maße einer Ente. Sein Kopf war ganz kahl und weiß, sein Gesicht aber gelblich. Die munteren blauen Äuglein, die hinter buschigen grauen Augenbrauen fast verschwanden, lagen dicht beieinander. Von der schmalen Nasenwurzel schwang sich eine gewaltige Nase vor, die an der Spitze dermaßen entenschnabelähnlich aufgebogen war, daß man beinahe erwartete, er würde quaken. Zu der Ausgefallenheit seiner Erscheinung kam noch, daß er eine weiße Weste von altmodischem Schnitt trug, an die weiße Ärmel angesetzt waren, so daß sie ein wenig an eine Barkellnerjacke erinnerte. Im übrigen war er mit Kordhosen, gewaltigen Stiefeln und einem leuchtendblauen Hemd ohne Kragen bekleidet.

Er strahlte den Besuchern mit sichtlicher Freude entgegen. »Kommen Sie nur, kommen Sie nur rein!« sagte er, ehe sie noch zum Sprechen kamen, riß sich dann zusammen und setzte mit feierlichem Ernst, der ebenso ausgeprägt war wie zuvor seine lebhafte Freude, hinzu: »Sie sind doch wohl die Herren, wo sich hier einmieten wollen? Wen darf ich melden?«

Eager-Wright warf seinem Gefährten einen fragenden Blick zu.

»Eager-Wright und Campion«, sagte der blasse junge Mann bestimmt.

Um die Namen nicht zu vergessen, murmelte ihr Führer sie vor sich hin, während er die Gäste durch einen fliesenbelegten Flur, den ein süßer Duft erfüllte, in ein niedriges Zimmer führte, in dessen sehr schwachem Lichte dunkel aufragende Möbelmassen undeutlich zu erkennen waren.

Es war wirklich gar zu dunkel in dem Zimmer. Gleich beim Hereinkommen stolperte Eager-Wright über einen Stuhl. Als er, eine Entschuldigung murmelnd, das Gleichgewicht wiederfand, sah er sich jemandem gegenüber, der mit ausgestreckter Hand auf ihn zugetreten war.

»Guten Morgen!« sagte eine helle, unerwartet vibrierende weibliche Stimme. »Mein Name ist Amanda Fitton. Das Haus ist uralt und ausgesprochen malerisch. Es ist ein hervorragend sit... – situ... – na jedenfalls, ein guter Ausgangspunkt zum Baden, Kahnfahren, Angeln, Wandern und – äh – Autofahren. Vielleicht haben Sie den Wagen draußen gesehen?« fügte die Stimme mit kaum verhohlenem Stolz hinzu. »Die Beköstigung ist gut«, haspelte sie weiter. »Kräftige und – äh – reichhaltige Hausmannskost. Wir haben hier ausgezeichnetes Wasser, falls Sie empfindlich sind. Milch, Butter und Eier können Sie so viel haben, wie sie essen können.«

Da die Gäste – wenn man von Eager-Wrights mühsamem Atmen absah – keinen Laut von sich gaben, fuhr die Stimme fort, nun schon mit einem Anflug von Verzweiflung: »Es gibt Gelegenheit zur Jagd im Herbst und wahrscheinlich auch zum Golf auf der Heide. Die Beköstigung ist gut«, wiederholte sie etwas lahm. »Wären fünf Guineas die Woche zuviel? Drei Herren sind Sie, nicht wahr? Und dazu ein Diener?«

»Fünf Guineas pro Person?« erkundigte sich Eager-Wright.

»Nicht doch! Fünf Guineas für alle zusammen. Sie können so lange bei uns bleiben, wie Sie wollen, und die Betten sind gut.«

Eine Pause entstand. Dann wurde die Stimme geradezu einschmeichelnd: »Sie kommen doch, nicht? Die Mühle macht nicht viel Krach, und Scatty und ich – ich meine Williams – können sie ja laufen lassen, wenn Sie nicht im Hause sind.«

»Das klingt alles sehr schön«, kam Campions unsichere, dümmlich klingende Stimme aus dem Halbdunkel. »Darf ich etwas zu unserer Empfehlung sagen? Zunächst – wir sind alle sauber und ordentlich, haben freundliche Gemüter und, von Lugg abgesehen, ausgesprochen gute Manieren. Wir haben etwas gegen fließendes Wasser, modernen Komfort, Inneninstallation, Zentralheizung und aufwendige Tapeten. Mein Freund hier – Mr Eager-Wright, der anscheinend über etwas gefallen ist – arbeitet an einem Buch über englische Dorftraditionen, und ich bin zum Teil mitgekommen, um ihm zu helfen, zum Teil zur Erholung. Lugg macht sich im Hause sehr nützlich, und wir hatten gedacht, wir zahlen Ihnen wöchentlich drei Guineas pro Person. Meinen Sie, wir sagen Ihnen als Gäste zu?«

Abermals war es still in dem halbdunklen Zimmer. Dann fragte die Stimme plötzlich: »Machen Ihnen schäbige Möbel etwas aus? Ich meine – mit Rissen im Polsterstoff?«

»Für meinen Geschmack«, sagte Campion mit Überzeugung, »gibt nichts einem Hause so reizvolle Patina wie Risse in den Bezügen.«

»Na«, sagte die Stimme, »dann können wir ja ein bißchen Licht ins Zimmer lassen. Achtung – ich ziehe die Gardinen auf!«

Sie hörten sie vorsichtig durchs Zimmer gehen. Dann schoben sich mit großem Ringeklirren die Vorhänge zurück, und man sah ein Zimmer, das einmal hübsch möbliert gewesen war. Die feinen blau-rosa Brokatbezüge der Sofas und Ohrensessel waren immer wieder ausgebessert worden, bis es nicht mehr ging. Der Brüsseler Teppich war so fadenscheinig, daß nur noch schwache Spuren des Musters übrig waren. Alle Möbelstücke, denen Alter etwas anhaben kann, waren trotz mühsamer Pflege schon lange erledigt.

Auf diese Einzelheiten aber achteten Miss Amandas Besucher nicht. Ihr Interesse richtete sich begreiflicherweise auf das Mädchen selbst.

Amanda Fitton, die im folgenden Monat achtzehn werden sollte, befand sich in einem Zustand physischer Vollkommenheit, wie ihn wenige Frauen jemals im Leben erreichen. Sie war nicht sehr groß, zierlich bis fast zur Magerkeit, hatte große honigbraune Augen und einen prachtvollen Haarschopf von einem Rot, das allein schon bemerkenswert war. Es war kein kastanienbraunes und auch kein karottenrotes Haar, sondern von einer lodernden, feurigen und dabei doch subtilen Farbe, die ebenso ungewöhnlich wie schön ist. Sie trug ein weißes Baumwollkleid mit grünem Blümchenmuster aus einer Art Vorhangstoff, wie man ihn in vielen dörflichen Kaufläden bekommt; es war von strengem Schnitt, der Rock ziemlich lang. Ihr ganzer Aufzug hatte etwas gekünstelt Steifes an sich. Das Haar hatte sie zu einem hohen, unmodernen Dutt aufgesteckt.

Sie sah ihnen mit dem fragenden, aber höflichen Blick eines Kindes ruhig entgegen. Eager-Wright gaffte sie mit offener Bewunderung an. Campion machte, wie gewöhnlich, nur ein einfältiges Gesicht.

Sie zuckte vielsagend die Achseln. »Also das Zimmer haben Sie jetzt gesehen«, sagte sie, »und haben den schlimmsten Eindruck hinter sich. Beinahe den schlimmsten jedenfalls«, verbesserte sie sich rasch. »Die Zimmer müßten alle mal ein bißchen renoviert werden, aber die Betten sind wirklich gut. Und das Essen könnte wirklich ganz phantastisch sein, wenn

Sie tatsächlich drei Guineas pro Person und Woche bezahlen würden«, setzte sie mit plötzlich durchbrechender Naivität hinzu.

»Na, das wäre also abgemacht«, sagte Eager-Wright mit größter Befriedigung.

Sie lächelte ihn mit einem ganz und gar entwaffnenden Ausdruck an, wobei ihr Mund sich zu einem Dreieck öffnete und sehr kleine und weiße, regelmäßige Zähne zum Vorschein kamen.

»Warten Sie!« sagte sie. »Früher oder später werden Sie es ja doch erfahren müssen. Da sollen Sie lieber gleich alles hören. Also das ist natürlich sehr unangenehm, aber Sie können ja solche flachen, runden Dinger haben, und ich kann gerne Wasser holen. Wir können den großen Kessel den ganzen Tag heizen, und wenn Sie nach Hause kommen – abends oder so – und welches haben wollen, können wir's einfach mit einem Eimer aus dem Kessel schöpfen. Vier Eimer voll sind schon wirklich wunderbar. Außerdem – wenn Sie's noch nie in so einem runden Ding probiert haben – das macht geradezu Spaß. Schließlich sind Sie ja auf Urlaub, und Sie werden doch auch im Freien baden.«

»Ich verstehe«, sagte Campion seelenruhig. »Sie haben kein Badezimmer.«

Sie sah sie besorgt an und kräuselte allerliebst die Nase. »Ist das denn wirklich so schlimm?«

»Aber gar nicht!« rief Eager-Wright, durchaus bereit, der Badewanne für alle Zeiten abzuschwören, falls sie es wünschte.

»Wie lange können Sie eigentlich bleiben?« erkundigte sich Amanda.

»Eine Woche«, sagte Campion rasch, ehe Eager-Wright das Zimmer auf Lebenszeit mieten konnte.

»Na, das ist ja wunderbar«, sagte sie. »Sind die andern auch so wie Sie? Ach ja, und möchten Sie allein essen oder mit uns zusammen? Es ist ganz lustig, mit uns zu essen, und es macht nicht soviel Arbeit. Ach – und ob Ihr Diener was dagegen hat, bei Scatty im Zimmer zu schlafen?« Plötzlich hielt sie inne. »Ich schrecke Sie doch nicht ab, hoffe ich?«

»Aber um Gottes willen, nicht doch!« sagte Eager-Wright, der kein Auge von ihrem Gesicht wenden konnte. »Ich hoffe nur, Sie können es mit uns aushalten. Wir sind doch so viele, und ...«

»Wir haben allerdings Lugg«, sagte Campion. »Durch den sinken wir erheblich.«

Sie schob seine Worte mit einer Handbewegung beiseite. »Na, das ist ja alles großartig«, sagte sie. »Also nachdem jetzt alles abgemacht ist – was tun wir da als erstes? Kommen Sie, ich zeige Ihnen erst mal das ganze Haus! Es ist wirklich ganz hübsch, und die Betten sind gut. Und mit dem Essen werden Sie sicherlich zufrieden sein. Einen Pensionsgast haben wir nämlich schon – Tante Hatt. Die ist schon drei Jahre bei uns. Sie ist aus Amerika auf Besuch hergekommen und wollte eine Weile bei uns bleiben, und dann hat sie sozusagen den ganzen Betrieb in die Hand genommen. Eigentlich sind jetzt wir die Pensionsgäste, nur daß wir nichts bezahlen. Die Mühle wirft nicht viel ab, und unsere hundert Pfund im Jahr reichen nicht sehr weit. Und ...« Sie hielt inne und sah die Fremden liebreizend an. »So verrückt ist das gar nicht, daß ich Ihnen das alles erzähle; denn wenn Sie eine Woche lang bei uns wohnen wollen, ist es das beste, Sie sind über uns im Bilde, dann brauchen Sie sich über nichts mehr zu wundern. Also zunächst mal Scatty – der Ihnen vorhin die Tür aufgemacht hat. Na ja, der ist eigentlich gar kein Butler. Bloß – als Mr Bull aus dem ›Fehdehandschuh‹ uns heute früh sagen ließ, da wären Leute, die sich für eine Weile hier einquartieren wollten, da hat's auch geheißen, Sie hätten so einen riesenhaften Wagen. Da hab ich gedacht, es ist besser, wir werfen uns ein bißchen in Schale. Darum hab ich mir auch das Kleid hier angezogen. Jedenfalls, Scatty und ich, wir betreiben die Mühle.«

Sie war außer Atem und machte eine Pause.

Campion lächelte. »Genau das richtige Plätzchen für Eager-Wright und sein Buch«, sagte er. »Als ich hörte, daß es eine Mühle ist, hab ich gleich gesagt: Genau das Richtige. Wo Wasser strömt, strömt auch der Geist.«

Amanda warf einen zweifelnden Blick in Campions Richtung, ehe sie weiterplapperte: »Na, dann kommen Sie mal Tante Hatt begrüßen! Sie wird wohl in der Küche sein. Sie kann so viel besser kochen als Mary, daß sie das übernommen hat, als sie eine Woche hier war. Mögen Sie amerikanisches Essen?«

Sie führte sie wieder durch den Flur, dessen geschnitzter Hauptbalken mindestens aus der Zeit der Rosenkriege stammte, durch eine gewölbte Tür in eine große Küche, ein weitläufiges Gelaß mit weißgetünchten Wänden und rotem Steinfußboden.

An einem Tisch, der so aussah, als wäre er als Fundament für Maschinen gedacht, stand eine hochgewachsene grauhaarige Frau mit einem goldenen Zwicker auf der Nase und einer großen Schürze vor ihrem braunen Wanderrock und ihrer Bluse. Ihr ganzes Äußeres ließ auf resolute, praktische Veranlagung schließen, die in geradem Gegensatz zu Amandas etwas sprunghaftem Wesen stand. Im Augenblick war sie damit beschäftigt, kleine runde Rosinenbrötchen von einem Backblech zu nehmen. Die goldbraunen Brötchen auf dem Drahtgestell sahen sehr verlockend aus.

»Vier sind's!« rief Amanda ihr entgegen. »Und sie zahlen drei Guineas pro Person und Woche, und es macht ihnen nichts aus, daß wir kein Badezimmer haben. Ach, halt: Mr Campion, das ist Tante Hatt – Miss Huntingforest. Und das ist Mr Eager-Wright. Wo ist denn Mary?«

Miss Huntingforest überging die Frage. Sie musterte die jungen Männer mit kritischen, aber freundlichen Augen. »Sie sind wohl auf Urlaub?« erkundigte sie sich.

Campion wiederholte seine kleine Rede über Eager-

Wrights Buch, und Miss Huntingforest war offenbar beruhigt und bot jedem ein Rosinenbrötchen an. Dann machte sie sich wieder an ihre Back- und Kocharbeit, plauderte dabei aber fortwährend mit jener völligen Ungeniertheit, die der Grundzug des ganzen Hauses zu sein schien.

»Sie entschuldigen doch, daß ich mich erkundige, was Sie hier machen«, sagte sie, indem sie sich bückte und in den mächtigen Backofen hineinspähte. »Ich bin sonst nicht nervös, aber seit diesem Überfall auf mich vor ein paar Tagen bin ich doch ein bißchen unruhig.«

»Ach richtig«, sagte Amanda rasch, »ich hätte Sie noch fragen sollen, ob Ihnen Einbrecher etwas ausmachen.«

»Nicht das mindeste«, sagte Campion gelassen. »Haben Sie hier viele?«

»Bis jetzt nur einen«, sagte Miss Huntingforest düster. »Aber das hat gereicht. Ich wäre schon mit ihm fertig geworden, wenn er mich nicht niedergeschlagen hätte, ehe mir klar wurde, was er im Schilde führte. Aber auf so was ist man in einem zivilisierten Lande eben nicht gefaßt. Ich war allein im Hause«, erzählte sie munter weiter. »Die Kinder waren im Dorf, und ich war gerade hier in die Küche gekommen, um nachzugucken, ob das Brot schon aufgegangen ist, da sah ich ihn aus der Milchkammer rausschleichen. Er muß wohl durchs hintere Fenster ins Haus gekommen sein. ›Junger Mann‹, habe ich gesagt, ›würden Sie mir bitte erklären, was Sie hier zu suchen haben?‹ Da ist er schnell zu mir herumgefahren, und ich habe gerade noch sehen können, daß er so ein merkwürdiges Eulengesicht hatte. Ich bin auf ihn zugegangen, aber da hat er die Hand gehoben und mich am Kinn erwischt. Ich bin gestürzt und mit dem Kopf gegen den Tisch geschlagen, so daß ich ganz die Besinnung verloren habe. Es ist ein Wunder, daß ich nicht mein Gebiß verschluckt habe und daran erstickt bin.«

Sie hielt inne.

»Ein fürchterliches Erlebnis«, sagte Eager-Wright, während Campion ein einfältiges und zugleich mitfühlendes Gesicht machte.

»Und mitgenommen hat er dann gar nichts«, sagte das arme Opfer.

»Damit zum Schaden der Spott nicht fehlte«, warf Amanda ein, und Nichte und Tante lachten unbändig.

Miss Huntingforest wandte sich an die jungen Männer. »Ich weiß nicht, ob Amanda Sie über die Familie aufgeklärt hat«, sagte sie. »Es ist ein etwas merkwürdiges Verhältnis, aber es funktioniert tadellos.«

»Ich habe ihnen so gut wie alles erzählt«, sagte Amanda nachdenklich. Dann wandte sie sich wieder an die Gäste und fuhr fort: »Sehen Sie, als vor vier Jahren unsere Mutter starb, da haben wir uns vorgenommen, den Mühlenbetrieb in Schwung zu bringen und Pensionsgäste aufzunehmen und überhaupt weiterzumachen. Na ja, bis jetzt hat eigentlich nur der Pensionsbetrieb eine Art Pension für uns abgeworfen. Wir haben allerdings bisher nur einen einzigen Pensionsgast gekriegt, nämlich Tante Hatt, aber von unserm Standpunkt aus hat sich das phantastisch gelohnt.«

Miss Huntingforest hatte anscheinend das Gefühl, nun sei wieder sie mit weiteren Erklärungen an der Reihe, obwohl Campion sich nicht vorzustellen vermochte, aus welchem Grunde die beiden Damen so bereitwillig Auskünfte gaben.

»Das war nämlich so«, sagte die Tante aus Amerika. »Mein Großvater war Engländer. Obwohl er mir nie davon erzählt hat, wußte ich doch, daß er aus dieser Gegend stammte. Und vor ein paar Jahren, als ich ein bißchen in der Weltgeschichte herumkutschieren wollte, da habe ich mir gesagt, ich könnte doch mal hierherkommen und mir den Heimatort der Familie Huntingforest ansehen. Na, als ich ankam, habe ich mich zuerst im Dorf eingemietet. Dann habe ich die Kinder hier kennengelernt, und da ist mir natürlich klargeworden, daß wir entfernt verwandt sein müssen. Da bin ich eben hierhergezogen. Ich war noch keine Woche im Hause, da habe ich mich entschlossen, die Sache in die Hand zu nehmen. Stellen Sie sich mal vor, Amanda strolchte herum wie ein Indianermädchen und hatte keinen einzigen gestopften Strumpf anzuziehen. Es ging doch nicht, daß zwei hübsche junge Mädchen so ohne Anstandswauwau allein auf weiter Flur lebten. Ich bilde mir doch ein, ich bin emanzipiert, aber schließlich weiß ich Bescheid. Da habe ich eben ein Machtwort gesprochen – ja, und da bin ich.«

Während sie ihre Rede beendete, zog sie noch ein großes Blech mit Gebäck aus dem Ofen, und Amanda bediente sich und forderte die Gäste auf, es ihr nachzutun.

»Passen Sie mal auf«, sagte sie dann, »ich führe Sie jetzt durchs Haus, und Scatty holt Ihre Sachen her. Ich werde mit ihm zum ›Fehdehandschuh‹ gehen, und dann kann ich in Ihrem Wagen mit zurückkommen. Ich bin noch nie in einem wirklich anständigen Wagen gefahren. Meiner funktioniert elektrisch, wissen Sie.«

»Funktioniert!« sagte Miss Huntingforest mit gutmütigem Spott.

Amanda wurde rot. »Tante Hatt macht meinen Wagen immer so schlecht«, sagte sie. »Dabei ist er wirklich sehr nützlich und gar nicht so übel, wenn man bedenkt, daß ich ihn für ein Pfund von einem Trödler gekauft habe und ihn zusammen mit Scatty erst in Gang bringen mußte. Nur einen Nachteil hat er: Man kann nicht weiter als zehn Kilometer damit fahren, fünf Kilometer hin und fünf zurück, dann müssen die Batterien neu aufgeladen werden. Das kostet uns ja nichts weiter, weil wir die Mühle haben. Da gibt's so viel Strom, wie man haben will. Ich hab ihn heute morgen vor der Tür stehenlassen, weil ich dachte, er würde Ihnen Eindruck machen. Hat er doch auch, nicht?«

»Allerdings«, sagte Campion wahrheitsgemäß.

»Na bitte! Ich habe mich mit Hal darüber gestritten, denn der hat gesagt, die alte Kiste würde jeden abschrecken. Ich muß gleich gehen und Scatty helfen, ihn wieder in den Schuppen zu schieben, denn die Batterie wird gerade aufgeladen.«

Sie wandte sich zur Tür, aber Miss Huntingforest rief sie zurück: »Amanda, das ist dein einziges anständiges Kleid!«

»Ach ja, richtig, das hab ich vergessen. Da geh ich mich umziehen. Sie haben ja nun gesagt, sie wollen bleiben. Da wird meine Arbeitskluft Sie schon nicht abschrecken.«

Daran schien Miss Huntingforest zu zweifeln, sagte aber nichts, und das Mädchen rannte hinaus.

»Falls Sie sich für Altertümer interessieren...«, begann Tante Hatt; aber weiter kam sie nicht, denn an dieser Stelle gab es draußen auf dem Flur einigen Lärm, und deutlich war Guffys Stimme zu hören.

»Wirklich, es ist nichts passiert«, sagte er. »Eine kleine Schramme, weiter nichts.«

Gleichzeitig ging die Küchentür auf, und ein Mädchen, das offensichtlich niemand anders sein konnte als Amandas Schwester Mary, erschien mit Guffy im Schlepptau, und hinter ihnen kam ein Junge von etwa sechzehn Jahren.

Mary Fitton hatte Amandas Haar, Amandas Augen, aber nicht Amandas schwungvolles Wesen. Dafür hatte die Natur ihr eine Anmut eigener Art und ein hübsches und ausdrucksvolles, doch ernstes Gesicht verliehen.

Auch der Junge hatte dieselbe Haarfarbe wie seine Schwestern, doch in seinem Gesicht prägte sich schon eine gewisse Kampflust aus.

Beide Geschwister waren furchtbar aufgeregt. Guffy, der zwischen ihnen ging, sah blaß und etwas nervös aus. Er war in Hemdsärmeln und preßte die rechte Hand fest an den linken Unterarm, der ganz blutig war.

»Kommen Sie, halten Sie ihn unter die Pumpe!« sagte Mary. Sie sprach, als kennte sie ihren Begleiter schon lange, und Campion sagte sich, auch sie habe anscheinend das Familientalent, schnell mit jemandem warm zu werden.

Alle drängten sich um Guffy, der am Spülstein stand, während der junge Hal Wasser über den verletzten Arm pumpte.

»Na, das ist aber eine häßliche Wunde«, sagte Miss Huntingforest. »Wo haben Sie sich denn die geholt!«

»Ich – äh – ich bin so um die Mühle herumgeschlichen«, sagte er, »da hat Miss Fitton hier sich meiner angenommen und sich vorgestellt. Ich habe mir gerade einen Webstuhl angesehen, der da oben steht, ein sehr interessantes Stück. Da bin ich abgerutscht und durch eins von den Dielenbrettern gerasselt.«

»Trockenfäule im Holz«, sagte Miss Huntingforest. »Immer wieder hab ich das gesagt. Das Genick hätten Sie sich brechen können.«

»Mir war nichts weiter passiert«, sagte Guffy rasch. »Nur als ich mich wie ein Wilder wieder hochrappeln wollte, bin ich mit dem Arm an einem Nagel hängengeblieben – mindestens zehn Zentimeter lang war das Ding. Die Jacke hatte ich mir ausgezogen, um ein bißchen bei dem Webstuhl zu helfen, und da ist es eben so gekommen. Der Nagel hat die Haut aufgeritzt.«

»Die Haut aufgeritzt!« sagte Tante Hatt. »Genäht werden muß die Wunde. Augenblick mal – ich werde sie abbinden, dann können Sie sie auswaschen, soviel Sie wollen.«

Mary warf ihrer Tante einen Blick zu. »Ich glaube, er sollte lieber zu Dr. Galley raufgehen.«

Hal nickte Guffy zu und bestätigte im Tone männlicher Überlegenheit: »Ich glaube, da hat sie recht, wissen Sie. Passen Sie auf, wir gehen mit Ihnen rauf. Galley ist ein sehr ordentlicher Mann, bei dem tut's fast gar nicht weh. Zähne zieht er auch – wenn Sie das nötig haben.«

Guffy sträubte sich noch eine Weile, aber schließlich machten sich Hal und Mary mit ihrem Gefangenen auf zum Hause des Arztes und bewogen auch Eager-Wright, sie zu begleiten.

Campion, den sie offenbar vergessen hatten, setzte sich in eine kleine Nische in der Ecke des Flurs und blickte durch die offene Tür hinaus auf die bebenden Blätter und das tanzende Wasser. Nach dem Tumult wirkte das alte Haus sehr still. Es war wirklich erstaunlich reizvoll. Wie alle sehr alten Häuser hatte es eine gewisse verschlafene Eleganz, die beruhigend und trostreich wirkte im wilden Wirbel der Welt.

Campion ließ seine Gedanken schweifen. Er nahm die feinen gotischen Ornamente an dem steinernen Kamin wahr, sog genießerisch die Düfte von Goldlack und Backwerk ein, die sich miteinander vermischten, und fragte sich verwundert, wie es wohl möglich war, daß die verrannten Wichtigtuer, die sich auf alte Kulturdenkmäler stürzen und einen Stein vom andern reißen, um die einsamen Säle muffiger Museen damit zu schmücken, ein so vollkommenes, unverfälschtes Kleinod übersehen hatten.

Aus seinen Grübeleien störte ihn das Wiedererscheinen von Amanda auf, die in ihrer Arbeitskluft die Treppe herabgehüpft kam. Ihre zierliche Figur steckte nun in einem alten braunen Pullover und einem Rock, die beide vom vielen Waschen so eingegangen waren, daß sie ihr wie eine Haut am Körper klebten. Das einzige Zugeständnis an die Eitelkeit war ein gelb-rotes Tuch, das sie sich lose um den Hals geschlungen hatte.

»Ah!« sagte sie. »Wo sind denn die andern?«

Campion berichtete.

Amanda machte ein bekümmertes Gesicht. »Da ist diese Diele also durchgeknackt! Scatty und ich hatten schon überlegt, ob wir sie nicht mit Knüppeln frisch belegen könnten. Darauf würde es sich zwar nicht sehr gut laufen, aber sie würden doch wenigstens halten. Das tut mir aber leid. Hat er sich sehr verletzt?«

»Ich glaube nicht. Er schien sich ganz wohl zu fühlen dabei«, sagte Campion wahrheitsgemäß. »Ihre Schwester hat sich seiner angenommen. Jetzt bringt sie ihn zum Arzt.«

Amanda schwieg. Ein Schatten glitt über ihr Gesicht.

»Ich habe mir gedacht, ich gehe lieber nicht mit«, fuhr

Campion fort. »Ich wäre mir so vorgekommen wie einer von den Gaffern nach einem Unfall. Hoffentlich ist Ihr Arzt nicht zu grob. Es ist doch nicht etwa der Dorfschuster, der das als Nebenberuf betreibt?«

Sie schüttelte den Kopf. »Nein, nein. Der alte Galley ist schon in Ordnung.« Zappelig stand sie in der Mitte des Flurs und sah geradezu grotesk jung aus.

Irgend etwas verführte Campion, einen Pfeil ins Blaue abzuschießen. »Ich muß zurück zu Lugg«, sagte er. »Das ist mein Faktotum. Der ist neuerdings so nervös. Gestern abend ist er hier auf der Heide spazierengegangen, und als er zurückkam, hat er mir eine blödsinnige Geschichte erzählt: Er hätte auf der Heide eine Leiche gefunden.«

Er hörte unvermittelt auf. Das Mädchen starrte ihn mit einer Mischung von Entsetzen und Trotz in den Augen an.

»Fänden Sie's nicht nett«, sagte sie in einem Tone, der ihn genauso deutlich vor dem Weitersprechen warnte, als wenn sie es in Worte gefaßt hätte, »fänden Sie's nicht nett, wenn wir uns jetzt die Mühle ansehen gingen?«

»Ausgezeichneter Gedanke«, sagte Campion verbindlich.

Sein Ton und seine Miene waren freundlich, aber seine hellblauen Augen blickten scharf und forschend durch die Brillengläser, und es war ihm nicht entgangen, daß Amandas Backen ganz weiß waren und ihre Lippen bebten.

6

Orakel in Eichenholz

»Sachte! Immer noch sachte! Jetzt festhalten, sonst saust es ins Wasser!«

Atemlos und hochrot vor Anstrengung umklammerte Amanda das altertümliche Steuerrad des vorsintflutlichen Elektromobils. Campion, der das schwerfällige Vehikel die gefährliche Böschung zur Remise der Mühle hinaufschob, tat, wie ihm geheißen.

»Wenn Scatty ein richtiger Chauffeur wäre«, bemerkte Amanda, während sie dem ehrwürdigen Ahnen des modernen Straßenverkehrsmittels eine gestreifte Segeltuchhülle überzog, »könnte er diese ganze Rangiererei besorgen.«

»Sehr richtig«, sagte Campion spitz, »– oder auch, wenn er ein Pferd wäre.«

Amanda sah ihn kalt an. »Sie haben zugegeben, daß der Wagen vor dem Hause sehr gut gewirkt hat«, sagte sie mit Würde. »Sie sind anscheinend auch so einer wie Hal, der auf den äußeren Eindruck nichts gibt. Aber ich schon. Der äußere Eindruck spielt eine gewaltige Rolle.«

»Gewiß«, sagte Campion mit einem Blick auf Amanda.

»Kommen Sie, jetzt zeige ich Ihnen die Mühle!« sagte sie.

Die Schatten der Blätter zeichneten tanzende graue Muster auf die weißen Mauern, das Wasser war glasklar und die Luft warm und sonnig, als sie über den Hof gingen und den kühlen, leicht muffig riechenden Bau betraten.

»Viel gibt's hier oben nicht zu sehen«, sagte Amanda, »bis auf meinen Dynamo, der ganz interessant ist. Das ist unser kostbarstes Stück. Dann ist noch Marys Webstuhl da. Sie fabriziert damit Schals und so was. Die kommen nach London in ein Geschäft. Viel kriegt sie nicht dafür, aber sie sind sehr hübsch. Sonst ist nichts weiter da – bis auf den Eichenklotz, und der gehört Hal.«

»Den Eichenklotz?« fragte Campion.

Sie nickte. »Der ist ganz oben im Mühlturm. Viel ist nicht dran zu sehen, aber er ist das einzige Pontisbright-Erbstück, das wir haben. Eigentlich ist es gar kein Erbstück – wir haben ihn nämlich gestohlen. Aber außer uns hat niemand drauf Wert gelegt.«

Sie blieb stehen und lehnte sich an einen der Pfeiler, die den wackligen Fußboden des darüber gelegenen Stockwerkes trugen. Durch eine alte Sackluke, die offenstand, sah man ein farbenfrohes Bild: grüne Wiesen, blühende Bäume und einen kleinen Flußlauf, der sich sanft auf das Rot und Gelb einer Weidenpflanzung in der Ferne zuschlängelte.

Amanda wirkte in ihrem engen braunen Pullover und dem rot-gelben Halstuch so bizarr, daß Campion, der sie durch seine Brille anstarrte, sich unwillkürlich fragte, ob das ganze Abenteuer eigentlich Wirklichkeit sei. Er setzte sich auf einen Stapel Säcke, und die nächste Äußerung des Mädchens paßte ganz in diese Stimmung.

»Hal ist doch der rechtmäßige Graf von Pontisbright«, sagte sie. »Das ist der eigentliche Witz dabei. Der verschollene Graf und so weiter, wissen Sie, die böse Ururgroßmutter, das enterbte Knäblein und die Gerechtigkeit, die in die Irre geht – das ist so eine schöne Geschichte und noch dazu wahr. Soll ich sie Ihnen erzählen?«

Es war ihm offenbar, daß die Frage überflüssig war. Amanda, immer mitteilsam, war zum Plaudern aufgelegt.

»Also«, sagte sie, ehe er noch zustimmen konnte, »der letzte richtige Graf von Pontisbright – das heißt der letzte Mann, der im Schloß gewohnt hat –, der hat zwei Söhne gehabt. Der jüngere hieß Giles, und der ältere hieß Hal. Giles ist nach Amerika gegangen, und man hat nie wieder was von ihm gehört, bis Tante Hatt hier auftauchte. Die ist nämlich seine Enkeltochter. Huntingforest ist der ursprüngliche

Name der Grafen von Pontisbright, wissen Sie. Der ältere Bruder blieb bei seinem Vater und seiner Mutter – die hieß Josephine und war ein ausgesprochenes Scheusal. Aber als er ungefähr fünfundzwanzig war, hat er sich in ein wunderschönes Mädchen verliebt – Mary Fitton hieß sie –, und sie haben sich verlobt. Mary Fitton wohnte drüben in Sweethearting bei ihrem Vater. Der war nur ein Ritter – ohne Grafentitel oder so was.«

Sie hielt inne. »Sie machen kein sehr intelligentes Gesicht«, sagte sie. »Haben Sie alles mitgekriegt?«

»Jedes Wort«, sagte Campion wahrheitsgemäß. »Der älteste Bruder von Tante Hatts Großvater hat sich mit Mary Fitton verlobt, deren Vater ein einfacher Ritter war. Da hat er wohl Schwierigkeiten mit seinen Eltern gekriegt? Ein snobistischer Konflikt in besseren Kreisen?«

»Das nicht, nur mit Ururgroßmutter Josephine«, sagte Amanda rasch. »Sein Vater war durchaus für die Heirat, und sie haben sich ja auch richtig verlobt. Und dann ist eben der Krimkrieg gekommen, und eines Tages ist Hal zu Mary geritten und hat ihr gesagt, er müßte am nächsten Morgen in den Krieg ziehen. Und da hat er gefragt, ob sie sich nicht noch schnell trauen lassen könnten, und sie hat ja gesagt. Da sind sie zum Pfarrer gegangen und haben ihn überredet, das zu erledigen. Das war nicht ganz legal, aber er hat's gemacht. Dann sind Hal und sein Vater beide in den Krieg gezogen und gefallen, und nachher hat die Gräfin Josephine dreist behauptet, Hal und Mary wären gar nicht getraut worden, und wenn der kleine Hal ankäme, dann wäre er nicht der Erbe. Den Pfarrer, der auf alle Fälle ein ziemlicher Trottel gewesen sein muß, hat sie bestochen oder eingeschüchtert, daß er sagte, es hätte keine Trauung stattgefunden. Damit ist die männliche Linie erloschen, und die Gräfin Josephine hat alles verkauft und das Haus abreißen lassen. Immer noch klar?« fragte sie, etwas außer Atem.

»Ja«, sagte der wackere Campion. »Kann ich Ihnen hinterher meine Lebensgeschichte erzählen?«

Ohne darauf zu achten, fuhr Amanda fort: »Mary Fitton hat mit ihrer Familie Schwierigkeiten gekriegt. Aber der kleine Hal war bei aller Armut ein äußerst verbissener Kerl und offensichtlich ein Pontisbright. Er ging nach London und brachte es zu Geld und verheiratete sich. Sein Sohn wurde auch wieder Hal getauft – und das war mein Vater. Er ist hierhergekommen, hat die Mühle gekauft und seine Ansprüche geltend gemacht, im Grunde, weil er's seinem Vater versprochen hatte – um der ersten Mary Fitton willen. Es war aber ein schwieriger Fall, denn er hatte ja keine Dokumente, und da ist er nicht damit durchgekommen. Im Kriege ist er dann gefallen, und sein Geld ist dabei auch verlorengegangen – bis auf einen schäbigen Rest, von dem wir unsere hundert Pfund Zinsen im Jahr kriegen. Aber Sie verstehen wohl jetzt, wie das alles gekommen ist, nicht? Ich meine die Geschichte mit der Gräfin Josephine – und wieso Hal der richtige, rechtmäßige Graf ist. Sie glauben das doch, nicht wahr?« setzte sie besorgt hinzu.

Campions matte Augen hinter den gewaltigen Brillengläsern lächelten, während sein Blick von dem Mädchen in dem düsteren Mühlenraum hinaus in die liebliche grüne Landschaft glitt. Schließlich, so überlegte er, wenn das Elektromobil Wahrheit war, warum dann nicht auch die Geschichte von dem rechtmäßigen Grafen?

»Natürlich ist es wahr«, sprach Amanda in seine Gedanken hinein. »Deshalb haben wir ja den Eichenklotz gestohlen. Wollen Sie ihn sehen? Die Treppe hier ist nicht ganz fest, Sie müssen sich also vorsehen.«

Sie führte ihn über die unebene Diele zu einer äußerst wackligen Treppe ohne Geländer, die zu dem darüber gelegenen Stockwerk hinaufführte.

»Jetzt ist keine Zeit, Ihnen das alles zu zeigen«, sagte sie und wies mit einer unbestimmten Geste auf den großen, staubigen Scheunenraum, in dem sie standen. »Der Eichenklotz ist im Turm. Um ihn da raufzuschaffen, haben wir sechs Männer gebraucht, außer mir.«

Der Mühlenturm, in den sie dann hinaufkletterten, erwies sich als ein kleines holzgezimmertes Gelaß, das auf das Gebäude aufgesetzt war. Die Luft darin war heiß und trokken, und in einer Ecke rappelte etwas verdächtig.

»Ratten«, erläuterte das Mädchen unbekümmert. »Die gibt's hier zu Dutzenden. Also hier ist der Eichenklotz.«

Sie präsentierte eine mächtige Scheibe aus einem Eichenstamm, etwa zehn Zentimeter dick, die unter dem Fenster an der Wand lehnte.

»Wo kommt das Ding denn her?« fragte Campion.

»Vom Baumstamm natürlich«, sagte sie. »Wenn Sie's interessiert, erzähl ich's Ihnen.« Auch diesmal wieder redete sie weiter, ohne eine Antwort abzuwarten. »Also – die Eiche, von der diese Scheibe stammt, soll von dem allerersten Pontisbright gepflanzt worden sein, vor Hunderten von Jahren. Sie stand im Park am Schloß und war berühmt in der ganzen Gegend. Dann – vor vielen Jahren, wahrscheinlich so um 1700 herum – hat der Sturm ein Stück abgerissen. Da hat man den Stumpf ganz kurz abgesägt, ungefähr in Tischhöhe, und eine Messingplatte draufgesetzt – eine Sonnenuhr. Als die Gräfin Josephine das Haus verkaufte, da hat sie auch die Sonnenuhr verkauft; sie wurde abgeschraubt und weggeschafft. Na also, wir haben den Baumstumpf gefunden – oder vielmehr, Vater und Mary haben ihn gefunden, als Mary noch klein war – und diese Scheibe davon gestohlen. Das Absägen ist eine furchtbare Schinderei gewesen, glaube ich. Ich war damals noch so klein, daß ich nicht viel davon gemerkt habe. Jedenfalls – da ist das Ding.«

Campions blasses Gesicht war völlig ausdruckslos. »Ganz schönes Ding«, sagte er. »Aber wozu das?«

»Wegen der Inschrift natürlich«, sagte das Mädchen. »Die hat auf dem Holz unter der Sonnenuhrplatte gestanden, ziemlich grob eingeritzt und ein bißchen bemoost, als wir sie fanden. Aber ich habe sie abgeschrubbt. Wenn Sie mir mal helfen wollen, das Ding ein Stück zurückzuschieben, kann ich Ihnen zeigen, was ich gemeint habe. Aber Vorsicht, das ist wahnsinnig schwer!«

Campion gewöhnte sich schon daran, daß der Umgang mit Amanda stets heftige körperliche Anstrengungen mit sich brachte. Er zog sich die Jacke aus, und gemeinsam ließen sie die mächtige Scheibe sacht auf den Boden nieder. Auf der geschwärzten Unterseite des Holzes, die nun zuoberst lag, waren grob gemeißelte Zeichen zu erkennen. Die Buchstaben waren stellenweise von Rissen und Sprüngen durchkreuzt, aber bei der Größe dieser Runen und der beachtlichen Tiefe, mit der sie ins Holz eingeschnitten waren, hatte sich die Buchstabenform im wesentlichen erhalten. Jede Letter war sieben oder acht Zentimeter hoch, und es schienen acht Schriftzeilen zu sein.

Campion sagte nichts, und das Mädchen ließ sich auf die Knie nieder und zog die Worte, die es las, mit einem etwas schmierigen Finger nach, während der junge Mann sich über sie beugte und der Bahn ihres Fingers folgte, einen Ausdruck grenzenloser Einfalt in seinem freundlichen, nichtssagenden Gesicht.

Eh' Pontisbright die Krone trägt,
der Dinge drei sind auferlegt.
Teilt sich der Rautendiamant,
dann erbt er seiner Väter Land.
Es muß, will er sein Zepter schwingen,
die große Glocke dreimal klingen.
Schlägt man die Trommel von Malplaquet,
ist sein verbrieftes Recht gerett'.

»Ist doch hübsch, nicht?« fragte Amanda.

Campions Miene war noch stumpfer denn je. »Wissen Sie«,

begann er zögernd, »mein Freund Eager-Wright wird das in seinem Buch wahrscheinlich sehr gut gebrauchen können. Ich selber möchte mir's auch gerne abschreiben – für mein Album. Eines habe ich aber noch nicht ganz kapiert: Wenn die Baumkrone um 1700 heruntergestürzt ist und man damals die Sonnenuhr auf den Stumpf gesetzt hat, wie kommt es dann, daß die Inschrift auf dem Holz steht, das doch von der Messingplatte verdeckt gewesen ist?«

»Ach, das haben wir herausgeknobelt«, sagte Amanda. »Es ist eigentlich ganz einfach. Sehen Sie, wir nehmen an, die Inschrift sollte geheim sein, und wir vermuten, geschrieben hat sie der Schwiegervater der Gräfin Josephine. Der hat immer solche Verschen gemacht. Mutter hat ein paar Briefe von ihm gehabt, und da kamen öfter Knittelverse drin vor. Verstehen Sie«, ergänzte sie ernsthaft, um sich ganz klar auszudrücken, »wir nehmen an, die Inschrift ist erst eingemeißelt worden, als die Sonnenuhr schon drauf war, nicht vorher. Jemand hat die Platte abgeschraubt, die Buchstaben eingemeißelt und dann die Platte wieder aufmontiert. Auf diese Erklärung sind wir aufgrund des Zustandes gekommen, in dem wir die Inschrift vorgefunden haben.«

»Der Schwiegervater der Gräfin Josephine, meinen Sie?« fragte der junge Mann, indem er nachdenklich von dem Briefumschlag aufsah, auf dem er gekritzelt hatte. »Dann müßte die Inschrift wohl noch ein paar Jahrzehnte vor dem Krimkrieg entstanden sein, und der war 1853 bis 1856, glaube ich. Also dann kämen wir schätzungsweise auf 1820, nicht wahr? Wissen Sie, das wird dem guten Eager-Wright für sein Buch ausgezeichnet zustatten kommen. So ein paar geheime Inschriften geben doch einem Buch erst richtig den Stempel der originalen Forschung. Na, der wird sich aber freuen!«

»Wär's nicht langsam Zeit«, sagte Amanda und blickte ihn fest an, »daß Sie mit diesem Urlaubsmärchen Schluß machen? Wir wissen doch, wer Sie sind. Deshalb haben wir ja solchen Wert darauf gelegt, daß Sie sich bei uns einquartieren. Deshalb habe ich Ihnen das hier gezeigt. Interessiert Sie das oder nicht?«

Campion schwieg ein paar Augenblicke lang. Amanda machte einen leicht verlegenen Eindruck.

»Passen Sie mal auf!« sagte sie in einem ihrer plötzlichen Anfälle von Vertrauensseligkeit. »Das beste ist vielleicht, ich erzähle Ihnen jetzt alles. Also ungefähr vor einer Woche ist ein äußerst unangenehmer Mensch bei uns vor der Tür erschienen und hat behauptet, er wäre irgend so ein Professor. Mary und mir hat er Löcher in den Bauch gefragt – alles wegen Inschriften. Ob wir welche hätten, wollte er wissen, oder ob wir vielleicht etwas von einer Inschrift im Walde gehört hätten – und in dem Stil weiter. Wir haben natürlich den Mund nicht aufgemacht, und ich habe dafür gesorgt, daß der Eichenklotz zur Sicherheit hier raufgeschafft wurde.«

»Aha«, sagte Campion nüchtern. »Dieser furchtbar professionelle Professor – ist Ihnen an dem irgend etwas aufgefallen?«

»Ein Eulengesicht hat er nicht gehabt, wenn Sie das etwa meinen«, sagte Amanda. »Es war ein ganz gewöhnlicher, mickriger kleiner Kerl. Aber er hat uns nicht recht gefallen.«

»Ganz recht«, stimmte Campion zu. »Sagen Sie, weshalb haben Sie mir eigentlich mit so rührender Bereitwilligkeit Ihr Vertrauen geschenkt? Lag das an meiner ehrlichen Mannhaftigkeit?«

»Nein«, gestand Amanda. »Ich habe Ihnen doch gesagt, wir waren über Sie im Bilde. Tante Hatt hat gute Bekannte, die irgendwo im Süden wohnen, und die haben ihr von Ihnen erzählt. Als Mr Bull aus dem ›Fehdehandschuh‹ uns heute morgen ausrichten ließ, es wollten sich ein paar Gäste einmieten, da haben wir auch Ihre Namen gehört. Daraufhin haben wir Kriegsrat gehalten und sind zu der Ansicht gekommen, daß Sie gerade der richtige Mann sind, den wir uns ins Haus holen sollten. Das macht doch wohl nichts?«

Campion wandte sich ihr zu, und in den Augen hinter seinen Brillengläsern lag unerwarteter Ernst. »Miss Amanda«, sagte er, »davon darf niemand etwas erfahren.«

Sie nickte. »Ich weiß.« Sie legte den Finger auf den Mund. »Kein Wort«, sagte sie. »Aber wenn wir irgendwie helfen können, dann ziehen Sie uns doch ins Vertrauen, ja?«

Er ließ sich auf dem Fensterbrett nieder. »Wieviel haben Sie denn über mein ruhmreiches Leben herausgekriegt?«

»Viel nicht«, sagte Amanda etwas kleinlaut. »Tante Hatt hat nicht allzuviel gewußt. Sie hat nur Ihren Namen gewußt und daß Sie allerlei Abenteuer hinter sich haben. Wir wissen auch, daß Sie in der Bottle Street in London wohnen und einen ehemaligen Sträfling als Diener haben.«

»Einen ehemaligen Einbrecher«, verbesserte Campion. »Den Sträfling wollen wir mal weglassen. Lugg hat es nicht gern, wenn man von seiner akademischen Vorbildung redet. Sonst noch etwas?«

»Das ist alles«, sagte Amanda. »Bekanntschaft kann man das wohl nicht gerade nennen, aber als Sie ankamen, habe ich doch gehofft, daß sich irgend etwas tut. Und weil wir gerade bei dem Thema sind, möchte ich darauf hinweisen, daß ich einen sehr guten Adjutanten abgeben würde. Aber erst können Sie mir mal helfen, dieses Ding wieder hinzustellen.«

Als der Eichenklotz an seine alte Stelle gerückt war, und Campion sich seine Jacke wieder angezogen hatte, machten sie sich auf den Rückweg nach unten.

Kurz ehe sie in den Hof hinaustraten, legte er die Hand auf ihren Arm. »Was ist gestern abend auf der Heide los gewesen?« forschte er.

Das Mädchen fuhr zusammen und sah sich unwillkürlich um, als fürchte sie irgendwelche Lauscher. Als sie sich ihm wieder zuwandte, war ihr schmales Gesicht sehr ernst.

»Das hat nichts damit zu tun«, sagte sie. »Ich kann mich nicht dazu äußern. Die Geschichte muß eben erledigt sein.«

Campion folgte ihr hinaus in den Sonnenschein.

7
Das Tal der Verdammten

»Was mir hier so gefällt, ist die freundliche Atmosphäre im Dorf«, sagte Eager-Wright, als die drei jungen Pensionsgäste der Mühle nach dem Abendessen über die Heide wanderten.

Sie hatten einen Besuch vor. Im Laufe des Tages war ein Brief aus dem weißen Hause gegenüber der Kirche angekommen, in dem Dr. Edmund Galley sich als einen ›einsamen alten Akademiker ohne Gelegenheit zu weltkundiger Konversation‹ bezeichnete und die drei ›Gäste unseres verlassenen Winkels‹ bat, nach dem Abendessen ein Glas Port mit ihm zu trinken.

Campion hatte den Brief in der Tasche und nahm ihn heraus, um ihn noch einmal zu lesen. Es war ein eigenartiges Schriftstück in einer so entsetzlichen Handschrift, daß zunächst nur Amanda sie zu entziffern vermocht hatte. Er war auf teurem Papier geschrieben, das jedoch schon vergilbt war, und die aufgedruckte Adresse lautete merkwürdigerweise ›Pfarrhaus‹. Über diese kuriose Tatsache hatte Amanda sie aufgeklärt. Das Dorf Pontisbright hatte keinen eigenen Pfarrer mehr. Jeden zweiten Sonntag kam ein Kaplan mit dem Fahrrad aus Sweethearting herüber, um in der kleinen normannischen Kirche Gottesdienst zu halten.

Guffy blickte auf den Briefbogen in Campions Hand. »Ein sonderbarer alter Knabe ist das, nicht?« sagte er. »Aber den Arm hat er mir heute morgen recht ordentlich genäht. Sieht übrigens aus wie ein Gnom.«

»Sonderbar ist auch«, bemerkte Eager-Wright, »daß die Leute in der Mühle unseren Besuch heute abend mit etwas gemischten Gefühlen betrachtet haben.«

»Übrigens«, sagte Guffy, »es gibt eine ganz nette

Geschichte über diesen alten Doktor. Er soll das Haus, die Möbel, die Bibliothek und überhaupt alles von seinem Großonkel geerbt haben, dem letzten Pfarrer hier am Ort. Diesem Onkel ist sein Pfarrhaus nicht gut genug gewesen, und da hat er sich dieses weiße Haus gebaut. Er ist wohl fünfundneunzig geworden oder so. Als er starb, hat er das ganze Anwesen und ein kleines Einkommen aus Wertpapieren diesem Edmund Galley hinterlassen – und zwar unter der Bedingung, daß er in dem Haus wohnte. Galley war damals ein armer Medizinstudent. Er hat das Legat angenommen und sich einfach hier als Arzt niedergelassen. Es gab sonst keinen Arzt im Dorf und überhaupt im Umkreis von fünfzehn Kilometern, und da ist er gar nicht schlecht dabei gefahren.«

Campion dachte nach. »Der Großonkel ist über neunzig gewesen, sagst du, und unser Freund, der gastfreie Doktor, ist anscheinend schon ein alter Herr. Dann könnte sein Großonkel ohne weiteres der geistliche Trottel gewesen sein, den die böse Gräfin Josephine unter ihrer Fuchtel gehabt hat.«

»Ich habe keine Ahnung, wovon du redest«, sagte Guffy mit Würde. »Du etwa?«

»Im wesentlichen ja«, sagte Campion vorsichtig. »Aber da sind wir ja! Nun wollen wir mal auf dem Weg durch den Garten Gesichter machen, als ob wir ›weltkundige moderne Konversation‹ liefern könnten, und der Mutigste von uns mag die Glocke ziehen.«

Das weiße Haus, das neben den strohgedeckten Dorfhäusern von Pontisbright so modern gewirkt hatte, erwies sich bei näherem Hinsehen als viel altmodischer, als sie zunächst vermutet hatten. Sie gingen die Stufen vor dem Eingang hinauf und fanden die Haustür offen. Aus dem Dunkel im Inneren tauchte eine seltsame Gestalt auf, und mit anerkennendem Schnalzen trat Dr. Edmund Galley heraus, um seine Gäste zu begrüßen.

Auf den ersten Blick wirkte er einigermaßen exzentrisch, zumindest in der Kleidung. Er trug eine gewöhnliche graue

Flanellhose, hatte sich aber mit einer Hausjacke herausgeputzt, die aus einer Zeit stammen mußte, als die Männer sich feierlich anzuziehen pflegten, um das Pfeiferauchen wie einen geheimen Ritus zu zelebrieren. Über diesem Prunkstück leuchtete das Gesicht des Arztes, rund und lächelnd, wenn auch ein wenig schrumpelig.

Er begrüßte Guffy wie einen alten Bekannten. »Das ist aber wirklich nett von Ihnen, mein Lieber, daß Sie sich eines alten Mannes erbarmen! Was macht der Arm? Heilt hoffentlich. Sie müssen sich in acht nehmen hier in der Gegend!«

Nach der Vorstellungszeremonie folgten sie ihrem Gastgeber durch den dunklen Flur in ein Zimmer links davon, unter dessen langen Fenstern ein kleines Blütenmeer zu sehen war. Das ganze Haus schien vom Duft des Kräutergartens durchzogen, der außerordentlich stark, aber keineswegs unangenehm war.

Ihr erster Eindruck von dem Zimmer, in das sie kamen, war jedoch der, daß es seit vielen Jahren nicht einmal die Bürste eines Hausmädchens gesehen hatte. Als Behausung dieses wunderlichen kleinen Mannes wirkte das Zimmer grotesk. Trotz seiner Fenster war es doch dunkel, und die Möbel hatten eine Eigentümlichkeit, die einen Besucher schwindlig machen konnte: Sie hatten fast alle spiralförmige Schnörkel. Guffy gewann den Eindruck, der Pfarrer von Pontisbright, der sich dieses Haus eingerichtet hatte, müsse einen ausgeprägten Geschmack und, für einen Mann seines Berufes, beträchtliche Geldmittel besessen haben. Ein riesiger spiralschnörkeliger Sekretär nahm fast eine ganze Wand ein. Er war in seiner ganzen geschweiften Länge voller Kringel und Krümmungen – ein wahrhaft barockes Monstrum. Auch die Stühle hatten die gleiche liebenswerte Eigenschaft, sich zu krümmen und zu winden, so daß sie aussahen wie in einem Zerrspiegel.

Der kleine Doktor bemerkte Eager-Wrights erstauntes Gesicht und lächelte. »Das ideale Zimmer, wenn man sich betrinken will, nicht wahr, mein Lieber?« sagte er mit unvermutetem Humor. »Als ich zum erstenmal hierherkam, war ich ungefähr so alt wie Sie. Als ich das Zimmer hier sah, habe ich gedacht, ich bin tatsächlich betrunken. Heute bin ich dran gewöhnt. Wenn ich mich mal nicht ganz sicher auf den Beinen fühle, gehe ich mir den Tisch im Sprechzimmer ansehen, und wenn der so aussieht, als ob er solche Beine hätte wie der Schrank hier, dann weiß ich: Donnerwetter, ich bin wirklich betrunken!«

Er schien sich auf Eager-Wright zu konzentrieren, und der Grund dieses Interesses stellte sich bald heraus.

»Ich habe im Dorf gehört, Sie schreiben ein Buch?« fragte er, nachdem er sie mit Handbewegungen aufgefordert hatte, auf Stühlen am Fenster Platz zu nehmen. Er hatte eine merkwürdig vogelartige Stimme, und die Ähnlichkeit wurde noch durch seine Angewohnheit betont, in kurzen, abgehackten Sätzen zu sprechen und den Kopf leicht zur Seite zu neigen, wenn er eine Frage stellte.

»Sie dürfen sich nicht wundern«, fuhr er fort, als der junge Mann ihn verdutzt ansah. »Fremde sind hier ein Ereignis. Alles redet davon. Ein Mann, der ein Buch schreibt, ist hier noch eine Art Rarität. Es ist mir eine Ehre, Ihre Bekanntschaft zu machen.«

Eager-Wright warf Campion einen zornerfüllten Blick zu und lächelte den Gastgeber mit gebührender Dankbarkeit an.

Guffy, der mit seinem mächtigen Körper etwas unsicher auf einem der bizarren Stühle saß, starrte düster vor sich hin. Nach seiner Überzeugung hatten sie einen verlorenen Abend vor sich.

»Ein Glas Port?« sagte der Arzt. »Ich glaube, den kann ich empfehlen. Er ist aus dem Keller meines Onkels. Ich bin eigentlich kein großer Porttrinker, aber ich habe doch Geschmack daran gefunden. Der Keller war voll davon, als ich hier eingezogen bin.«

Er öffnete einen in die Wandtäfelung eingelassenen

Schrank, den niemand dort vermutet hätte, und holte eine Karaffe und Gläser von so edlem Schliff und so herrlicher Farbe heraus, daß sie ohne weiteres als Museumsstücke gelten konnten. Das tiefe, volle Rot des Weines sah schon verheißungsvoll aus, aber erst als sie davon kosteten, begriffen sie recht. Guffy und Campion tauschten Blicke, und Eager-Wright hielt sein Glas noch ehrfürchtiger in der Hand als zuvor.

»Haben Sie ... haben Sie gesagt, Sie haben einen größeren Posten davon, Herr Doktor?« brachte er hervor.

»Einen Keller voll«, sagte der Arzt vergnügt. »Der ist gut, nicht? Er muß ziemlich alt sein.«

Die Stimmung der Gesellschaft umflorte sich. Daß ein Mensch jahrzehntelang mit einem Keller voll des kostbarsten Weines leben und davon trinken, sich vielleicht sogar – frevelhafter Gedanke! – daran betrinken konnte, ohne etwas von seinem Wert zu wissen, das war, zumindest für Eager-Wright und Guffy, eine tragische, eine schreckliche Entdeckung.

Als sie nun tranken, war die gutmütige Gespreiztheit des kleinen Arztes nicht mehr so spürbar. Wie er da mit dem kostbaren Glas in der Hand in einem gewaltigen Lehnstuhl saß, und die Schatten im Zimmer die Farbe seiner Hausjacke noch vertieften, erschien er weniger als Person und mehr als Persönlichkeit – eine wunderliche kleine Persönlichkeit in seinem großen, duftreichen Wohnmausoleum.

Das Gespräch bewegte sich in sehr allgemeinen Bahnen. Über die meisten Themen der Zeit war der Arzt erstaunlich wenig im Bilde. Die politischen Ereignisse waren an ihm vorübergegangen, und die einzigen Namen, die ihn interessierten, gehörten einer vergangenen Epoche an. Einmal aber, als die Rede auf die Architektur der gegenüber gelegenen Kirche kam, war er sofort in seinem Element und legte eine Fülle altertümlichen Wissens und soliden eigenen Denkens an den Tag, die sie in Erstaunen setzte.

Während der Abend vorrückte, wurde allmählich das Licht

schwächer und das Dunkel im hinteren Teil des Zimmers immer dunkler, bis der barocke Sekretär sich im Hintergrund aufgelöst hatte. Die drei jungen Männer wurden gewahr, daß sich das undefinierbare Etwas an dem kleinen Doktor, das sie schon den ganzen Abend über gespürt hatten, verstärkte, daß es erkennbar geworden war: Der Mann wartete auf etwas. Er zog das Gespräch ganz offensichtlich in die Länge, um irgendeinen psychologischen Moment abzuwarten, der nun sicherlich dicht bevorstehen mußte. Die Unterhaltung wurde stokkend und krampfhaft, und Guffy hatte schon ein paarmal mit betontem Interesse auf seine Armbanduhr geblickt.

Endlich rührte sich der Gastgeber und hüpfte mit einer vogelhaften Behendigkeit, die ein wenig verwirrend war, von seinem Sitz empor. Er trat ans Fenster und blickte zum Himmel.

»Kommen Sie!« sagte er. »Kommen Sie! Sie müssen meinen Garten sehen.«

Weshalb er gewartet hatte, bis es nahezu dunkel war, ehe er diesen Teil seines Anwesens vorführte, erklärte er nicht, sondern führte sie durch einen Gang zu einer Seitentür und in die verschlungene Wildnis der Blumen und Kräuter hinaus, deren Duft in der Spätabendluft fast betäubend war.

»Das sind alles Pflanzen, die unter dem Zeichen des Mondes, der Venus und des Merkurs stehen«, bemerkte er gelassen. »Ein etwas sonderbarer Gedanke ist das, finden Sie nicht? Die Blumen der Sonne, des Mars und des Jupiters sind im Vorgarten. Mein Garten ist so ungefähr mein einziges Steckenpferd. Ich finde ihn hoch interessant. Aber nicht deswegen habe ich Sie hier herausgeschleppt. Ich wollte Sie bitten, bis ans Ende des Gartens mitzukommen, hier auf diesen Erdhügel. Das ist ein Hügelgrab, wissen Sie. Es ist nie aufgemacht worden, und ich wüßte auch nicht, wozu. Ich halte nichts davon, daß man in Gräbern rumschnüffelt, auch nicht im Dienste der Wissenschaft.«

Er ging voran, kletterte auf den aufgeworfenen runden

Hügel hinauf, unter dem irgendein Stammeshäuptling der Vorgeschichte bestattet lag, hüpfte zwischen den Bäumen hindurch und wirkte dabei noch gnomenhafter als zuvor.

Als sie neben ihrem Gastgeber auf der Höhe des Hügels angelangt waren, erstreckte sich vor ihren Blicken ein weitläufiges Tal. Pontisbright lag wie eine Gruppe von Puppenhäusern im äußersten Süden, und zwischen die unbebauten Fluren in den Talwindungen schmiegten sich kleine Wohnstätten.

Selbst Guffy war teilweise besänftigt. »Ein wunderschöner Blick, Herr Doktor!« sagte er. »Ein richtiges Friedenstal ist das.«

Der kleine Doktor sah ihn scharf an, und als er sprach, lag in seiner Stimme ein plötzlicher Ernst, über den sie erschraken. »Ein Friedenstal?« fragte er. »Nein, mein lieber junger Freund, wir nennen es hier das Kainstal.«

Der Ausdruck brachte sie mit einem Ruck zu der Aufgabe zurück, die sie beschäftigte. Es wirkte seltsam, den alten Namen aus dem Munde dieses kleinen Mannes in dem wunderlichen Aufzug zu hören, der auf einem Hügelgrab am Ende seines Gartens stand.

»Das Tal der Verdammten«, wiederholte er. »Und leider ist es das auch, meine Freunde.« Er wies mit der Hand in die Ferne und senkte die Stimme zum Flüsterton. »Sehen Sie?« sagte er. »Sehen Sie, wie die kleinen Lichter angehen?«

Sie sahen es, und es war ein sehr hübscher Anblick. In einem Hause nach dem andern glommen die Lichter auf und standen als dünne gelbe Tupfen vor dem dunkelnden Himmel.

»Sehen Sie«, sagte er, »es sind nur sehr wenige, und es werden immer weniger von Jahr zu Jahr. Über dieser Gegend hängt ein Pesthauch, den wir nicht verscheuchen können, ein Fluch, dem wir uns nicht entziehen können.«

Guffy machte den Mund auf, um Zweifel daran zu äußern, aber in der Miene seines Gastgebers lag etwas, das ihn verstummen ließ. Der kleine Mann war wie ausgewechselt. Eager-Wright wußte nicht recht, ob die Wandlung nicht vielleicht auf die Dunkelheit zurückzuführen war. Es schien jedenfalls, als habe irgendeine ungeheure Gemütserregung das faltige Gesicht völlig verändert. Die Augen blickten seltsam starr, und die Lippen waren über das Zahnfleisch zurückgezogen wie bei einem Wahnsinnigen.

Gleich darauf aber war diese Miene wieder verschwunden, und als er sprach, hatte seine Stimme ihren gewöhnlichen Gesprächston, nur daß sie jetzt etwas feierlicher klang als sonst.

»Ich nehme da eine große Verantwortung auf mich«, sagte er langsam. »Eine ernste Verantwortung. Aber wenn ich es Ihnen nicht sage, dann weiß ich nicht, wer es Ihnen sagen soll. Und wenn ich es Ihnen sage, ist es vielleicht schon zu spät. Immerhin, als Arzt hat man nicht nur eine private, sondern auch eine öffentliche Pflicht, und ich glaube, unter diesen Umständen bleibt mir vielleicht gar nichts anderes übrig.«

Er wandte sich an sie alle zusammen, und seine lebhaften Äuglein beobachteten gespannt ihre Gesichter.

»Ich bin ein ganzes Stück älter als Sie alle«, sagte er, »und als ich heute morgen hörte, Sie wären hier angekommen, habe ich mich entschlossen, alles zu versuchen, um zu einem Gespräch mit Ihnen zu kommen und Sie über die Tatsachen aufzuklären – selbst auf die Gefahr hin, daß der Eindruck entsteht, ich kümmerte mich um Dinge, die mich nichts angehen. Die Einladung von einem wildfremden Menschen muß etwas merkwürdig auf Sie gewirkt haben. Aber als Sie bei mir erschienen, da wurde mir klar, daß meine Aufgabe nicht ganz so schwer sein würde, wie ich zuerst gedacht hatte. Ich habe gesehen, daß Sie vernünftige, anständige Menschen sind, und nachdem ich mich heute abend mit Ihnen unterhalten habe, bin ich vollends überzeugt, daß ich geradezu ein Schuft gewesen wäre, wenn ich diese Pflicht, die ich mir selbst auferlegt habe, vernachlässigt hätte.«

Die jungen Männer hatten während dieser ungewöhnlichen Ansprache dagestanden und ihn mit einer Mischung von Neugier und höflichem Erstaunen betrachtet. Guffy hatte ein etwas unbehagliches Gefühl, zumal er insgeheim zu dem Schluß gelangt war, ein Mann, der Port vom Jahrgang 1878 trinken konnte, ohne ihn zu erkennen, sei verrückt und gehöre jedenfalls nicht in die menschliche Gesellschaft. Eager-Wright jedoch war sichtlich interessiert.

Der Arzt fuhr fort: »Meine lieben jungen Freunde, Sie müssen fort von hier, so schnell Sie irgend können!«

»Na aber, Herr Doktor!« begehrte Eager-Wright auf, den der Höhepunkt der Rede völlig aus der Fassung gebracht hatte. »Ich bin ja durchaus dafür, daß das Land den Landleuten gehören soll, aber schließlich ...«

»Ach, mein Junge, mein Junge«, protestierte der kleine Doktor kummervoll, »an so etwas denke ich ja gar nicht. Ich denke an Sie, an Ihre Sicherheit, Ihre Gesundheit, Ihre Zukunft. Als Mediziner *empfehle* ich Ihnen, sofort abzureisen; als Freund – wenn ich mich so nennen darf – *fordere* ich es. Ach, kommen Sie doch wieder mit ins Haus! Dort kann ich Ihnen das besser erklären. Aber ich habe Sie hier herausgeführt, weil ich wollte, daß Sie das Tal sehen. Also kommen Sie mit, dann will ich versuchen, mich für diesen ungastlichen Ausbruch zu rechtfertigen.«

Als sie wieder in dem barocken Zimmer waren, musterte Dr. Galley, eine Paraffinlampe neben sich, gedankenvoll die drei jungen Männer, die vor ihm saßen. Er hatte zwar viel von der imponierenden Würde verloren, mit der er im Garten aufgetreten war, aber er sprach doch mit Überlegenheit, und seine klugen, lebhaften Augen fixierten jedes der drei Gesichter der Reihe nach. Der kleine Doktor breitete seine rundlichen Hände aus.

»Sehen Sie, es fällt mir sehr schwer, das alles zu sagen«, begann er. »Ich bin hier zu Hause, die Leute im Dorf sind meine Freunde und Patienten. Aber so ungern ich's tue, ich fühle mich doch verpflichtet, Ihnen ein Geheimnis zu verraten. Zuerst muß ich aber darum bitten, daß keiner von Ihnen es sich etwa einfallen läßt, eine Zeitung auf diese Tatsache aufmerksam zu machen. Wir wollen nicht, daß eine staatliche Untersuchungskommission oder irgendein Riesenhospital uns unsere Freiheit raubt.«

Er wischte sich die Stirn ab, die feucht geglänzt hatte. Offensichtlich litt er unter irgendeiner starken Gemütsbewegung, und die Neugierde der Besucher regte sich.

»Ist Ihnen aufgefallen«, fragte der Arzt mit plötzlichem Nachdruck, »daß dieses Dorf etwas Absonderliches an sich hat – überhaupt das ganze Tal? Haben Sie irgend etwas bemerkt?«

Eager-Wright sprach, ohne Campion anzusehen. »Da war dieses Zeichen am Tor«, brachte er vor.

Der Doktor griff seine Worte eifrig auf: »Das Zeichen an dem Tor, ganz recht! Das alte Gott-steh-uns-bei-Zeichen natürlich. Sie haben es erkannt? Gut. Nun, ich will Ihnen das erklären. Als ich Ihnen sagte, daß unser Dorf unter einem Fluch steht, habe ich nur ganz buchstäblich die Wahrheit gesagt. Ich nehme an, als ich das Wort aussprach, haben Sie an etwas Übernatürliches gedacht, irgend etwas aus dem Reich der Phantasie. Nun, so ist es freilich nicht. Der Fluch, der über dem Kainstal und dem Dorf Pontisbright hängt, ist eine ganz konkrete Plage, etwas, das sich durch keine Geisterbeschwörung austreiben läßt. Es gibt nur eine einzige Rettung davor – nämlich Flucht. Diese Plage ist eine besonders grauenhafte Hautkrankheit, die mit dem Lupus verwandt ist. Mit dem medizinischen Namen will ich Sie nicht belasten. Sie ist glücklicherweise selten, aber völlig unheilbar.«

Sie sahen ihn groß an.

»Ach, denken Sie nicht etwa, das sei bloß eine verschrobene Idee von mir!« sagte er. »Ich gehöre nicht zu denen, die Ihnen empfehlen würden, aus einem reizenden Urlaubsort abzureisen, weil bei ein paar Leuten in der Gegend eine ansteckende Krankheit aufgetreten ist. Aber hier ist alles verseucht. Die Luft, die Sie atmen, der Boden, auf dem Sie stehen, das Wasser, das Sie trinken – alles ist ganz und gar mit Gift durchtränkt. Es gibt kein Entrinnen davor. Wenn die Tatsachen ausposaunt würden, was würde passieren? Unsere Kreisverwaltung würde gezwungen sein, irgend etwas zu unternehmen. Menschen, die ihr ganzes Leben hier zugebracht haben, würden aus ihren Häusern vertrieben, die Gegend würde zu einem Jagdrevier für Bakteriologen, und es käme nichts dabei heraus. Ich bitte Sie in Ihrem eigenen Interesse, sofort abzufahren!«

Guffy erhob sich. »Das ist doch gar nicht zu glauben, Herr Doktor«, sagte er schroffer denn je. »Sie müssen schon entschuldigen – aber wie ist es denn zum Beispiel mit den Geschwistern Fitton? Und mit Miss Huntingforest?«

Der Arzt seufzte. Er fand Guffy anscheinend besonders begriffsstutzig. »Ich hätte das etwas genauer erklären sollen«, sagte er geduldig. »Ich dachte, Sie wissen Bescheid. Bei derartigen Fällen ist es meistens so, daß die eingesessene Bevölkerung des verseuchten Gebiets selten oder gar nicht davon befallen wird. Die Natur stattet ihr Blut mit einem Abwehrmittel aus. Die Geschwister Fitton gehören ja auch zur Familie Pontisbright, und bei denen hat die Immunität gegen diese Krankheit von jeher zu den Familieneigenschaften gehört. Ich glaube, Behr erwähnt das sogar in seiner Abhandlung über das Thema. Miss Huntingforest gehört ebenfalls zur Familie, und bis jetzt ist auch sie mit heiler Haut davongekommen.«

Er saß da und sah sie feierlich an, immer noch glänzende Schweißperlen auf der Stirn, die Hände auf dem Schoß gefaltet.

»Nach der Sage, die hier umgeht, soll einer der ersten Grafen Pontisbright die Krankheit von einem Kreuzzug mitgebracht haben, und sein armseliges Skelett, das hier auf dem

Kirchhof modert, soll immer noch das ganze Tal verpesten. Aber das ist natürlich nur so ein Märchen.«

Guffy wanderte in verdutztem Schweigen im Zimmer auf und ab. Campion lehnte sich in seinem Sessel in der dunkelsten Ecke zurück und betrachtete die Vorgänge durch seine Brillengläser, während Eager-Wright den Arzt scharf fixierte.

»Darf ich fragen, Herr Doktor«, sagte er ruhig, »wie Sie selber es jahrzehntelang fertiggebracht haben, ungeschoren zu bleiben?«

»Ich habe mir doch gedacht, danach würden Sie mich fragen«, sagte der kleine Mann triumphierend. »Ich habe, als ich herkam, ein Experiment mit mir selber angestellt. Ich habe mir oft gesagt, das ist meine beachtlichste medizinische Leistung gewesen. Ich habe mich selber geimpft, ehe noch das Serum gefunden und von der Britischen Ärztegesellschaft offiziell anerkannt war.« Er grinste. »Ich hätte mich beinahe umgebracht dabei, aber am Ende hab ich's geschafft. Übrigens, ich muß Sie bitten, gegenüber den lieben Leuten in der Mühle nichts von unserem Gespräch heute abend zu erwähnen. Die armen jungen Leute! Ich glaube, die müssen manchmal ziemlich knapsen. Mein Verhalten heute abend ist ein gewaltiger Fauxpas gewesen, wie Ihnen sicherlich klargeworden ist, aber ich weiß nicht, wie ich mich unter den Umständen hätte anders verhalten können. Ich hoffe, ich habe Sie davon überzeugt, daß Sie nach London zurückfahren müssen.«

»Leider nicht«, sagte Guffy dickköpfig. »Ich bin eben entschlossen, Urlaub zu machen, und ich bleibe hier.«

Dr. Galley fand diese Absicht gar nicht richtig. »Das tut mir leid«, sagte er. »Ich glaube sicher, wenn Sie ein paar von meinen Patienten in meinem westlichen Praxisbereich sehen könnten, würden Sie sich's anders überlegen. Die sind wirklich kein erfreulicher Anblick. Immerhin, es ist Ihre Sache. Es ist Ihnen doch sicherlich klar, daß ich Sie nur gewarnt habe, weil ich das für meine Pflicht hielt.«

»Ach, durchaus, ganz recht«, kam Campions dümmlich klingende Stimme aus dem Halbdunkel. »Aber mein Freund Eager-Wright hat sich nun einmal vorgenommen, sein Buch hier zu schreiben. Sie wissen ja, wie schwierig diese Schriftsteller sind, wie sie von Stimmungen abhängen und so weiter. Also was können wir da tun, um uns gegen diese... äh... furchtbar unangenehme Infektion zu schützen, die es hier gibt?«

Der Arzt blickte durch den trüb erleuchteten Raum seinen dritten Gast an und schien einen Augenblick über Campions verrückte Frage nachzudenken. »Ja«, sagte er endlich. »Da ist eigentlich sehr wenig zu machen. Wenn Sie auf meinen Rat hörten, würden Sie eben noch heute abend mit Ihrem Wagen losfahren. Aber zur Vorbeugung gegen die Infektion – ich weiß nicht, was ich da empfehlen soll. Wenn Sie nicht gerade etwas von dem Zeug nehmen möchten, das ich für mich selber zurechtgemacht habe. Das ist kein Impfstoff – nur eine Salbe. Sie schmieren es sich abends vor dem Schlafengehen auf die Handflächen, hinter die Ohren und in die Ellenbogenbeuge.«

Er sprach zögernd, als lasse er sich das Angebot nur widerwillig abpressen, blickte von Eager-Wright zu Guffy und lächelte nervös.

»Sie finden vielleicht, das klingt reichlich kurios, wenn ein Mediziner das sagt«, fuhr er fort. »Aber wo es so eine Krankheit ständig gibt, da kommt man eben auch auf ein Vorbeugungsmittel. Das Rezept zu diesem Zeug hat mir vor ungefähr dreißig Jahren ein alter Mann gegeben. Der hat damals auf der andern Seite der Heide gewohnt. Er war ein sonderbarer Kauz, so was wie ein Kräuterdoktor. Dieses Zeug wirkt manchmal tatsächlich. Ich will Ihnen jedenfalls ein bißchen davon geben.«

Er tastete sich durch das Zimmer, und als er zurückkam, hatte er ein kleines Steingefäß in der Hand, das mit Papier abgedeckt und mit Zwirn zugebunden war. »Hier ist es«, sagte er. »Ich habe immer einen kleinen Vorrat davon. Ich benutze es oft, aber ich will Ihnen gleich sagen – es wirkt nur selten. Probieren Sie's mal heute abend! Reiben Sie es tüchtig ein! Aber ich glaube, ich an Ihrer Stelle würde einfach nach London zurückfahren. Ich würde das vielleicht lieber doch nicht nehmen«, fuhr er fort und streckte schnell die Hand aus, um Guffy das Gefäß wieder abzunehmen.

Campion kam dazwischen, indem er die ausgestreckte Hand ergriff und schüttelte. »Also das ist wirklich furchtbar nett von Ihnen, furchtbar nett«, murmelte er einfältig. »Ich will ruhig gestehen, Sie haben uns einen tüchtigen Schrecken eingejagt. So eine Geschichte ist doch schließlich ein Minus für einen Ort. Das ist mir klar. Wenn Eager-Wright nicht durchaus sein Buch hier schreiben wollte, würden wir uns aus dem Staube machen. Aber was tut man nicht alles für die Kunst? Ach, da fällt mir ein – beinahe hätte ich vergessen, was wir Sie fragen wollten: Wo ist die Pontisbright-Trommel von Malplaquet?«

Wenn er erwartet hatte, der kleine Doktor würde sich überrascht zeigen, so wurde er enttäuscht, denn Dr. Galley sah ihn lediglich verständnislos an. »Davon habe ich nie gehört, mein Junge«, sagte er jovial. »Malplaquet? Ist das nicht ein Schlachtort? Haben da nicht Marlborough und der Prinz Eugen die Franzosen besiegt?«

»1709«, bestätigte Eager-Wright.

»Richtig, ja«, fuhr der Arzt fort. »Aber mit dieser Trommel kann ich Ihnen leider nicht helfen. Fragen Sie doch mal Amanda! Die ist ein besonders intelligentes Kind. Wahrscheinlich kann sie Ihnen ganz genau Bescheid sagen, wenn Sie so was wissen wollen.«

Er stand auf der Stufe vor der Tür und winkte ihnen nach, als sie durch den Garten loszogen. Im Mondschein sahen sie ihn ganz deutlich – eine sonderbare kleine Gestalt in seiner grotesken Hausjacke.

Sie gingen ein Stück schweigend, bis sie außer Hörweite

waren. Dann eröffnete Eager-Wright das Gespräch: »Also wenn das stimmt, dann ist es ziemlich übel, nicht?«

Campion schwieg.

Aber Guffy sagte: »Stimmen wird es schon, denke ich. Aber ich glaube, wir bleiben. Wir müssen bleiben. Es ist doch lachhaft. Ich nehme an, viel wird dieses Zeug nicht nützen, das er uns gegeben hat, aber wir können's ja probieren.«

Er holte das Steingefäß aus der Tasche, und sie scharten sich um ihn. Das Licht war so hell, daß sie die dicke schwarze Markierung auf dem Verschlußpapier sehen konnten. Sie bestand aus einer grob stilisierten Abbildung der Sonne, aber eine Aufschrift war nicht dabei.

Guffy entfernte das Papier behutsam, und sie sahen in das Gefäß hinein. Es stellte sich heraus, daß es zur Hälfte mit einer dunklen Masse gefüllt war, die fettig aussah und einen eigentümlich stechenden Geruch ausströmte.

Campion fuhr mit dem Zeigefinger in die Salbe und rieb etwas davon in seine linke Handfläche. Dann stand er ein paar Augenblicke da, den Kopf leicht zur Seite geneigt, einen nachdenklichen Ausdruck in den Augen.

Plötzlich fing er an zu lachen. »Alter Arzt macht dumme Streiche«, sagte er und rieb sich die Handfläche tüchtig mit dem Taschentuch ab.

»Was ist es denn?« Guffy nahm das Gefäß und schnupperte vorsichtig daran. »Hör doch auf mit diesem blöden Lachen, Campion! Woraus ist denn dieses Teufelszeug gemacht?«

»Meerzwiebel«, sagte Campion sanft, »oder, wie wir verrückten Botaniker es auch nennen, *Scilla maritima.* Eines der stärksten Reizmittel, die die alte Kräuterheilkunde kennt. Also wenn man sich damit die Handflächen, die Haut hinter den Ohren und die Ellenbogenbeugen ordentlich einreibt, dann hat man am nächsten Morgen die schönsten Blasen. Ganz beachtliche Symptome sogar, die einem armen unkundigen Tropf so einen Schreck einjagen können, daß er schleunigst zurück nach London saust, um einen Facharzt zu konsultieren. Leider allerdings hat der alte Knacker nicht mit der modernen Bildung gerechnet. Offenbar hat er noch nichts vom ›Hausarzt in der Westentasche‹ und solchen Büchern gehört, durch die wir alle so klug und weise geworden sind. Sein Seuchenmärchen war zwar recht hübsch, aber doch nicht stark genug, daß ein moderner Knabe darauf reinfallen könnte.«

Guffy glotzte ihn sichtlich erstaunt an. »Du meinst doch nicht etwa, der Kerl hat uns was vorgeschwindelt?«

»Aber lieber Himmel«, wandte Eager-Wright ein, »der Mann hat sich doch geradezu in Schweiß geredet vor lauter Aufrichtigkeit!«

Der Erzfürst schielte seine Gefolgsleute bedächtig an. »In Schweiß? Ja, das ist mir auch aufgefallen«, sagte er. »Aber nicht vor Aufrichtigkeit! Donnerwetter noch mal, vor Ehrlichkeit schwitzt man doch nicht!«

»Natürlich«, sagte Guffy langsam. »Man schwitzt vor Angst.«

»Das habe ich mir auch gedacht«, sagte Campion. »Merkwürdig, nicht?«

8

Unwillkommener Besuch

In Gedanken versunken setzten die drei jungen Männer ihren Weg über die Heide fort, auf die Mühle zu.

»Mir kommt gerade ein wunderschöner Gedanke«, sagte der Erzfürst plötzlich. »Laßt euch mal folgendes durch den Kopf gehen:

Eh' Pontisbright die Krone trägt,
der Dinge drei sind auferlegt.
Teilt sich der Rautendiamant,
dann erbt er seiner Väter Land...

Deutlicher geht's nicht mehr.

Es muß, will er sein Zepter schwingen,
die große Glocke dreimal klingen.
Schlägt man die Trommel von Malplaquet,
ist sein verbrieftes Recht gerett'.

Da habt ihr's, da ist das ganze Problem kurz und bündig ausgedrückt. Das schönste Versrätsel nach guter alter Art mit allen Fingerzeigen. Jetzt ist alles ganz einfach und gradlinig. Wir brauchen nur noch ein bißchen Denksport zu treiben, den Rautendiamanten zu zerhauen, die Glocke zu läuten und auf der Trommel von Malplaquet einen tollen Wirbel zu schlagen. Um eine Unmenge langweiliger und unangenehmer Fragen zu vermeiden«, fuhr er fort, »will ich euch erzählen, wie ich zu diesem aufschlußreichen Gedicht gekommen bin.«

Er ließ einen kurzgefaßten Bericht über sein Abenteuer mit Amanda in der Mühle folgen und trug ihnen, als sie darum baten, noch einmal die Knittelverse vor.

Guffy war geneigt, das sehr aufregend zu finden. »Na aber... also... das ist doch... äh ... eindeutig, nicht?« sagte er, und sein Gesicht glühte vor Begeisterung. »Da steht alles drin, was wir zu suchen haben. Die Krone – dann das Zepter, das entspricht der Charta – und das verbriefte Recht ist die Besitzurkunde. Warum hast du damit so lange hinter dem Berge gehalten, Campion? Ich meine, damit ist doch die ganze Sache praktisch schon gemacht. Jetzt brauchen wir bloß noch diese Dinger zu suchen und in die Hand zu bekommen. Ganz geschicktes Verschen übrigens. Donnerwetter, worauf warten wir denn noch?«

»Auf der Dinge drei«, sagte Campion schlicht. »Den Rautendiamanten, die Glocke und die Trommel. Und es kann natürlich immer noch sein, daß die ganze Geschichte so was wie ein dummer Streich ist. Wenn etwas vor über hundert Jahren geschrieben worden ist, bedeutet das schließlich noch nicht, daß es stimmt.«

»Trotzdem«, sagte Guffy, der sich durch die Aufzählung dieser unangenehmen Einzelheiten ein wenig gekränkt fühlte, »es ist doch sehr wertvoll, nicht? Die Schabernacktheorie ist reiner Unsinn, finde ich. Ich habe einmal den Namen von einem Mädchen in einen Baum eingeschnitten. Nur drei Buchstaben – aber dabei ist mir beinahe das Handgelenk abgeknickt. Niemand würde sich die Mühe machen, das alles ins Holz zu schneiden, wenn er nicht irgendeinen sehr guten Grund dazu hätte. Auf alle Fälle – der Stein kommt ins Rollen. Dieser alte Doktor war ein interessanter Knabe, und jetzt obendrein das – na also!« Er lächelte ungemein befriedigt.

Eager-Wright, der während der ganzen Unterhaltung geschwiegen hatte, blickte nun auf. »Hör mal zu, Campion«, sagte er, »jetzt fällt mir wieder etwas ein. Als wir gestern abend in der Wirtschaft mit den Pfeilen gespielt haben, da wurde ein alter Knacker geneckt, weil er so ungeschickt dabei war, und da hat er gesagt, er würde es schon besser können, wenn die große Glocke läutete. Ich dachte mir, das ist irgend so eine Redensart hier im Dorf, weißt du, so wie man sagt: bis es dreizehn schlägt.«

»Stimmt«, sagte Guffy. »Das habe ich auch gehört.«

»Der Haken dabei ist nur«, sagte Campion, »daß es in Pontisbright gar keine große Glocke gibt. Wenn ihr's wissen wollt – früher hat eine im Turm des Schlosses von Pontisbright gehangen. Sie war für die Gegend hier ungefähr das, was der Big Ben für London ist. Leider ist sie zusammen mit dem ganzen Hause verkauft worden. Man hat sie dann eingeschmolzen und zu Kanonen für den Zulukrieg verarbeitet. Es gibt nur noch eine einzige Glocke von derselben Sorte auf der Welt – die Glocke des Klosters St. Brigitten in den Pyrenäen. Ich habe mich heute nachmittag bei Amanda erkundigt. Die ist das reinste Auskunftsbüro. Es heißt, die ›olle Glocke von Pontisbright‹ könnten wir höchstens noch bei einem Erdbeben, einem furchtbaren Sturm, einem Luftangriff oder irgendeiner andern Katastrophe zu hören bekommen – dann dröhnt ihre gespenstische, gedämpfte Stimme durchs Dorf. Aber darauf können wir uns wohl kaum verlassen. An weiteren kleinen Schwierigkeiten ist zu erwähnen, daß noch niemand in der Familie etwas von einem ›Rautendiamanten‹ gehört hat und daß die einzigen Trommeln weit und breit die zerbeulten Dinger bei den Kriegstrophäen auf der Kirchenempore sind. Es sind beinahe ein Dutzend, und wenn wir Lust haben, können wir hingehen und eine Art Musikabend veranstalten. Aus der Zeit der Schlacht von Malplaquet stammt keine davon, habe ich mir sagen lassen, und außerdem fallen sie schon in Stücke. Nicht sehr verheißungsvoll, was?«

Während er sprach, bogen sie in den Fahrweg zur Mühle ein. Eager-Wright brummte mitfühlend, aber Guffy neigte immer noch hartnäckig zum Optimismus.

»Wir kommen der Sache schon noch auf den Grund, ihr werdet schon sehen«, prophezeite er. »Ich fürchte nur, es wird gar zu leicht.«

»Von dieser Wolke würde ich mich nicht stören lassen«, sagte Eager-Wright bitter. »Solche Sorgen machst du dir doch nicht, Campion?«

Campion gab keine Antwort. Eine dunkle Gestalt hatte sich von der Hecke gelöst und packte ihn jetzt am Arm. Es war Amanda.

Sie war atemlos vor unterdrückter Erregung. Wie sie da im Mondlicht vor ihnen stand, wirkte sie ein wenig koboldhaft mit ihrer engen braunen Kleidung, ihrem zerzausten, schimmernden Haar und ihren Augen, die in dem schwachen Licht deutlich funkelten. Offensichtlich platzte sie vor Begierde, irgendeine große Neuigkeit zu verkünden, aber zugleich hatte ihr ganzes Gebaren einen Beigeschmack von Bestürzung an sich.

»Wissen Sie«, begann sie, und ihre Enthüllungen sprudelten mit der nun schon bekannten Sprunghaftigkeit heraus, »ich fürchte, es wird furchtbar peinlich werden, aber es ist eigentlich ganz gut. Wie ein Teufel hat er gekämpft, und Scatty hat keine Ahnung gehabt, wer er war, bis Lugg dann auf seiner Brust gesessen hat. Lugg ist ein reizender Mensch. Scatty und er wollen sich zusammentun, wenn Sie etwa mal von ihm genug haben. Aber davon können wir im Augenblick nicht reden. Wir müssen ja an den Mann denken. Wir könnten die ganze Geschichte wohl vertuschen, aber es wäre so peinlich, wenn alles rauskäme. Dann könnten wir nicht mehr sagen, es ist Notwehr gewesen. Übrigens – seien Sie bitte vorsichtig! Außer Scatty und Lugg und mir weiß nämlich kein Mensch was davon. Ich hab mir gedacht, ich fange Sie hier ab. Na, verdient haben's die Kerle ja, nachdem sie so in der Mühle rumgeschlichen sind. Ich hab doch gewußt, daß es keine Ratten waren. Und es war natürlich ein irrsinniger Spektakel, als Scatty und Lugg hinkamen.«

Eager-Wright faßte sich an die Stirn. »Was ist denn passiert, um Gottes willen?« fragte er.

Campion ließ sich auf der Uferböschung am Weg nieder.

»Wollen Sie nicht mal da anfangen, wo Sie festgestellt haben, daß es keine Ratten waren?« schlug er liebenswürdig vor.

»Also«, sagte Amanda und setzte sich vor ihn hin, »mir ist eingefallen, daß ich noch gar nicht den Schutzbezug über meinen Dynamo gestülpt hatte. Na, da bin ich schnell rüber in die Mühle gelaufen. Eine Laterne hab ich mir nicht mitgenommen, denn ich kenne ja den Weg. Wie ich dort war, hab ich gehört, wie sich oben auf dem Boden, wo der Eichenklotz ist, jemand bewegte. Da hab ich ganz laut ›He!‹ gerufen, denn ich dachte, vielleicht ist es eins von den Quinney-Kindern auf der Rattenjagd. Und dann gab's einen furchtbaren Krach, und jemand fluchte. Da konnte ich mir natürlich denken, was passiert war. Es hatte jemand den Eichenklotz umgestoßen – die ganze Mühle hätte davon zusammenbrechen können. Als ich das Fluchen hörte, habe ich gewußt, daß es nicht die Quinney-Kinder sein könnten, denn Mrs Quinney gibt sich wirklich Mühe, sie anständig zu erziehen – ganz gleich, was die Leute im Dorf reden mögen. Und außerdem war's eine fremde Männerstimme.«

Sie machte eine Atempause, und ihre Zuhörer bemühten sich unterdessen, aus dem Wust von Belanglosigkeiten, mit denen sie sie überschüttete, herauszusuchen, was sie eigentlich erzählen wollte.

»Also, was dann passierte«, berichtete sie weiter, »war – überhaupt nichts. Tiefe Stille. Ich hatte zwar keine Angst – wirklich nicht –, aber ich dachte doch: Was ist, wenn ich den Mann oder die Männer nicht allein runterkriege? Da bin ich ganz leise rausgeschlichen, so daß sie mich auf keinen Fall hören konnten, und in die Küche gelaufen. Weil Sie doch so viel Pensionsgeld zahlen, hatte ich eine ganze Menge Bier gekauft, aber ich hätte natürlich an meinen Scatty denken müssen. Jedenfalls, der und Lugg haben Karten gespielt, und überall war Bier, und wie ich ihnen erzählt habe, was los war, sind sie gleich aufgesprungen und in die Mühle gerannt.« Sie seufzte. »Sie haben so einen Spektakel gemacht, daß ich dachte, die andern würden's bestimmt hören und rausgelaufen kommen, aber wahrscheinlich haben die nur gedacht, das wären Sie, wie Sie von unserm Doktor zurückkommen, und da haben sie sich höflicherweise nicht gerührt.«

»Aber was für ein Mann war denn das?« unterbrach Guffy ungeduldig.

»Hören Sie doch zu!« mahnte Amanda streng. »Es sind zwei gewesen, aber der eine ist entwischt. Den anderen haben Scatty und Lugg geschnappt, als er gerade die Treppe runterkam. Ich habe die Rauferei nicht gesehen, weil es im Dunkeln war. Aber offenbar hat Scatty sich eingebildet, es wäre eine ganze Bande, jedenfalls hat er immerfort gerufen, sie sollten nur kommen, allesamt. Lugg hat nur so einen Knurrton von sich gegeben. Aber hinterher hab ich festgestellt, daß er seinen Kopf dem armen Kerl in den Bauch gebohrt hatte und ihn durch eine Tür schieben wollte, die gar nicht da war. Als ich sie bloß noch schwer atmen hören konnte und sonst nichts mehr, bin ich zurück ins Haus gelaufen und habe eine Laterne geholt, und als ich wiederkam, da saß Lugg auf der Brust von dem Mann und zeigte Scatty, wie man mit einem Totschläger umgeht. Das hat allen beiden furchtbar Spaß gemacht, aber ich habe dafür gesorgt, daß sie das sein ließen. Ich fürchte, das kann peinlich werden. Meinen Sie nicht auch?«

»Allem Anschein nach ist das eine muntere Keilerei in Bierlaune gewesen«, sagte Campion. »Scatty und Lugg – na, da haben sich offenbar die Richtigen gefunden. Nur eine interessante Frage erhebt sich: Haben Sie gemerkt, wer ihr bedauernswerter Kumpan gewesen ist?«

»Ach, ich dachte, das würden Sie erraten«, sagte Amanda. »Das war schon in Ordnung. Es ist der Kerl mit dem Eulengesicht. Der hat's verdient. Nur – eins macht die Sache so schwierig: Ich fürchte, sie haben ihn umgebracht.«

Eager-Wright stieß einen gedämpften Ruf des Erstaunens aus, Guffy pfiff, und Campion erhob sich. »O weh!« murmelte er mißbilligend. »O weh!«

»Vielleicht ist er noch nicht ganz tot«, sagte Amanda hoffnungsvoll. »Aber sehen Sie, Lugg und Scatty waren so aus dem Häuschen, daß ich sie in die Garage gesperrt und die Tür zugeriegelt habe. Da drin können sie so viel Krach machen, wie sie wollen, und keiner hört's. Ich habe ihnen gesagt, sie sollen mir einen Schraubenschlüssel aus der Garage holen, und dann hab ich die Tür zugeschlagen und den Riegel vorgeschoben. Dann bin ich wieder in die Mühle gegangen und hab mir den Mann angesehen. Ich habe ihm ein paar Säcke unter den Kopf gelegt, und ich wußte nicht genau, ob ich sein Herz schlagen hörte oder meins. Da hab ich's nach einer Weile aufgegeben und bin hier rausgekommen, um auf Sie zu warten. Mir war so ohne Licht nicht mehr ganz wohl in der Mühle.«

»Ach, Sie armes Kind!« sagte Eager-Wright, gerührt über dieses offene Eingeständnis menschlicher Schwäche.

»O nein«, sagte Amanda steif. »Ich habe keine Angst gehabt. Aber jetzt müssen wir uns wohl um den Mann kümmern, auch wenn er die arme Tante Hatt überfallen hat. Er hat immer noch ziemlich komisch ausgesehen, als ich vor ungefähr zehn Minuten nach ihm geguckt habe.«

Es war eine düstere, schweigsame Gesellschaft, die wenige Minuten später die Mühle betrat. Die eigenartigen Laute, die aus der Garage kamen, hörten plötzlich auf, als sie vorbeigingen. Amanda holte hinter einem Kornmaß eine Sturmlampe hervor und schraubte den Docht hoch. Dann kletterte sie, den Männern voran, die gefährliche Treppe zum ersten Stockwerk empor. In dem gelben Licht schimmerten ihre prachtvollen Haare und die braune Haut ihrer unbestrumpften Beine. Sie folgten ihr hinauf in den großen staubigen Raum. Oben angelangt, blieb sie stehen und zeigte auf ein besorgniserregendes Bündel, das auf den Bohlen in der Nähe der offenen Sackluke ausgestreckt lag.

»Das ist er«, flüsterte sie und hielt die Laterne hoch, so daß das Licht voll auf das Bündel fiel.

Campion und Guffy ließen sich neben dem reglos daliegenden Mann auf die Knie nieder, und es zeigte sich, daß Amanda trotz ihrer Bestürzung noch so viel Geistesgegenwart gehabt hatte, dem Mann den Kragen zu lockern und seinen Kopf hoch zu lagern.

Nach kurzer Untersuchung gab Campion einen Seufzer der Erleichterung von sich: »Gott sei Dank, es ist nicht ganz so schlimm! Aber sein Spießgeselle kann von Glück sagen, daß er entwischt ist. Unsere beiden Rabauken sollen ruhig bis morgen früh in der Garage ihren Rausch ausschlafen, wenn Sie nichts dagegen haben, Miss Amanda. Jetzt müssen wir uns erst mal um den Mann hier kümmern. Er hat anscheinend einen ganz schönen Denkzettel bekommen. Aber ich glaube, er wird's überstehen und noch öfter eine Tracht Prügel einstecken können. Das ist wirklich sehr bedauerlich. Ich weiß nicht, was er von uns denken wird.«

Er zog eine Flasche aus seiner hinteren Hosentasche und goß eine Portion Alkohol, die einen normalen Studenten umgeworfen hätte, zwischen die todblassen Lippen. Der Mann stöhnte und regte sich.

Wie er da im Schein der Öllampe lag, konnten sie ihn sich in aller Ruhe ansehen. Er war ein großer, dürrer Mensch mit lockerem, aber kräftigem Körperbau. Sein auffälligstes Merkmal war der ungewöhnlich tiefe, spitze Haaransatz, der über seine hohe Stirn bis fast an die Nasenwurzel herabreichte.

»Höchst eigenartig sieht der Zeitgenosse aus«, stellte Eager-Wright fest. »Ja, das ist der Mann, der in Brindisi auf uns geschossen hat. Übrigens hat er einen Revolver in der Tasche, wie ich sehe. Wahrscheinlich sind die beiden über ihn hergefallen, ehe er dazu kam, ihn rauszuholen. Hast du eine Ahnung, wer er eigentlich ist, Campion?«

»Ach, armer Yorick!« deklamierte der junge Mann mit der Hornbrille frei nach Shakespeare. »Ich kannte ihn, Horatio: ein Bursche von unendlichem Humbug. – Aber ich glaube, darauf wollen wir jetzt nicht eingehen. O weh, o weh! Das ist doch bedauerlich. Er hat immer etwas gegen mich gehabt. Nun werden wir nie wieder lustig miteinander toben. Ach, Miss Amanda, könnten Sie mir eine alte Decke holen – eine, bei der es nicht darauf ankommt, wenn Sie sie nie wiedersehen? Wir treffen uns in fünf Minuten draußen. Würden Sie, Mr Randall, und Sie, Mr Eager-Wright, mir mal helfen, ihn runterzutragen? Fassen Sie ihn so sanft wie möglich an! Er gehört zweifellos zu unsern allernettesten Feinden.«

Als Amanda mit der Decke zurückkehrte, kamen sie ihr auf dem Hof entgegen, den schlaffen Körper des Mannes mit dem Eulengesicht zwischen sich. Behutsam schleppten sie ihre Bürde bis zu einer geeigneten Stelle der Heide, die durch einen Ginsterbusch sowohl gegen die Straße wie gegen den Wind abgeschirmt war. Dort legten sie ihn vorsichtig nieder, und Campion breitete aufs sorgsamste die Decke über ihn.

Eager-Wright beugte sich einen Augenblick über den Mann und zog aus seiner Westentasche ein Stück Papier. »Das hab ich mir doch gedacht«, brummte er befriedigt. »Seht ihr? Er hat sich das Verschen abgeschrieben. Amanda hat ihn nicht zeitig genug gestört. Er ist schon fertig gewesen, als sie ihn gehört hat. Hoffentlich hat er den Text vergessen, wenn er wieder zu sich kommt.«

Campion seufzte, nahm seinem Freunde das Papier aus der Hand und steckte es sorgfältig wieder in die Tasche des Bewußtlosen zurück. »Da«, sagte er. »Ich glaube, das ist das mindeste, was ich unter den Umständen tun kann. Das entschädigt ihn vielleicht ein wenig für den unfreundlichen Empfang durch diesen Idioten Lugg.«

Eager-Wright starrte Campion sinnend an und dachte scharf über den logischen Grund nach, der, wie er sich sagte, hinter dieser unverständlichen Handlungsweise liegen mußte.

Guffy, der zielstrebiger und einseitiger dachte, wollte sich nicht zufriedengeben. »Laden wir ihn doch in den Wagen, und schaffen wir ihn zur Kreispolizei!« Er trat auf seinen Freund zu und blickte ernsthaft in das blasse, ausdruckslose Gesicht. »Hör mal zu, Campion«, begann er, »ich erkenne ja deine Großmut an, mein Lieber, und finde, das ist eine sehr gute Eigenschaft. Aber trotzdem habe ich das Gefühl, daß wir es hier mit einer ziemlich ernsten Angelegenheit zu tun haben, weißt du. Die Sache ist zu wichtig, als daß man dabei etwas riskieren könnte. Wir müssen kämpfen, auch mit nicht ganz sauberen Mitteln, wenn's sein muß. Es steht allerhand auf dem Spiel.«

»Du bist doch ein Dickkopf«, sagte Campion freundlich und schüttelte dem betretenen Guffy mit schmerzhafter Heftigkeit die Hand. »Aber denk mal nach, mein lieber alter Haudegen! Was meinst du denn, wie dieser reizende Knabe hier überhaupt etwas von dem Eichenklotz erfahren haben kann? Er hat davon erfahren, weil Klein Albert ihm einen Brief geschickt hat, in dem stand so ungefähr: ›Sieh Dir mal an, was ich auf dem Mühlenboden gefunden habe, Goldjunge!‹ – fein säuberlich geschrieben und mit meinem vollen Namen unterzeichnet.«

Während Guffy entgeistert zurücktaumelte und Eager-Wright den blassen jungen Mann zweifelnd betrachtete, tippte Campion die Gestalt unter der Decke mit der Schuhspitze an.

»Der Bursche hier ist nicht sehr helle. Seine Schläue ist eigentlich kaum mehr als Verschlagenheit, aber da er sozusagen für die alte Firma arbeitet, stehen wir einem der scharfsinnigsten Köpfe der Welt gegenüber. Deshalb habe ich mir gesagt, der ist gerade der richtige Mann, dem wir diese Information so schnell wie möglich zukommen lassen müssen. Wenn es kein Rätsel wäre, dann wäre es natürlich etwas anderes. Aber in diesem Falle war es sinnlos, damit hinter dem Berge zu halten, besonders, wenn die Zeit so kostbar ist.«

»Donnerwetter, das kapiere ich nicht«, sagte Guffy dickköpfig. »Ich glaube, du bist komplett übergeschnappt. Warum? Das möchte ich gerne wissen – warum?«

Campion schob seinen Arm unter den des anderen. »Weil zwei Köpfe besser sind als einer, du Naseweis«, sagte er. »Nur deshalb.«

9
Fragestunde

»Wenn ich hier das Zepter schwänge«, verkündete der Erzfürst von seinem Ehrenplatz auf der Werkbank, die an einer Wand im Dynamoraum der Mühle entlanglief, »würde ich euch beide enthaupten lassen. Unter den gegebenen Umständen könnt ihr von Glück sagen, wenn ihr mit Kündigung davonkommt.«

Er wirkte alles andere als majestätisch, wie er da mit gekreuzten Beinen in schlaff herunterhängenden Hosen auf der Werkbank saß, die Knie ans Kinn herangezogen. Aber seine Augen hinter den Brillengläsern waren streng, und seine eigenartige Persönlichkeit beherrschte die Szene.

Amanda, sehr gesetzt und feierlich, hatte sich auf einen Stapel Säcke in einem Winkel gehockt, während Eager-Wright und Guffy die Missetäter bewachten, die nach der Nacht in der Garage nun in der Morgensonne einigermaßen mitgenommen aussahen.

Scatty hatte anscheinend beschlossen, sich in seinem Verhalten nach Lugg zu richten, für den er offensichtlich gewaltigen Respekt entwickelt hatte. Dieser wackere Recke war mehr aufsässig als kleinlaut und neigte immer noch dazu, den ganzen Vorfall mehr als einen lustigen Abend denn als eine ernste Angelegenheit zu behandeln.

»Von Kündigung«, sagte Lugg selbstsicher, »kann überhaupt nich die Rede sein. Ich und mein Kumpel hier, wir ham uns mit einem Individuum in die Haare gekriegt, was sich unbefugt auf einem Privatgrundstück rumgetrieben hat, wahrscheinlich mit unlauteren Absichten. Verdammt und zugenäht, dafür könn' wir doch nich gekündigt kriegen. Bezahlt müßten wir was kriegen dafür.«

»Bezahlt«, sagte der Erzfürst, »das ist gut! Was wäre denn passiert, wenn der Mann gestorben wäre? Und so wäre es wahrscheinlich gekommen, wenn nicht Miss Fitton die Geistesgegenwart gehabt hätte, euch zwei mordlustige Irre die Nacht über einzusperren.«

»Notwehr«, sagte Lugg prompt. »Dieser Doyle mit der Eulenvisage hat immer 'n Revolver in der Tasche. Der isses doch gewesen, nich?«

»Das stimmt zwar zufällig«, räumte Campion ein. »Aber nach allem, was ich gehört habe, hätte es euch in euerm Zustand gestern abend auch nichts ausgemacht, wenn's der Dorfgendarm gewesen wäre.«

»Nee, bestimmt nich«, sagte Lugg ernsthaft. »Wozu hab ich denn meinen Instinkt? Mein Instinkt, der stimmt immer. Wie das kleine Fräulein zu uns reinkam, da hab ich mir gleich gesagt: ›Der Kerl in der Mühle, das is der mit der Eulenvisage. Den woll'n wir doch mal zusammenstauchen. Damit wird meinem Chef wirklich gedient sein.‹ Das hab ich doch gesagt, stimmt's Scatty?«

»Ja«, sagte Scatty mit dem peinlichen Eifer eines Mannes, der lügt, um seine Haut zu retten.

»Nu hör'n Sie mal zu!« fuhr Lugg fort, indem er die Versammelten aufmerksam musterte und sie gleichzeitig mit einem bärbeißigen, aber versöhnlichen Lächeln beglückte. »Schwamm drüber! Eins ham wir jedenfalls gelernt bei der Geschichte, und das is ziemlich ungemütlich.« Er senkte mit dramatischem Effekt die Stimme. »Dieser Doyle is bereit, seine Birne zu riskieren, und bei so 'ner Memme wie dem kann das nur eins heißen – nämlich, daß er wieder für seinen alten Boss arbeitet. Und wenn er für seinen alten Boss arbeitet, dann isses das beste, wir verduften hier auf dem allerschnellsten Wege und schlagen uns die Geschichte aus'm Kopp.«

Auf diesen Ausspruch folgte Schweigen, das unerwarteterweise von Luggs Leidensgenossen durchbrochen wurde.

Scatty Williams gab einen kratzigen Knurrlaut von sich, wie ein Wecker, der zum Schnarren ansetzt. »Ich finde... äh... ich finde, Lugg, wenn's noch so mulmig is – ausreißen dürfen wir doch nich.«

Campions Faktotum war durch dieses plötzliche Mutbekenntnis seines Bundesgenossen gänzlich aus der Fassung gebracht. Er nahm alles zusammen, um den sinkenden Respekt des Landmannes festzuhalten: »Wenn du 'ne Ahnung hätt'st, was für 'ne gefährliche Bande das is, tät'st du nich so große Töne spucken. Wenn du mitgemacht hätt'st, was ich mitgemacht hab, tät'st du wissen, daß es Fälle gibt, wo's einfach heißt, mit Anstand von der Bildfläche verschwinden.«

»Ein ziemlich merkwürdiges Argument, finden Sie nicht, Lugg?« fragte Campion.

Lugg empfand keine Scham. »Reden könn' Sie ganz gut«, sagte er. »Das ham Sie immer schon gekonnt. Und was isses im Grunde? Weiter nichts wie Gequatsche. Ich bin ja sehr für Treue und für Pflichterfüllung, aber ich bin nich dafür, daß man sich mit Gewalt in die Nesseln setzt. Also wenn Sie nichts dagegen haben, hol ich jetzt den Wagen raus, und wir fahren alle nach Hause.«

»Unerquickliche Entblößung einer widerwärtigen Geisteshaltung«, bemerkte der Erzfürst kritisch. »Sie gehen jetzt den Wagen reinigen, und Mr Williams nehmen Sie mit. Inzwischen werden wir uns überlegen, ob wir Sie hier unter Beobachtung behalten oder ob wir Ihre alte Fakultät anrufen und uns erkundigen, ob dort noch ein Studienplatz frei ist. Sie können gehen.«

Luggs kleine Augen flackerten. »Blödsinnige Strafarbeit!« sagte er zu Scatty, und während die beiden Übeltäter die Treppe hinabtrotteten, hörte man noch, wie er seinem Gefährten mit dumpfer Stimme zuraunte: »Wenn du nich mit mir zusammen gewesen wärst, wärste dran gewesen. Auf mich gibt er nämlich was.«

Eager-Wright fing an zu lachen.

Campion tat, als habe er nichts gehört. »Doyle hat einen Revolver bei sich gehabt«, sagte er. »Er hätte meinen alten Lugg abknallen können. Ihr findet das vielleicht komisch, aber es hätte mir leid getan.«

»Hör mal«, sagte Guffy, dessen Verwirrung vom Vorabend auch bei Tageslicht nicht nachgelassen hatte, »ich verstehe überhaupt nicht, was eigentlich vorgeht. Ich habe nicht gewußt, daß du diesen Doyle mit dem Eulengesicht persönlich kennst, Campion.«

»Gut kennen wir uns nicht«, murmelte der junge Mann abwehrend. »Wir haben uns im Hause eines gemeinsamen Bekannten in London kennengelernt. Es war gerade eine Rauferei im Gange. Mr Doyle hat mit einem Totschläger auf meinen Kopf eingehauen. Das war zwar nicht gerade eine offizielle Vorstellung, aber jedenfalls kann ich sagen, wir sind uns nahegekommen.«

»Ich rede von dem Brief, den du ihm angeblich geschrieben hast«, beharrte Guffy. »Hast du das gestern abend ernst gemeint? Ich habe ja überhaupt nicht gewußt, daß er im Dorf war. Wo hast du den Brief hingeschickt?«

»Das«, sagte Campion bescheiden, »war ziemlich schlau. Eine reine Vermutung, aber zufällig hat es damit funktioniert. Du kannst dir gar nicht denken, wie mich das gefreut hat. Auf die Idee bin ich durch etwas gekommen, das sich gestern nachmittag ereignet hat.«

»Gestern nachmittag«, stellte Amanda sachlich fest, »hat sich nichts weiter ereignet, als daß die Einladung von Dr. Galley gekommen ist.«

»Eben«, bestätigte er. »Als ich den einen Brief bekommen hatte, habe ich sofort den anderen geschrieben und ihn an Doyle adressiert. Als wir dann zu dem Arzthaus kamen, habe ich den Brief an eine Geländerzacke gesteckt, wo er von den Fenstern aus leicht zu sehen war. Ich habe mir gedacht, Doyle würde sehen, daß wir alle auf Besuch gegangen waren und daß also die Festung unbemannt war, und würde unsere Abwesenheit zu einem Spähunternehmen ausnützen. Diese Rechnung hat sich als völlig richtig erwiesen.«

»Aber warum an Dr. Galleys Geländer?« fragte Guffy.

»Weil unser Freund mit dem Eulengesicht bei ihm zu Gast ist«, erklärte Campion. »Du siehst, wie die Fäden ineinanderlaufen.«

Sie glotzten ihn an. Amanda sprach als erste: »Das ist doch ausgeschlossen. Ich kenne den alten Galley schon, solange ich lebe, und der beschützt nicht jemanden, der Tante Hatt überfallen hat – nein, bestimmt nicht! Ich weiß, er ist komisch, äußerst komisch sogar in manchen Dingen.« Bei den letzten Worten fiel ihre Stimme etwas ab, straffte sich aber wieder, und sie schloß in festem Ton: »Das macht er einfach nicht.«

Campion, der immer noch auf der Werkbank hockte, schwieg eine Weile. Dann sagte er nachdenklich: »Etwas finde ich doch recht merkwürdig. Die beiden letzten Hinweise in unserer gereimten Gebrauchsanweisung beziehen sich ausdrücklich auf Töne:

Es muß, will er sein Zepter schwingen,
die große Glocke dreimal klingen.

– und ebenso weiter:

Schlägt man die Trommel von Malplaquet,
ist sein verbrieftes Recht gerett'.

Was mich so wundert, ist das musikalische Element dabei. Ich meine, möglicherweise enthält dieses muntere Verschen weiter nichts als Vorschriften für das Thronbesteigungszeremoniell. Anweisungen für den Chorleiter oder so was. Höchst mysteriös ist das alles.«

»Ich finde es höchst mysteriös, daß Doyle heute morgen von der Heide verschwunden war und daß man im Dorf nichts von ihm gehört hat«, sagte Eager-Wright. »Das sieht so aus, als ob entweder sein Kumpan wiedergekommen ist und ihn abgeholt hat – oder als ob sich hier mehr Leute rumtreiben, als wir bis jetzt wissen. Irgendwer muß sich doch seiner angenommen haben.«

Ehe noch jemand irgendwelche Ansichten zu diesem Thema vorbringen konnte, klang Tante Hatts klare, vibrierende Stimme vom unteren Stockwerk herauf: »Mr Campion! Besuch für Sie!«

Schritte kamen die Treppe empor, und dann tauchte ein Kopf in der Luke auf.

»Farquharson!« rief Guffy und sprang auf. »Das ist ja ausgezeichnet. Vorsicht – da ist ein Loch im Fußboden, mein Lieber! Ich will dich mal vorstellen. Miss Amanda, das ist Farquharson, ein alter Freund von uns, ein reizender Mensch. Und das ist Miss Amanda Fitton.«

Campion lächelte ihm zu. »Was Neues?« fragte er.

Der Ankömmling nahm ein Exemplar der ›Times‹, das er unter dem Arm hatte, und reichte es ihm. »Die heutige Nummer«, sagte er. »Auf der ersten Seite bei den Kleinanzeigen, die vierte von oben. Hier auf dem Lande kriegt man doch die Morgenzeitung immer erst am Abend, darum hab ich sie mitgebracht. Ich dachte, ich müßte mich sowieso am Schauplatz der Ereignisse zeigen.«

Campion nahm die Zeitung, warf einen Blick auf die Anzeige und las sie dann laut vor:

»A.C., wohnhaft Bottle Street, London W. 1, wird ersucht, Mittwoch, 4.30 Uhr, zwecks Unterzeichnung der von uns für ihn vorbereiteten Dokumente im Xenophon-Haus, London W. C. 2, vorzusprechen. X. R. & Co.«

»Seltsame Geschäftsmethoden«, sagte Guffy. »Damit läßt du dir doch wohl Zeit? Außer daß – Donnerwetter, das ist so eine Art Code! Nein, so was, was sagt ihr dazu!«

»Ein Code kaum«, meinte Campion leise. »Das mit der ›Unterzeichnung der vorbereiteten Dokumente‹ klingt für mein Empfinden einigermaßen echt.«

»Na, eine Falle kann es wohl nicht sein«, sagte Farquharson zuversichtlich. »Die großen Versicherungsgesellschaften werden zwar in manchen Kreisen vielleicht mit Mißtrauen betrachtet, aber ich habe noch nie gehört, daß sie arglose Besucher geschnappt und zusammengeschlagen hätten.«

Eager-Wright blickte interessiert auf Campion. »Wen wirst du da sprechen?« fragte er.

Campions matte Augen blickten gedankenvoll durch seine Brillengläser. »Ja, das weiß ich natürlich nicht«, sagte er. »Aber ich habe eigentlich das Gefühl, daß mir eine halbe Stunde mit dem Chef bevorsteht.«

»Wer ist denn der Chef der Xenophon-Gesellschaft?« fragte Farquharson. Dann kam ein ungläubiger Ausdruck in seine Augen, als er Campion ansah, während er fragte: »Das ist doch niemand anders als Savanake persönlich, nicht?«

Campion nickte. »Wenn ich um halb fünf bei ihm sein soll, muß ich mich wohl beeilen«, sagte er.

10

Geld regiert die Welt

»Mein Name ist Campion«, sagte der blasse junge Mann, der offensichtlich unter Zahnschmerzen litt. »Campion. Ich komme wegen der Papiere.«

»Wie bitte?« fragte die hübsche, aber tüchtige junge Dame am Anmeldetisch und musterte ihn kalt.

»Campion«, wiederholte der junge Mann. »Wegen der Papiere komme ich. Solche großen, weißen Dinger. Davon haben Sie doch bestimmt schon mal was gehört. Verzeihen Sie, daß ich so undeutlich spreche, aber ich habe Zahnschmerzen. Soll ich mich einstweilen hier hinsetzen, während Sie sich telefonisch meinetwegen erkundigen?«

Er lächelte sie an, so gut er das mit der gewaltigen Taschentuchkompresse konnte, die er sich an die Backe hielt, entfernte sich vom Schreibtisch der jungen Dame und nahm auf einer Art Krönungssessel an einer Seite des mit Marmormosaiken getäfelten Vestibüls Platz. Abgesehen von den Zahnschmerzen entsprach Campions Aufzug seiner Umgebung. Sein dunkler Anzug, sein säuberlich eingerollter seidener Schirm und eine Melone wiesen ihn als hochvornehmen Geschäftsmann aus.

Lange saß er im Vestibül des Xenophon-Hauses, betrachtete müßig den barocken italienischen Kronleuchter in der gemalten Kuppel und stellte sich vor, wieviel reizvoller es ausgesehen hätte, wenn man die vergoldeten Amor- und Puttenfiguren durch lebenswahre Abbilder der Aufsichtsratsmitglieder ersetzt hätte.

Endlich riß ihn eine gedämpfte weibliche Stimme aus seinen Gedanken. Es war die junge Dame vom Anmeldetisch. »Entschuldigen Sie, haben Sie ›Campion‹ gesagt?«

»Ganz recht. Wegen der Papiere.«

»Darf ich Sie bitten mitzukommen, Mr Campion?«

Der Wandel in ihrem Benehmen war auffallend, und Campion schritt hinter ihr her durch das Vestibül – ein Mann von Bedeutung. Ein riesiger Fahrstuhl, den Campions schlichtes Gemüt für massiv golden hielt, setzte sie auf einem Zwischenstock ab. Hier wurde er einem grauhaarigen Herrn mit sanfter Stimme übergeben, der beim Sprechen dicht an ihn herantrat, als wäre das, was er zu sagen hatte, sehr persönlich und ein wenig peinlich.

»Mr Campion?« murmelte er. »Gut.« Japsend, als glaube er, der Atem seiner Lunge würde nicht ausreichen, um den Satz zu beenden, setzte er hinzu: »Wegen der Papiere? Ja? Bitte kommen Sie mit!«

Sie stiegen aufs neue in den Fahrstuhl ein und gelangten in einen Korridor, der in neobyzantinischem Stil gehalten war. »Würden Sie bitte die Güte haben, hier zu warten, Mr Campion?« sagte sein Begleiter und hielt eine Tür auf.

Campions Füße versanken in einem bodenlosen Teppich. Langsam gewöhnten sich seine Augen an das sakrale Dämmerlicht. Die Tür schloß sich lautlos hinter ihm. Er ließ sich wiederum auf einem Prunksessel eines andern Stils nieder und sah sich in einem Raum um, der mit seinem Marmor und Mahagoni einen ähnlich soliden Eindruck machte wie das Lesezimmer in einem der besseren Londoner Herrenklubhäuser. An den Wänden hingen riesige Ölgemälde der Xenophon-Ozeanschiffe. Ein Kamin von der Größe und den Formen einer Kirchenorgel nahm eine Stirnseite des Raumes ein. Campion blickte über einen Mahagonitisch hin, der ihn an eine Eislauffläche erinnerte, und drückte sein Taschentuch an die Backe.

Plötzlich stand neben ihm ein bräunliches Männchen, dessen einzige Vorzüge ganz offensichtlich in seinem Kopf liegen mußten. »Hm – Mr Campion«, sagte er und streckte ihm die Hand hin. »Sehr angenehm. Sie kommen vermutlich wegen der Papiere. Was ist denn mit Ihrem Gesicht los? Es gibt doch nichts Schlimmeres als einen schlimmen Zahn. Sie haben recht – immer schön warm halten!«

Campion lächelte verlegen.

»Sie haben die Anzeige gesehen?« erkundigte sich der Mann.

»In der ›Times‹«, sagte Campion.

Der Mann zögerte immer noch, und Campion griff in seine Brusttasche. »Das habe ich mitgebracht«, sagte er, »falls Sie es etwa sehen wollten.« Er legte einen gewöhnlichen britischen Reisepaß auf den Tisch.

Das Gesicht des bräunlichen Männchens hellte sich auf. »Ach, das ist aber klug von Ihnen!« sagte er. »Ich sehe schon, wir werden uns verstehen. Mein Name ist Parrott.«

Parrott blätterte den Paß durch, warf einen Blick auf das Foto und dann auf Campion. Er schien befriedigt zu sein, denn er gab das Dokument zurück. »Na, dann kommen Sie mal mit!« sagte er. »Der Privataufzug ist hier.«

Campion machte sich von neuem auf die Wanderschaft. Sie gingen um den Tisch herum, wobei Campion immer folgsam hinter seinem Führer herging. Nachdem sie einen recht beachtlichen Weg quer durch den Raum zurückgelegt hatten, gelangten sie endlich zu einer kleinen Tür in der Wandtäfelung, hinter der ein Fahrstuhl zum Vorschein kam. Diesmal war es einer im Stil der Shakespeare-Zeit – ein Fahrstuhl also, wie Mr Parrott bemerkte, in dem sich Königin Elisabeth I. in ihre oberen Schloßgemächer hätte begeben können, falls ihr so etwas in den Sinn gekommen wäre.

»Sie sind nun bald«, bemerkte Parrott bedeutend, »in der eigentlichen Direktion. Das hier ist das Vorzimmer.«

Campion trat, immer noch das Taschentuch an seine geschwollene Backe drückend, in eine kühle, zederndüftende Atmosphäre und versank fast bis zum Knöchel in einem samtigen Teppich. Tadellos gekleidete junge Leute beiderlei Geschlechts, die sich lautlos bewegten, leise mit Papieren raschelten und diskret husteten, bevölkerten diesen Raum mit nußbaumgetäfelten Wänden und grünen Vorhängen.

Ein hochgewachsener junger Mann löste sich aus der Schar der übrigen und kam auf sie zu. In seinem Gesicht bemerkte man sofort die bekannten Züge eines berühmten Geschlechts, und er sprach mit dem sanften, gewinnenden Tonfall eines Diplomaten alter Schule.

Parrott, der offenbar wußte, daß er nicht in diese Umgebung gehörte, murmelte vertraulich: »Das ist Mr Clinton-Setter, einer der Privatsekretäre.« Dann sagte er mit noch leiserer Stimme zu dem jüngeren Mann: »Mr Campion – wegen der Papiere.«

Mr Clinton-Setter lächelte, hustete, wartete, bis Parrott sich entfernt hatte, und wandte sich dann mit gesenkter Stimme an Campion: »Mr Savanake empfängt Sie sofort. Möchten Sie Ihren – äh – Hut und Schirm hier ablegen?«

Als das geschehen war, geleitete er Campion in einen weiteren Raum, in dem ein Mann, der unglaublich bedeutend aussah, an dem breiten Band seines Monokels herumkaute und -zupfte. Danach kamen sie in einen kleinen Korridor, und Mr Clinton-Setter hob warnend die Hand.

»Das ist das Generaldirektorszimmer«, flüsterte er und klopfte diskret an. Dann stieß er die Tür auf, trat zur Seite und meldete mit fester Stimme: »Mr Campion – wegen der Papiere.«

Der junge Mann mit den Zahnschmerzen betrat das Zimmer in der Überzeugung, daß das, was man im Kino sieht, manchmal wahr sei. Er war auf eine Art Thronsaal gefaßt gewesen – aber nicht darauf. Geheimnisvolle Maschinen unterbrachen die klaren Linien gläserner Wände. Der Tür gegenüber stand ein gigantischer Schreibtisch, aus dem Lampen, Knöpfe, Schalter und Telefone emporwucherten – ein Gewirr von Apparaturen, meinte Campion, das jedes normale Büro hätte lähmen können. Hinter diesem Schreibtisch stand ein Stahlrohrsessel.

Der junge Mann sah sich nach dem Herrn und Meister dieser Wunderanlage um. Er war gerade zu dem Schluß gekommen, daß niemand im Zimmer sei, als sich hinter ihm etwas regte. Er drehte sich um und erblickte einen zweiten Schreibtisch, der in einer Nische hinter der Tür stand, und zu seiner Überraschung saß daran mit ungemein diensteifriger Miene eine kleine, dickliche ältere Dame mit faltenreicher Stirn, klugen Augen und dem Ausdruck unermüdlicher Zielstrebigkeit.

Sie lächelte Campion begütigend an. »Sie kommen zwei Minuten zu früh«, sagte sie mit betulicher, hausbackener Stimme und nordenglischem Tonfall. »Das macht aber nichts. Mr Savanake empfängt Sie in seinem Privatzimmer. Das ist eine große Ehre für Sie. Er empfängt dort nicht oft Besucher. Können Sie nicht Ihr Taschentuch vom Gesicht lassen?« fuhr sie fort. »Wenn er sieht, daß jemand sich nicht wohl fühlt, bedauert er ihn, und das ist eine Störung für ihn. Dann muß er seine Zeit für Unwichtiges verschwenden. Na, sehen Sie, so ist's richtig! Also wenn ich jetzt die Tür aufmache, gehen Sie nur gleich rein! Setzen Sie sich auf den Stuhl vor dem Schreibtisch – und denken Sie daran: Sie brauchen keine Angst zu haben!«

Sie drückte auf einen Knopf, und als ein Lichtsignal darauf antwortete, das vermutlich vom Allerheiligsten aus betätigt wurde, lächelte sie Campion abermals zu. »Es ist soweit«, sagte sie und drückte mit ihrem derben schwarzen Schuh auf einen Hebel im Fußboden.

Ein Teil der Spiegelglaswand schob sich auf wie die Türen der Londoner Untergrundbahn, und Campion schritt hinein.

11

Lebensversicherung

Das naive Gemüt des blassen jungen Mannes mit der Hornbrille erwartete nichts anderes als massives Gold und, mittendrin thronend, einen winzigen Plutokraten. Doch der Raum, in den er trat, war noch überraschender.

Er war klein und muffig, hatte grüngestrichene Wände und abgetretenes braunes Linoleum auf dem Fußboden. Er machte den Eindruck, als würde nie darin Staub gewischt. Aktenpakete an altmodischen Haken lagen in den Ecken aufgestapelt. Der Besucherstuhl, abgewetzt und tintenfleckig, stand vor einem gebeizten Schreibtisch, der mit Papieren, Zigarettenstummeln und diversen Flaschen so übersät war, daß kein Eckchen mehr frei blieb.

Campion bemerkte diese Dinge nur nach und nach. Zunächst war seine ganze Aufmerksamkeit von dem Mann in Anspruch genommen, der zusammengesunken hinter dem Papierwust saß, dem Halbgott, der über die Schicksale des wunderlichen Palastes unter sich und seiner Sklaven herrschte.

Phil Savanake war ein Mann von auffallender Erscheinung. Zunächst einmal war er, wie man in romantischeren Zeiten gesagt hätte, ein Riese. Er war noch verhältnismäßig jung, näher an Fünfzig als an Sechzig, und sein kurz geschnittenes Haar war grauschwarz. Er hatte einen mächtigen Schädel, ein rundes, blasses Gesicht und durchdringende graue Augen. Er sah Campion an, ohne zu sprechen oder zu lächeln, und wartete, bis der junge Mann Platz genommen hatte, ehe seine schweren weißen Lider auch nur zuckten.

Dann knurrte er kurz. Diese kleine Explosion erschütterte seinen ganzen Riesenkörper und hätte wohl einen empfindlicheren Gast leicht erschrecken können. Campion aber blieb ungerührt und zurückhaltend.

»Lesen Sie selber die ›Times‹, oder hat Ihnen jemand dieses Inserat gezeigt?« fragte der große Mann barsch.

»Ein Freund hat mir's gezeigt«, sagte Campion ehrlich.

»Haben Sie ihm gesagt, daß Sie sich darauf melden wollten?«

»Ja«, sagte Campion.

»Das war indiskret. Ich weiß nicht, ob Sie der Mann sind, den ich brauche.«

Mit einem Seufzer erhob sich Campion von seinem Stuhl und trat auf die Tür zu. »In diesem Falle will ich meine Reise durch das Wunderhaus wieder antreten«, sagte er über die Schulter.

»Setzen Sie sich hin! Seien Sie nicht so dumm! Für dumme Kerle habe ich keine Zeit.« Savanake stand auf und hielt dem Gast zu seiner Überraschung ein Paket Players hin.

Campion zeigte sich besänftigt, schüttelte aber den Kopf. »Ich – mit diesem Zahn kann ich nicht«, sagte er. »Trotzdem vielen Dank!«

Indem er sich wieder hinsetzte, stellte er fest, daß die Stimmung des anderen sich völlig gewandelt hatte. Seine Schroffheit war geschmolzen, und er hielt es anscheinend für besser, jovial zu werden.

»Na, mein Junge«, sagte er, »Sie kommen also wegen der Papiere. Das war ganz gut, was? Hat interessant geklungen und nichts verraten. Also, ich habe hier und da einiges von Ihnen gehört, und da hab ich Sie herbestellt, weil ich glaube, ich kann Ihnen einen Auftrag zukommen lassen, der Sie vielleicht interessiert. Da wollen wir mal zur Sache kommen.«

Jetzt war er weder jovial noch aggressiv, sondern er selbst, eine kluge, ungemein wuchtige Persönlichkeit.

»Spanisch sprechen Sie wohl nicht, wie?« fragte er.

»Nicht oft«, sagte Campion zurückhaltend, »und dann nur mit Leuten, die nicht Englisch verstehen.«

»So? Na, das macht die Sache viel einfacher. Ich habe nämlich einen Auftrag für Sie, Campion.«

Wenn Campion diese Mitteilung überraschend fand, so ließ er es sich jedenfalls nicht anmerken, sondern blieb ruhig sitzen und machte ein freundlich-interessiertes Gesicht.

»Es ist eine schwierige Aufgabe, eine kitzlige Aufgabe, aber nach dem, was ich von Ihnen gehört habe, sind Sie der richtige Mann dafür. Schon mal in Südamerika gewesen?«

Campion nickte. »Einmal.«

»So? Na, das ist ja großartig!« Die grauen Augen schimmerten einen Moment lang begeistert auf. »Dann ist es abgemacht. Dann sind Sie wirklich der Mann, den wir brauchen. Die Sache ist schwierig, gefährlich, aber dafür winkt ein kolossaler Lohn. Die letzte Revolution in Peru hat sich für uns sehr ungünstig ausgewirkt. Was wir brauchen, ist jemand mit Verstand und Einfällen, jemand ohne Anhang, der eine Gegenrevolution inszenieren kann. Warten Sie – warten Sie! Sagen Sie noch nichts dazu!« Er streckte abwehrend seine große Hand vor. »Es ist nicht so unmöglich, wie sich das anhört. Die nötige Organisation ist schon da. Gebraucht wird nur noch der richtige Mann, der sie in die Hand nimmt. Stellen Sie sich das mal vor, mein Lieber! Wenn Sie Lust haben, können Sie sich selbst zum Präsidenten machen.«

Campion zögerte noch immer, als der andere fortfuhr:

»Wir werden dafür sorgen, daß Sie dort bleiben können, solange Sie für unsere Interessen sorgen. Meine Firma ist eine Weltmacht. Ist Ihnen das klar? Sie sehen wohl selber, daß das eine Chance ist, wie sie sich nicht alle Tage bietet. Sie werden sich's nie verzeihen, wenn Sie sich das entgehen lassen. Sie sind der Mann, den wir brauchen. Ich weiß nicht, ob Sie sich für Geld interessieren, aber da können glatt 25 000 Pfund plus sämtliche Spesen drinstecken, wenn Sie die Sache schaffen. Außerdem können Sie nebenbei noch soviel verdienen, wie Sie wollen. Kein uninteressantes Angebot, was?«

Campion bewegte sich auf seinem Stuhl. Sein Gesicht hatte

seine Leere verloren und war nachdenklich geworden. »Das ist ein Haufen Geld«, sagte er. »Aber ehrlich gesagt, das interessiert mich nicht so sehr. Die Aufgabe scheint interessant zu sein. Das würde mir Spaß machen.«

Savanake nickte. »Bestimmt. Deswegen habe ich Sie ja ausgesucht und nicht irgendeinen schneidigen Offizier. Offen gestanden, es ist eine Aufgabe für einen Abenteurer.«

»Das habe ich mir auch gerade gedacht«, sagte Campion, und in seine Augen hinter den Brillengläsern trat ein fast sehnsüchtiger Glanz. »Schade«, setzte er hinzu. »Wirklich schade ist das. Sie können das Angebot wohl nicht eine Woche oder so offenhalten?«

Der große Mann warf ihm einen prüfenden Blick zu. »Nein, tut mir leid, aber das ist völlig ausgeschlossen. Die Sache muß jetzt passieren oder nie. Was ist denn los? Denken Sie etwa an diese Lappalie, mit der Sie sich im Augenblick abgeben? Nach meinen Informationen haben Sie ja wohl irgendwo auf dem Lande gesteckt – richtig, in Suffolk. Lassen Sie das schießen, mein Junge! Das ist die große Chance Ihres Lebens.«

Er wühlte in den Papieren auf seinem Schreibtisch und fand schließlich den Bericht, den er suchte.

»Ach ja, hier ist es. Ein kleiner Regierungsauftrag ist das, nicht? Arbeiten für die Regierung sind bekanntlich undankbar. Hören Sie auf meinen Rat! Lassen Sie die Sache einfach schießen! Bei einer Bürokratie von der Sorte, die dieses arme, ahnungslose Land regiert, merkt wahrscheinlich sowieso kein Mensch, daß Sie das aufgegeben haben. Und wenn – was bedeutet das schon? Eine langwierige Untersuchung, vielleicht eine gewisse Zeit, in der Sie nicht gut angeschrieben sind. Aber wenn Sie wiederkommen, ist die längst vorbei. Dann ist inzwischen wahrscheinlich eine andere Regierung an der Macht, und es ist, als wenn die ganze Geschichte überhaupt nicht gewesen wäre.«

Campion verhielt sich immer noch unschlüssig, und da der

große Mann sein Argument zur Genüge ausgeführt hatte, ging er zu praktischen Einzelheiten über.

»Ich habe hier alles, was dazu gehört«, sagte er. Er schloß eine lederne Mappe auf und legte ihren Inhalt auf den Tisch. »Hier ist Ihre Karte für das Schiff – eins von unsern eigenen natürlich; hier ist ein Brief an den Kapitän; hier sind Anweisungen, was Sie bei der Ankunft auf südamerikanischem Boden zu tun haben; hier ist ein Brief, auf den wir nachher eingehen wollen, und hier sind hundertfünfundzwanzig Pfund in bar. Sie werden sehen, alles ist gründlich vorbereitet. Ich gratuliere Ihnen dazu, mein Junge, daß Sie die Chance Ihres Lebens ergriffen haben.«

Campion machte ein freundlich-ausdrucksloses Gesicht. »Sie sagen, die Sache ist eilig«, sagte er. »Aber anscheinend nicht so eilig, daß Sie mich mit dem Flugzeug hinschicken. Wie eilig ist sie denn, präzise ausgedrückt?«

Phil Savanake blickte von den Papieren auf, die er in der Hand hatte, und ein paar Sekunden lang hielten seine kalten grauen Augen Campions Augen fest. »Wenn Sie aus meinem Büro weggehen«, sagte er, »begleitet einer von meinen Sekretären Sie nach unten, und dort wartet ein Wagen auf Sie. Er bringt Sie zum Flughafen, und Sie fliegen zusammen nach Southampton, wo die ›Marquisita‹ liegt. Mein Sekretär begleitet Sie an Bord und bringt Sie in die Kabine des Kapitäns. Dort bleiben Sie, bis das Schiff abgelegt hat. Aus naheliegenden Gründen reisen Sie unter einem Pseudonym, und ich habe Ihnen schon Papiere auf den Namen Christian Bennett besorgt.«

Er hielt inne, und Campion blickte ihn am Rande seines Taschentuchs vorbei an, das noch immer die Hälfte seines Gesichts bedeckte. »Schön«, sagte er. »Hoffentlich haben Sie auch daran gedacht, meine Textilien einzupacken?«

»Ihr eigener Schneider hat eine komplette Tropenausstattung geliefert, die an Bord der ›Marquisita‹ auf Sie wartet.«

»Glänzend!« sagte der junge Mann mit anerkennendem

Lächeln. »Darf ich Sie zu Ihrem Spionagedienst beglückwünschen? Sie haben ja eine ganze Menge über mich herausgekriegt.«

Savanake zuckte die Achseln. »Steht alles hier«, sagte er. »Ihr richtiger Name. Ihr Bruder ist immer noch unverheiratet, wie ich sehe. Wenn er keinen Sohn hat, werden Sie wohl eines Tages den Titel von ihm erben und Chef des Hauses werden. Ziemlich unangenehm für Sie, daß so ein Schicksal über Ihnen schwebt. Ich kann mir vorstellen, daß das Leben eines Schloßherrn auf dem Lande mit Sitz im Oberhaus Sie nicht gerade lockt.«

»Ach, dafür hat man aber auch gewisse Vorteile«, meinte sein Besucher sachlich. »Man bekommt einen Haufen Freikarten fürs Theater, und man kriegt allerlei Warenproben geschickt. Nicht nur ein Päckchen Rasierklingen, sondern auch größere Sachen: Waschmaschinen, Patentregenmäntel, ein paar Kisten echten englischen Wein.«

Savanake fuhr ungerührt fort: »Ich bin im Bilde über Ihre Erfolge, über Ihre Verbindungen mit Scotland Yard. Ach ja – Sie sind zweiunddreißig Jahre alt, nicht verheiratet, nicht gebunden. Sie sind scharfsinnig, verwegen und außerordentlich mutig.«

»Und meine Schuhgröße ist 9«, sagte der junge Mann mit den Zahnschmerzen plötzlich verärgert. »Wenn ich nun beschließe, nicht Revolution mit Ihnen zu spielen – was dann?«

»Ich glaube, diese Dummheit würden Sie nicht machen.« Wieder blickten die kalten grauen Augen forschend in Campions Gesicht. »Außerdem kommt eine Weigerung gar nicht in Frage. Ich habe das alles in Form eines Angebots vorgebracht, weil sich das höflicher anhörte. Aber tatsächlich besteht gar keine andere Möglichkeit. Nach genauer Überprüfung Ihrer bisherigen Laufbahn, Ihrer Lebensgewohnheiten und Ihrer Persönlichkeit ist meine Wahl auf Sie gefallen.«

Campion erhob sich. »Und was soll mit meinen Freunden

werden?« fragte er. »Ich nehme an, jetzt werden Sie mir mitteilen, Sie haben schon einen Brief an meinen langjährigen Freund Randall aufgesetzt, und ich brauche ihn bloß noch abzuschreiben.«

»Zu unterschreiben«, sagte Savanake. »Er ist mit der Maschine geschrieben – mit einer Maschine, die wir uns in Ihrer Wohnung ausgeborgt haben. Ich lese ihn Ihnen vor.« Er räusperte sich und begann:

»Lieber alter Freund! Über diese Mitteilung wirst Du wohl ein wenig erschrecken. Aber denk bitte nicht zu schlecht von mir! Die Sache ist die, daß sich mir etwas geboten hat, worin ich den Reiz echter Gefahr wittere, dem ich, wie Du weißt, nie habe widerstehen können. Das Kinderspiel, mit dem wir uns beschäftigt haben, überlasse ich Dir. Grüße die andern von mir! Stets Dein ...«

»Bert!« ergänzte Campion einfühlsam. »Nun ja – bitte seien Sie mir nicht böse, aber so können Sie das nicht abgehen lassen. Guffy würde den Braten sofort riechen. Die Grundidee ist schon richtig, aber es ist besser, ich modele den Wortlaut ein bißchen um. Sie brauchen keine Angst zu haben, daß ich vielleicht irgendeinen Geheimcode benutze. Schicken Sie den Brief ruhig ab, wenn ich weg bin!«

Er zog einen Füllfederhalter aus der Tasche und begann auf einem Bogen Schreibmaschinenpapier, der auf dem Tische lag, zu schreiben. Der Brief war ganz kurz, und als er fertig war, schob Campion ihn sofort zu Savanake hinüber, der ihn, ohne irgendeine Reaktion zu verraten, laut überlas:

»Liebes altes Haus! Ich ergebe mich in mein Schicksal. Es hat sich mir etwas geboten, das amüsanter aussieht, und da greife ich zu und schwirre ab in Richtung Ausland. Mein Beileid ist Dir gewiß. Ich weiß, es gibt nichts Ekelhafteres, als wenn sich jemand, den man ganz nett gefunden hat, als Pfeife entpuppt. Immerhin hat so was ja einen pädagogischen Wert, und Du würdest mich jedenfalls enttäuschen, wenn Du es mir verziehest. Dein A. C.«

Savanake nickte. »So ist es besser«, sagte er. »Übrigens – vom Schiff aus dürfen Sie natürlich nicht telegrafieren. So, ich glaube, damit sind wir am Ende dieser Unterredung. Ich lasse jetzt meinen Sekretär kommen, und dann geht's los.«

»Einen Augenblick noch!« Campion hob, Aufschub fordernd, eine weiße Hand. »Ich habe eine Bedingung, die von meinem Standpunkt aus plausibel erscheinen dürfte. Ihre Firma übernimmt doch wohl unter anderem auch Versicherungen, nicht wahr? Ich hätte gern eine kurz befristete Lebensversicherung über fünfzigtausend Pfund mit Ihnen abgeschlossen. Können Sie das in die Wege leiten?«

Die grauen Augen sahen ihn scharf an. »Wenn man so ein Unternehmen vorhat wie Sie, kriegt man nicht so leicht Versicherungsschutz«, sagte er. »Sobald Sie an Ort und Stelle ankommen, sind Sie doch einer gewissen Gefahr ausgesetzt. Ich dachte, das wollten Sie.«

»Ah!« sagte Campion lebhaft. »Sie verstehen mich falsch. Mit der Frist, von der ich gesprochen habe, meine ich die Zeit von dem Augenblick, wenn ich Ihr Büro verlasse, bis zum Auslaufen der ›Marquisita‹.«

Einen Augenblick lang sah ihn das breite Gesicht verständnislos an. Dann lehnte sich Phil Savanake zurück und lachte, bis ihm die Tränen über die Backen rollten. »Jetzt glaube ich doch, daß Sie auch Humor haben!« rief er. »Also schön, wird gemacht.«

»Ich möchte, daß es gemacht wird, wie sich's gehört«, beharrte Campion. »Ich möchte gerne, daß meine normale Versicherungsagentur die Sache besorgt. Wenn ich mal Ihr Telefon benutzen darf, rufe ich den entsprechenden Mann dort an und bitte ihn, daß er gleich hierher zu Ihnen kommt.«

Savanake schüttelte den Kopf. »Zu plump, mein Junge!«

Campion machte ein gekränktes Gesicht. »Wenn Sie ein Telefonbuch da haben«, sagte er, »können Sie selber die Nummer der Firma nachschlagen und mir sagen. Ich lege aus einem ganz bestimmten Grunde wert darauf, daß im Falle meines Todes jemand, den ich noch namhaft machen werde, einen größeren Geldbetrag bekommt. Gleichzeitig ist das für Ihren Sekretär ein leiser Wink, vorsichtig mit mir umzugehen.«

Savanake griff zum Telefonbuch. »Wie heißt die Firma?«

»Poulter, Braid & Simpson in der Pall Mall. Ist Ihnen wahrscheinlich bekannt.«

Der große Mann schien beruhigt. Die Firma war auf ihrem Gebiet eine der größten der Welt.

»Der Mann, der meine Sachen immer bearbeitet, heißt McCaffy. Bitte fragen Sie nach ihm, und dann würde ich ihn gerne sprechen.«

Als die Verbindung hergestellt war, nahm Campion den Hörer. »Hallo, McCaffy!« sagte er. »Hier ist Campion. Ich will gerade mein Leben versichern ... Ja, die Xenophon nimmt mich für eine kurze Frist. Leider eilt es. Könnten Sie vielleicht jetzt gleich herkommen und das erledigen? Ich muß weg, aber ich kann ja alles unterschreiben und es Ihnen dann hinterlassen ... Tut mir leid, mein Lieber, aber Sie müssen jetzt sofort kommen. Sie wissen ja, wo's ist: Xenophon-Haus. Bis gleich!«

Er legte den Hörer auf. »Sind Sie befriedigt?«

Savanake nickte. »Alles in Ordnung – bis jetzt.«

Bei einer Transaktion dieses Umfangs wäre es nicht weiter verwunderlich gewesen, wenn die Abwicklung einige Zeit in Anspruch genommen hätte. Aber ein gemurmeltes Wort am Telefon zu der tüchtigen alten Dame im Nebenzimmer genügte, und schon kamen die nötigen Papiere angeflattert und wurden vorschriftsmäßig ausgefüllt.

»Die Beitragssumme können Sie gleich von meinen fünfundzwanzigtausend Pfund abziehen«, verkündete Campion, indem er sich Mühe gab, einen möglichst geschäftsmäßigen Eindruck zu machen. »Und ich möchte, daß im Falle meines Todes die gesamte Versicherungssumme an eine bestimmte Privatperson ausgezahlt wird. Das geht doch, nicht wahr?«

»Gewiß. Kann ich den Namen haben?«

»Miss Amanda Fitton. Adresse: Mühle Pontisbright, Grafschaft Suffolk.«

Savanake war sichtlich erstaunt. »Aber kennen Sie denn das Mädchen nicht erst seit ein paar Tagen?« fragte er. »Warum, in aller Welt, wollen sie ihr denn fünfzigtausend Pfund schenken?«

»Müssen wir denn das erörtern?« wandte Campion verdrießlich ein. »Sie wissen doch anscheinend schon so viel von mir. Da können Sie wohl auch das selber rauskriegen. Außerdem handelt sich's doch hoffentlich gar nicht darum, daß ich ihr fünfzigtausend Pfund schenke. Ich will doch annehmen, dazu kommt es nicht. Tut das nicht jeder?«

Als die Formalitäten schließlich erledigt waren, drückte Savanake auf einen Klingelknopf. »Nun ist es soweit, daß ich mich von Ihnen verabschieden und Ihnen viel Glück wünschen muß«, sagte er. »Sie haben den einzigen vernünftigen Weg gewählt, und ich bin überzeugt, Sie besorgen das mit Erfolg. Im Vorzimmer wartet Mr Parrott auf Sie. Haben Sie Ihre Papiere? Haben Sie Ihr Geld? Gut. Dann auf Wiedersehen! Ich empfehle Ihnen, sich Ihre Anweisungen genau anzusehen, sobald Sie an Bord sind. Da steht wirklich alles Nötige drin, und ich glaube, es wird Ihnen keine Mühe machen, sie zu befolgen. Also alles Gute!«

Campion fühlte sich entlassen. Im Vorzimmer fand er Mr Parrott, der mit seinem eng sitzenden blauen Mantel recht gut der theaterüblichen Vorstellung von einem Polizeibeamten in Zivil gerecht wurde. »Kommen Sie!« sagte er und führte ihn auf den Korridor hinaus.

Als die Tür sich hinter ihnen geschlossen hatte, senkte er vertraulich die Stimme. »Am Ende dieses Ganges ist ein Fahrstuhl«, sagte er. »Da brauchen wir nicht erst durch die Wartezimmer zu latschen. Wie geht's dem Zahn?«

»Scheußlich«, nuschelte Campion, dessen Taschentuch seinen Mund jetzt völlig bedeckte. »Wird anscheinend immer schlimmer. Ich kann wohl nicht noch schnell bei einem Zahnarzt Station machen?«

Das Ansuchen kam so genuschelt heraus, daß Parrott nur mit großer Mühe den Sinn verstand. Aber als er etwas von ›Station machen‹ hörte, schüttelte er heftig den Kopf. »Tut mir leid«, sagte er, »aber das geht nicht. Gegen die Anordnung vom Chef. Sie fahren direkt zum Flughafen. Privatmaschine sogar.«

Als sie an die Fahrstuhlkabine kamen, gab Campion einen erstickten Schrei von sich, und sie blieben stehen. Hinter den Brillengläsern weiteten sich die Augen des jungen Mannes voll Entsetzen. »Wenn dieser Zahn Zug kriegt, liege ich auf der Nase. Sie müssen mir einen Schal oder so was besorgen.«

Parrott überlegte. Im Grunde seines Herzens schien er ein gutmütiger Mensch zu sein, aber Campions Ansuchen war offenbar gänzlich unerfüllbar.

»Ein gewöhnlicher Wollschal wäre mir fünf Pfund wert«, murmelte der Gefangene, indem er den Mantelkragen hochschlug und ein weiteres Taschentuch herauszog, um sein geschwollenes Gesicht zu schützen. Er sagte es resigniert, doch das interessierte Aufblitzen in den Augen des anderen Mannes entging ihm nicht. Im nächsten Augenblick jedoch war Parrott wieder ganz der tugendsame, pflichtgetreue Angestellte.

Als sie am zweiten Stock vorbeisausten, packte Campion ihn am Arm. »Was würde es mich kosten, wenn ich mir schnell einen dicken Mantel und eine Flasche Zahnschmerzmedizin aus meiner Wohnung holen ginge? Sie können mich bei dem Abstecher an der Hand halten, wenn Sie wollen.«

Parrott atmete tief. Dann senkte er die Stimme und sagte in heiserem, vertraulichem Flüsterton: »Fünfhundert.«

»Gemacht«, sagte Campion prompt. »17 A, Bottle Street.«

Die vorgezogenen Gardinen und die Leintücher, mit denen die Möbel abgedeckt waren, verrieten die lange Abwesenheit des Inhabers der kleinen Wohnung über der Polizeiwache in der berühmten Sackgasse am Piccadilly Circus, in die nun die beiden Männer hineingestolpert kamen. Parrott folgte seinem Schutzbefohlenen in das Badezimmer, wo Campion einen Schrank durchstöberte, bis er das Fläschchen fand, das er suchte. Parrott verlangte es zu sehen, und erst die deutliche Aufschrift befriedigte seine Neugier.

»Jetzt den Mantel.« Campion wanderte ins Schlafzimmer.

Parrott hinter ihm her. »Tut mir leid, wenn ich ein bißchen aufdringlich bin, aber Sie wissen ja, Befehl ist Befehl.«

Sein Gefährte murmelte undeutlich etwas von fünfhundert Pfund, und Parrott hatte soviel Anstand, ein verlegenes Gesicht zu machen. »Jedes Risiko muß bezahlt werden«, sagte er mürrisch.

»Eben«, stimmte Campion ungerührt zu. »Jetzt noch mein Mantel – der ist in der Kammer hier.«

»Wird Ihr Zahn schlimmer? Ich kann kaum verstehen, was Sie sagen.« Parrott kam dichter heran.

Campion zeigte mit seiner unbeschäftigten Hand auf eine Kammertür. »M-m-m-m-m-m-«, nuschelte er.

Sein Bewacher schien zu verstehen, denn er nickte und trat zur Seite, und der junge Mann trat hinein.

»Augenblick – so dunkel hier.« Campions Stimme war immer noch sehr undeutlich.

Parrott sah auf seine Armbanduhr. »He, beeilen Sie sich!« forderte er. »He, wo sind Sie denn, Campion?«

Sein Schreck verging jedoch gleich, als eine große, schlanke Gestalt wiederauftauchte, die jetzt einen Schal, unter den das Taschentuch geklemmt war, um die untere Gesichtshälfte gewickelt hatte und einen ungeheuer dicken Mantel im Arm trug. Der Hut war auf dem Kopf geblieben.

Parrott half ihm in den Mantel, und gemeinsam tasteten sie sich aus der eingemotteten Wohnung hinaus.

Als sie wohlbehalten wieder im Wagen saßen, drückte Parrotts Schutzbefohlener ihm einen Briefumschlag in die Hand. Der bräunliche Mann warf einen Blick auf den Inhalt, und so etwas wie ungläubiges Staunen breitete sich über sein Gesicht aus.

»Ich weiß ja nicht, wer Sie sind und was Sie vorhaben«, sagte er. »Mir sind schon allerhand Leute begegnet, auch reiche Leute, aber Sie sind der erste, der für so eine Kleinigkeit so prompt und so anständig bezahlt.« Er senkte die Stimme noch vertraulicher und kam dichter heran. »Sagen sie mal, eigentlich heißen Sie gar nicht Campion, wie?« murmelte er.

»M-m-m-m-m-m«, sagte die Gestalt neben ihm geheimnisvoll, während der Wagen auf den Flughafen zueilte.

12
Heimsuchung

Es war am Abend des Tages, an dem Campions Brief in der Mühle eingetroffen war. Eager-Wright und Farquharson stürzten aus der Bar des ›Fehdehandschuh‹, als der Lagonda auf dem Hof auftauchte, und Guffy stieg langsam aus.

Dieses Treffen war bei der eiligen Konferenz am selben Morgen verabredet worden, bei der beschlossen worden war, daß Guffy Randall nach London fahren sollte, um im Xenophon-Haus ›die Wahrheit herauszukriegen‹. Amanda war über den Brief nicht informiert worden, und da auch Lugg nichts davon erfahren sollte, hatte der erzfürstenlose Hof von Averna beschlossen, in der Gastwirtschaft zu tagen. Die drei jungen Männer gingen zusammen in die leere Bar.

»Also, ich bin hingekommen«, sagte Guffy endlich, und ein leicht kampflustiger Ausdruck kam in sein rundes, gutmütiges Gesicht, »und offen gesagt, ich habe Krach geschlagen. Schließlich bin ich zu einem Mann namens Parrott vorgedrungen, und als ich den dann davon überzeugt hatte, daß ich ein Recht habe, mich zu erkundigen, ist er ein bißchen mit der Sprache herausgerückt.« Er sah seine Zuhörer mit besorgten blauen Augen an. »Er sagt, Campion hätte ein phantastisches Angebot bekommen. Er hat angedeutet, es handelte sich um einen kolossalen Betrag, aber sofortiges Handeln wäre notwendig gewesen. Nach dem, was er sagt, ist Campion jetzt unterwegs nach Südamerika.«

»Das glaube ich einfach nicht!« rief Eager-Wright, dessen Augen im Verlaufe der unerfreulichen Geschichte immer größer wurden.

»Ich auch nicht«, sagte Guffy dickköpfig. »Aber dieser Parrott hat mit allerlei Einzelheiten aufgewartet. Angeblich hat Campion mit der Firma eine Lebensversicherung abgeschlossen, und dann hat Parrott selber ihn auf die ›Marquisita‹ begleitet. Von London nach Southampton sind sie geflogen – sagt er jedenfalls.«

»Da müssen sie Campion unter Drogen gesetzt haben«, sagte Farquharson überzeugt. »Offensichtlich haben sie ihn doch irgendwie entführt. Wenn dieser verdammte Brief bloß nicht so furchtbar echt wirkte, wäre ich dafür, daß wir eine Suchaktion in Gang setzen.«

Guffy schwieg einen Augenblick, und sein gutmütiges Gesicht war rot vor Scham, als er mit größtem Widerstreben sagte: »Entführt worden kann er nicht sein. Jedenfalls nicht im normalen Sinne. Dieses Xenophon-Haus macht einen absolut respektablen Eindruck – eine Kreuzung zwischen dem Regent Palace und der Bank von England mit einer Spur vom Viktoria-und-Albert-Museum. Selbstverständlich habe ich Vertrauen zu Campion. Was er auch getan hat, hat er in bester Absicht getan. Aber ich glaube, wir müssen uns an den Gedanken gewöhnen, daß er weg ist – jedenfalls zunächst. Wir müssen uns jetzt darüber klarwerden, ob wir die ganze Geschichte aufgeben oder ob wir genauso weitermachen wollen, als wenn er hier wäre.«

»Natürlich müssen wir weitermachen«, sagte Farquharson mit Entschiedenheit. »Ich wüßte zwar nicht, daß wir einen offiziellen Auftrag hätten, aber kneifen können wir nicht. Ich glaube, Campion setzt voraus, daß wir weitermachen.«

Eager-Wright nickte. »Ich bin absolut deiner Meinung«, sagte er. »Offen gestanden, ich könnte diese Geschichte jetzt gar nicht aufgeben, selbst wenn ich wollte. Ich habe das Gefühl, wir stehen dicht vor irgendeiner Entdeckung. Bist du mit der Abschrift von der Inschrift auf dem Eichenklotz bei dem Mann gewesen, von dem du gesprochen hast?«

Guffy nickte. »Ich habe sie zu Professor Kirk ins Britische Museum gebracht. Wenn der nicht daraus schlau wird, dann kann's niemand. Dann bin ich direkt zurückgekommen. Ich hatte das Gefühl, nach meinem Gespräch mit Parrott war sonst nichts weiter zu tun.«

In jeder anderen Situation hätte seine Resigniertheit komisch gewirkt. Sich feige zu verhalten und Freunde im Stich zu lassen, das waren die beiden Todsünden in Guffy Randalls Ehrenkodex.

»Wir sind mal in die Kirche gegangen und haben uns die Trommeln dort angesehen«, sagte Farquharson, um das Gespräch von einem Thema abzubringen, das für sie alle schmerzlich war. »Aber leider gibt's da nicht viel zu melden. Elf Stück sind auf der Empore, durchweg in erbärmlichem Zustand. Offensichtlich legt niemand großen Wert auf die Dinger. Sie sind ganz verstaubt, und auf der einen liegt ein Stapel von uralten Gesangbüchern. Wir haben sie uns genau angesehen, aber wir haben nichts sonderlich Interessantes feststellen können – außer daß sie bestimmt wesentlich früheren Datums sind als die Schlacht von Malplaquet.«

In diesem Augenblick erschien Bull, der Wirt, um ihre Bestellungen entgegenzunehmen. »Sie sehen heute nicht besonders gut aus«, sagte er zu Guffy und sah ihn mit aufmerksamen, forschenden Augen an. »Probieren Sie doch mal Colne Springs! Wenn man nicht ganz auf der Höhe ist, gibt's kein besseres Mittel als ein gutes dunkles Bier. Manche sagen so was vielleicht bloß wegen dem Geschäft«, fuhr er ungeniert fort, »aber ich mach das nicht. Wenn ich nicht ehrlich der Meinung wär, daß es Ihnen guttäte, würd ich Ihnen keins bringen – wahrhaftig.«

Angesichts eines so schlichten Tugendbekenntnisses blieb Guffy stumm. Ungehindert zog Bull los, um das Bier der höheren Preislage zu holen. Als er mit drei Zinnkrügen wiederkam, ließ er sich, da er keinen Widerstand fand, noch weiter über sein Lieblingsthema aus.

»Ich bin ehrlich«, sagte er und sah seine Gäste mit selbstgerechtem Lächeln an. »Dadurch ist meine Wirtschaft so beliebt geworden, wie sie nun mal ist. Heute hab ich fast ein

Dutzend Gäste weggeschickt – oder angekündigte Gäste, aber das kommt ja aufs selbe raus. Heute nachmittag ist einer mit einem kleinen Auto angekommen und hat mich gefragt, ob ich eine Gruppe von zwölf Personen unterbringen könnte. Die wollen hier irgendwas ausgraben – irgend so was Historisches. Ich hab ihn weggeschickt. ›Wir wollen hier nicht so viele Leute haben‹, hab ich gesagt. Und das stimmt. Wir haben hier schon immer still für uns gelebt, und das soll auch so bleiben, bis die große Glocke wieder läutet.«

Auf diese Bemerkung hin riß sich Eager-Wright so weit aus seinem düsteren Brüten empor, daß er den Wirt nachdenklich ansah und einwarf: »Es ist wohl niemand mehr am Leben, der die große Glocke tatsächlich noch gehört hat, ehe sie eingeschmolzen worden ist?«

»Nein«, sagte Bull. »Wahrscheinlich nicht. Der Vater von meiner Frau, der hat seinen hundertundachten noch erlebt, und der hat sie noch gehört«, fuhr er munter, wenn auch nicht sehr aufschlußreich fort. »Und das ist so wahr wie's Amen in der Kirche, und wenn ich das sage, können Sie's glauben. Ein großartiger alter Mann ist das gewesen. Er konnte sich noch an die Grafen Pontisbright selber erinnern, und er konnte zwei Liter trinken, ohne abzusetzen. Und seine jüngste Tochter – was meine Frau ist –, die ist geboren worden, wie er fünfundachtzig war. Da können Sie mal sehen!«

»Wie ist das mit dieser Geschichte, daß man bei Sturm oder bei Katastrophen den Ton der alten Glocke hören kann?« erkundigte sich Guffy.

Der Wirt machte ein zweifelndes Gesicht. »Ich hab sie nie läuten gehört«, sagte er. »Aber der alte Fred Cole, der hat sie gehört – hat er jedenfalls immer erzählt. Na ja, der ist gestorben, und der Teufel hat ihn geholt – drei oder vier Tage eh' Sie gekommen sind. Ein Schuft ist das gewesen. Der Fred und seine Frau und das kleine Mädel, das bei denen gewohnt hat in dem kleinen Haus an der Kirche, die haben alle drei gesagt, sie hätten sie immer gehört, wenn's gestürmt hat. Aber die sind alle drei besonders gottlose Menschen gewesen, und zu guter Letzt hat den Fred der Teufel geholt. Die Frau und das Mädel sind schon seit zehn Jahren tot. Der Fred hat sie immer verdroschen, und da sind sie gestorben, eine nach der andern. Manche sagen ja, er hat sie umgebracht. Auf alle Fälle sind sie gestorben, nachdem er sie verhauen hat.«

Es schien keinen Sinn zu haben, die Unterhaltung mit dem ungemein biederen Wirt fortzusetzen, und sie bezahlten ihre Zeche und gingen hinaus zum Wagen.

»Was machen wir mit Lugg?« fragte Farquharson, während sie über die Heide fuhren. »Und mit allen andern natürlich auch? Was sagen wir wegen Campion?«

»In London aufgehalten worden, meinst du nicht auch?« sagte Guffy und setzte hoffnungsvoll hinzu: »Schließlich könnte das sogar stimmen.«

Als sie im Hofe der Mühle hielten, brannten im Hause mehr Lichter als sonst. Im Hinausspringen blickte Guffy zur Tür. Er hatte eigentlich erwartet, Mary Fitton würde herauskommen, wenn sie den Wagen hörte. Er hatte dazu zwar keinen Grund, aber er hatte es jedenfalls erwartet. Das ganze Haus war unnatürlich still, fand er, und er wunderte sich, daß nicht wenigstens Amanda angehüpft gekommen war.

Als aber niemand sich zeigte, drückte er auf die Klinke und trat über die Schwelle, dicht gefolgt von den anderen. Im Flur war es dunkel, doch er dachte sich nichts dabei und wandte sich dem Kleiderständer zu, um seinen Mantel aufzuhängen.

Genau in diesem Augenblick wurde ihm etwas Stumpfes und Schweres über den Kopf geworfen und um seine Schultern herabgezogen. Ähnliche Geräusche in dem Dunkel hinter ihm verrieten ihm, daß sein Angreifer Spießgesellen hatte, die sich mit Eager-Wright und Farquharson befaßten.

Nach dem ersten verblüfften Schreck quoll wilder Zorn in Guffy empor. Der Sack, der ihn umhüllte, war feucht und hatte einen widerlichen Geruch, und der Angreifer hatte ihm den Sack so übergeworfen, daß seine rauhe Kante ihm in den

Nasenrücken schnitt. Guffy begann in erbittertem Flüsterton zu fluchen, straffte sich, und da er die Arme nicht bewegen konnte, stemmte er sich mit den Schultern gegen seinen Feind. Ein schmerzvolles Knurren entfuhr ihm – die Hunde traten auch noch mit den Füßen! Das war die unerträglichste Unverschämtheit. Randall geriet in rasende Wut. Wie ein Berserker schüttelte und bäumte er sich in seinem grobleinenen Gefängnis, und wirklich gelang es ihm, das untere Ende des Sackes zu finden.

Er hatte einen Arm freigezerrt, als der Griff eines Revolvers auf sein Handgelenk niedersauste, so daß sein Arm von den Fingerspitzen bis zum Ellenbogen taub wurde.

Von neuem wurde der Sack bis fast an seine Knie hinabgezogen, und diesmal wurde ihm ein dünner Strick um die Schultern geschlungen und so fest zugebunden, daß der Strang ihm ins Fleisch schnitt.

Er war hilflos, konnte nichts sehen, seine Arme nicht gebrauchen. Er duckte sich und warf sich in die Richtung, in der er seinen Gegner vermutete, und zu seiner Genugtuung spürte er, wie die Rippen eines Mannes unter dem Aufprall nachgaben, und er hörte ihn mit unterdrücktem Stöhnen zusammensinken. Wie ein armloser Krüppel stolperte er über eine weitere zuckende Gestalt, trat fehl und stürzte über seinen keuchenden Angreifer hin. Die beiden wälzten sich übereinander.

Er hatte keine Zeit, klar zu denken, und daher fiel ihm zunächst gar nicht auf, daß keiner der Angreifer ein Wort von sich gegeben hatte und daß er keine Ahnung hatte, wer sie sein mochten. Er war besessen von seiner eigenen Wut. Der Sack war ekelhaft. Seine klammen, muffigen Falten klebten an seiner Haut.

Seine Erbitterung stieg noch, als sein Gegner die Oberhand zu gewinnen schien. Guffy straffte die Schultern und sog einen tiefen Atemzug von der üblen, sackverpesteten Luft ein. Die Stricke hielten der größeren Anspannung stand; sie schnitten ihm nur desto tiefer ins Fleisch. Er fühlte, wie die Adern an seinem Hals anschwollen, bis ihm der Schädel brummte, und der Schmerz zwischen seinen Augen war unerträglich. Dann, als er sich gerade sagte, er müsse entweder sein Bemühen aufgeben oder bersten, platzten die Stricke mit einem Knall wie von einem Pistolenschuß. Er hörte einen gedämpften Ausruf seines Gegners, der sich aus der Knieumklammerung zu lösen suchte, in der er ihn hielt.

Eine Sekunde lang saß Guffy auf dem Mann wie ein Reiter auf einem störrischen Pferd, während er sich von dem unausstehlichen Sack zu befreien suchte. Er war schon mit den Schultern heraus und genoß als Lohn einen tiefen Atemzug verhältnismäßig reiner Luft, als eine Ahnung nahender Gefahr ihn packte. Er stieß geduckt vorwärts – aber eine Sekunde zu spät. Ein Schlag von solcher Wucht und Härte, daß selbst der dicke Sackstoff, in den sein Kopf gehüllt war, ihn wenig oder gar nicht milderte, sauste auf seinen Schädel nieder. Er strengte sich verbissen an, bei Besinnung zu bleiben, doch das beängstigende Gefühl der Taubheit, das der Schlag ausgelöst hatte, breitete sich aus, sosehr er sich auch dagegen wehrte, und er spürte, wie er fiel, fiel und endlich in Ohnmacht versank.

Als er geraume Zeit später wieder zu sich kam, empfand er Übelkeit und Schwindel – und war immer noch in dem unerträglichen Sack gefangen. Seine Schultern waren von neuem gefesselt worden, und seine Arme und Hände waren taub. Er bewegte sich vorsichtig und stellte fest, daß er nicht auf den Fliesen des Flurs lag, sondern auf einer nicht ganz so harten Fläche, die er für den fadenscheinigen Teppich in der guten Stube hielt.

Allmählich wurde er gewahr, daß er nicht allein war, sondern daß ganz in seiner Nähe jemand atmete. Er selbst hielt den Atem an, wälzte sich ein paar Zentimeter vor, machte halt und horchte.

Zu seinem größten Staunen hörte er eine flüsternde

Stimme, höchstens einen halben Meter entfernt. »Wer sind Sie? Sind Sie – sind Sie tot?«

Der Schrecken, der in der bekannten Stimme lag, nahm der Frage das Lächerliche. Guffys Herz hüpfte.

»Mary!« flüsterte er zurück. »Wo sind Sie?«

»Hier.« Die leise Stimme klang kläglich unsicher. »An einen Stuhl gefesselt. Ich kann mich nicht rühren.«

Guffys Zorn wallte aufs neue empor. Der Schmerz in seinem Kopf jedoch war fast nicht mehr auszuhalten, und da er bei Bewußtsein war, lag ihm besonders daran, es nicht wieder zu verlieren.

»Wo sind die Kerle?« Beim Sprechen streiften seine Lippen die feuchte Sackleinwand.

»Pst! Ich glaube, sie sind weg, aber genau weiß ich's nicht. Vorsicht!«

»Wo sind die andern?« Guffy entdeckte, daß der harte Höcker unter seinem Kopfe, auf den er eben noch geflucht hatte, der Fußrist seiner Gesprächspartnerin war, und diese Erkenntnis tat ihm über Gebühr wohl.

»Alle hier im Zimmer – bis auf Amanda«, sagte sie. »Wir haben alle auch noch Knebel im Mund gehabt, aber ich habe an meinem so lange gewackelt, bis er heraus war. Ich ... ich traue mich nicht zu schreien.«

»Was ist mit Eager-Wright und Farquharson? Sind die auch gefesselt?« Guffy war fast außer sich vor Wut, Schmerz und zärtlicher Besorgnis.

»Da liegen noch zwei solche ... äh ... Bündel wie Sie«, sagte die Stimme zaghaft. »Ich kann bloß was sehen, wo der Mondschein hinfällt; darum kann ich nicht erkennen, wer's ist, nicht mal an den Beinen.«

Der junge Mann rückte sich so bequem zurecht, wie er konnte. Plötzlich kam ihm ein peinlicher Gedanke: »Ach, tue ich Ihnen etwa weh?«

»Überhaupt nicht.«

Guffy ließ seinen Kopf liegen, wo er lag.

»Sie sind gekommen, als wir gerade im Eßzimmer waren«, fuhr sie in gedämpftem, aber durchdringendem Ton fort. »Wir haben gerade auf Sie und die beiden andern Herren gewartet. Sechs sind's gewesen, glaub ich. Sie sind mit einem riesengroßen Wagen angekommen und haben ihn in dem Hof hinterm Haus stehen lassen. Wir haben das Auto um die Ecke kommen sehen und haben gedacht, das sind Sie, bis sie dann über uns hergefallen sind. Wo Amanda ist, weiß ich nicht. Einmal hab ich sie kreischen hören. Es hat geklungen, als ob sie auch irgendwo hier unten steckte. Aber alle andern – die Tante, Hal und mich – haben sie hier ins Zimmer geschleppt und an Stühle gefesselt.«

»Haben Sie sie gesehen oder irgendwie gemerkt, was für Leute es gewesen sind?« Mehrere vergebliche Versuche hatten Guffy zu der Überzeugung gebracht, daß seine Bande erheblich fester seien als die, mit denen man ihn das erste Mal gefesselt hatte, und er gab das Bemühen auf, sich ihrer zu entledigen.

»Natürlich hab ich sie gesehen.« Sie sagte es im Tone ohnmächtiger Wut. »Ganz normal haben sie ausgesehen, wie Möbelpacker eigentlich.«

Guffy dachte an die Kraft und Unbarmherzigkeit des Schlages, der ihn besinnungslos niedergestreckt hatte, und sagte sich mit leisem Galgenhumor, daß sie damit wahrscheinlich recht habe. »Ich weiß nicht, was sie gewollt haben«, sprach sie weiter. »Aber soweit ich das feststellen konnte, haben sie das ganze Haus auf den Kopf gestellt. Dieses Zimmer hier haben sie durchstöbert wie Zollbeamte. An der einen Seite haben sie den Teppich hochgenommen, aber das haben sie dann sein lassen, als ihnen klar wurde, daß er praktisch am Boden festgewachsen ist, weil er schon so lange liegt. Sogar hinter sämtlichen Bildern haben sie nachgesehen. Im ganzen Haus haben wir sie Möbel rücken hören.«

Guffy brummte. Eine passende Bemerkung dazu fiel ihm nicht ein.

»Ungefähr vor einer halben Stunde habe ich den Wagen abfahren hören«, fing sie nach einer Pause wieder an. »Aber ich habe nicht gerufen, weil ich nicht wußte, ob vielleicht noch einer hiergeblieben war. Aber ich habe seitdem keinen Ton mehr gehört, also wird die Luft jetzt wohl rein sein.«

Guffy versuchte aufzustehen, gab es aber auf, atemlos und ächzend.

»Wie ist es mit Ihnen? Können Sie sich bewegen?« fragte er.

»Nein. Ich hab's immer wieder versucht, aber meine Arme sind hinten an der Stuhllehne festgebunden, und ich glaube, der Strick geht weiter zu meinen Füßen. Jedenfalls sind meine Fußknöchel ans Stuhlbein gefesselt. Ich habe mich loszustrampeln versucht, aber das tut bloß weh, und der Strick wird anscheinend noch straffer.«

»Halten Sie mal still! Ich probier's noch mal.«

Bald aber dämmerte es dem wackeren Randall, daß er diesmal einfach machtlos war, daß er sich bis zum Jüngsten Gericht abmühen und doch nicht freikommen konnte.

»Eager-Wright!« rief er leise. »Eager-Wright! Farquharson!«

»Hallo, Guffy! Bist du das? Ich kann mich nicht rühren.« Eager-Wrights Stimme, gepreßt und atemlos, klang so, als sei er irgendwo ganz in der Nähe.

Guffy fluchte. »Was ist mit Farquharson?«

Ein unartikulierter Laut aus einer anderen Ecke des Zimmers ließ erkennen, daß Farquharson nicht nur gefesselt, sondern obendrein geknebelt war.

Die Minuten verstrichen, und da die Gefesselten erkannt hatten, daß Stillschweigen nicht mehr nötig war, begannen sie ihre heftigen Befreiungsversuche mit erbitterten Rufen zu begleiten. Das verbissene Ringen schien schon Stunden gedauert zu haben, als das Wunder geschah.

»So was!« sagte Tante Hatts muntere Stimme in ihrem amerikanischen Tonfall, vibrierend und beruhigend kräftig.

»Zum zweitenmal innerhalb einer Woche zu Hause überfallen, und so was nennt man ein ruhiges Land! Ist doch zum Schreien! Jedenfalls ist mir schon erheblich wohler ohne den Knebel im Mund. So, jetzt binden Sie meine Hände los! Schön. Und die Füße! So ist es besser. Nun will ich Ihnen mal bei den andern helfen.«

Die Überraschung war so groß, daß sie es zuerst kaum glauben konnten, aber bald zeigte sich, daß die unerschütterliche Dame tatsächlich frei war. Die Energie, mit der sie daranging, die andern loszubinden, war erstaunlich, wenn man bedachte, in welcher gekrümmten Haltung sie so lange dagesessen hatte.

Nach wenigen Handgriffen waren Mary und Hal befreit, und das Mädchen und ihr Bruder machten sich sogleich an die drei jämmerlichen Bündel auf dem Fußboden. Guffy kam aus seinem verhaßten Sack zerbeult und verschmutzt heraus, aber als ein Held in Marys Augen, und das besänftigte ihn. Eager-Wright war mit Schrammen am Kinn und einem blauen Auge davongekommen, das ihn allerdings arg entstellte. Farquharson aber war bewußtlos, als sie ihm den Knebel aus dem Munde zerrten. Tante Hatt nahm sich mit einer resoluten Tatkraft, die ungemein beruhigend wirkte, seiner an, und Guffy überließ ihn ihrer Pflege, als er sich zusammen mit Eager-Wright und dem jungen Hal aufmachte, um das Haus nach Amanda und den beiden unglücklichen Wachhunden Lugg und Scatty Williams abzusuchen.

Sie hatten das Mädchen schnell gefunden. Sie war im Eßzimmer an das große altmodische Sofa gebunden, und in ihrem Munde steckte ein Lappen. Sie hatte Tränen ohnmächtiger Wut in den Augen, die ihren Rettern durch ein wildes Gewirr flammenden Haares entgegenfunkelten. Sie befreiten sie, und Amanda richtete sich taumelnd auf, steif, atemlos und zornbebend.

»Sechs Mann!« legte sie los. »Bloß sechs Mann, und wir lassen uns von ihnen fertigmachen! Wir waren doch beinahe ebenso viele, und trotzdem haben sie uns in unserm eigenen Hause zusammengeschlagen und gefesselt. Aber einem hab ich die Hand durchgebissen, und ich wäre entwischt, wenn sie nicht Revolver gehabt hätten.«

Tränen würgten sie im Halse, und sie stand sprachlos vor ihnen, empört und verzweifelt, während die andern sie hilflos ansahen.

Dann riß sie sich zusammen. »Los!« sagte sie. »Scatty und Lugg sind noch rauszuholen. Die sind im Keller eingeschlossen. Zwei Stunden lang habe ich sie immerfort fluchen hören. Das Kellergitter ist gleich hier vor dem Fenster.«

Hal und Eager-Wright gingen hinunter, um die verdatterten Leibwächter zu befreien, und Guffy und Amanda begaben sich in die gute Stube, wo die andern noch versammelt waren. Aber erst als Farquharson wieder zu sich gekommen war und Tante Hatt einen Rundgang durchs Haus unternommen und festgestellt hatte, daß es zwar durchstöbert, aber anscheinend nicht ausgeplündert worden war, brachte Guffy die Frage vor, die ihn schon seit einer halben Stunde beschäftigte.

»Miss Huntingforest«, fragte er, »wer hat Sie befreit?«

Die gute Frau sah ihn groß an. »Na, Sie natürlich«, sagte sie. »Gucken Sie mich doch nicht so an, Junge! Sie sind von hinten an mich rangekommen und haben mir den Knebel aus dem Mund gerissen, und im Handumdrehen waren dann meine Hände und Füße frei.«

»Aber ich habe doch Guffy überhaupt erst aus seinem Sack geholfen«, sagte Mary. »Und mich hast du losgebunden, Tante Hatt, und...« Sie brach ab, und ein Ausdruck des Schreckens trat in ihre Augen. »Wer?« fragte sie und blickte rings in dem verwüsteten Zimmer umher, in dem sämtliche Hausbewohner versammelt waren. »Wer hat Tante Hatt befreit?«

Alles schwieg. Jeder blickte von einem zum andern, verwundert, fragend. Keiner gab eine Antwort, und das große alte Haus um sie herum war still und leer wie eine verlassene Gruft.

13
Geheimnisvoller Reichtum

Der Brief an ›Pfarrer Albert Campion‹, den die Post am nächsten Morgen brachte, lag auf dem Tischchen im Flur, für jedermann ein Gegenstand der Neugier vom Augenblick seines Eintreffens bis zu seinem Verschwinden und späteren Wiederauftauchen. Er hatte einen Poststempel aus der Grafschaft Northamptonshire, war nicht umadressiert, wie es beim Nachsenden eines Briefes geschieht, und trug den Vermerk ›Eilt‹. In der Familie herrschte daher der lebhafte Verdacht, er könne irgendwelche nützlichen Informationen enthalten.

Bei einem eiligen Kriegsrat am Abend zuvor hatte man einstimmig beschlossen, nicht die Polizei zu holen. Soweit man hatte feststellen können, war nichts entwendet worden, und die Gäste waren entschieden der Ansicht, daß unter den gegebenen Umständen eine polizeiliche Untersuchung alles andere als wünschenswert sei. Auch Tante Hatt hatte sonderbarerweise nichts gegen diese Regelung einzuwenden gehabt, und die Bewohner der Mühle hatten beschlossen, selbst für ihre Verteidigung zu sorgen und auch, wenn möglich, selbst Vergeltung zu üben.

Guffy wurde des Briefes ansichtig, als er gerade ins Frühstückszimmer gehen wollte. Er hielt den Schritt an und stand da und betrachtete ihn gedankenvoll. Er sah sich vor einem kleinen, aber peinlichen Problem. Wenn er – so überlegte er – den geraden Weg ging, den sein Gefühl und seine Kinderstube vorschrieben, dann hatte er die Adresse auf dem Umschlag durchzustreichen, statt dessen ›c/o Xenophon-Haus‹ darauf zu schreiben und brauchte sich dann über die Angelegenheit keine Gedanken mehr zu machen. Doch unter dem Druck der Verantwortung, die er neuerdings auf sich lasten fühlte, zögerte er. Da gerade Amanda, fröhlich pfeifend, hinter ihm die Treppe heruntergepoltert kam, verzog er sich schleunigst ins Frühstückszimmer und ließ den Brief liegen, wo er lag.

Amandas Reaktion auf den Umschlag, der da lag, war völlig anders. Als sie ihn sah, blieb sie stehen, und nachdem sie mit einem kurzen schuldbewußten Blick festgestellt hatte, daß sie unbeobachtet war, nahm sie ihn blitzschnell von dem polierten Holz, schob ihn in das Versteck des Schulmädchens – das Bein ihres Schlüpfers – und ging hinein zum Frühstück. Während des Vorgangs hatte sie nicht aufgehört zu pfeifen.

Die Gruppe, die in der warmen Morgensonne um den Frühstückstisch saß, war immer noch stark mitgenommen von den Ereignissen des vorangegangenen Abends. Tante Hatt sah trotzdem so adrett und gesammelt aus wie stets. Amanda aber hatte ein triumphierendes Leuchten in den Augen und benahm sich noch kecker als sonst. Ihre Hand- und Fußgelenke waren von Verbänden entstellt, doch ihre Stimmung schien nicht gesunken, sondern vielmehr gestiegen zu sein. Sie klatschte einen Stapel Radiokataloge neben ihrem Teller auf den Tisch und begann mit größtem Interesse darin zu blättern.

»Mir scheint, mit dem Radio ist es wie mit dem Alkohol – man verfällt ihm einfach«, bemerkte Tante Hatt vergnügt zu der ganzen Tischrunde. »Amanda, willst du nicht deinen Kaffee lieber trinken, ehe du ihn verschüttest? Dieses Mädel liest immerzu Inserate und Prospekte für unheimliche Apparate, die sie sich doch nie kaufen kann.«

»O doch!« widersprach die Müllerin mit einer gewissen Pikiertheit, die verständlich war. »Ich habe vor, vier superstarke Röhren zu kaufen – die Anoden werden bei tausend Volt weißglühend –, ein paar Lautsprecher und einen ziemlich tollen Akkumulator. Sehr wahrscheinlich auch noch ein neues Kleid, wenn ich Lust habe.«

Ihr Bruder und ihre Schwester lachten höflich über diese hochfliegenden Pläne, während einer dem andern den Honig reichte.

Amanda aber wollte das Thema noch nicht fallenlassen. »Halten Sie es für besser«, wandte sie sich sachlich an Eager-Wright, der ihr gegenüber saß, »einen neuen Akkumulator für den Wagen zu kaufen oder lieber gleich einen neuen Wagen?«

»Heute nicht, Amanda! Heute kein geistreiches Gerede! Wir sind alle noch ein bißchen angeschlagen.« Die Stimme des jungen Hal hatte den Tonfall echter Autorität. Er faßte seine Rolle als Familienoberhaupt offenbar mit gebührendem Ernst auf.

Das Mädchen wandte sich kalt an ihn: »Das ist mein völliger Ernst. Ich habe nämlich eine gewisse Summe geerbt und beratschlage jetzt, wofür ich das Geld anlegen soll. Vielleicht doch einen neuen Wagen, glaube ich. Ein Morris vom vorigen Jahr wäre nicht übel. Ich habe heute morgen schon vom Fenster aus mit Scatty gesprochen, und der meint, in Ipswich können wir einen für ungefähr neunzig Pfund kriegen. Ich dachte, ich könnte mich heute vormittag eigentlich mal danach umtun.«

»Arme Amanda, das ist die Aufregung!« sagte ihre ältere Verwandte voll Mitgefühl.

»Einen Augenblick, Tante!« Hal hob abwehrend die Hand und wandte sich dann mit ernsthaft fragendem Gesicht an seine Schwester: »Meinst du das wirklich ernst, Amanda?«

Seine Schwester schenkte ihm nur einen einzigen aufsässigen Blick. »Selbstverständlich. Du glaubst doch nicht etwa, ich sitze hier und mache mich lächerlich? Die Sache ist, ich habe dreihundert Pfund als erste Rate bekommen, und da ich schließlich Verschiedenes ganz gut gebrauchen könnte, überlege ich mir gerade, wie ich das Geld am vorteilhaftesten anlegen kann.«

Da Guffy plötzlich wieder einfiel, daß die Geschwister Fitton mit nicht viel mehr als hundert Pfund im Jahr auskommen mußten, verstand er den Ausdruck sprachlosen Erstaunens im Gesicht des jungen Hausherrn.

Hal zog die Stirn in Falten. »Du willst doch nicht sagen, du hast dreihundert Pfund in bar im Hause?«

»Allerdings«, sagte Amanda sauer. »Warum denn nicht? Viele Leute haben dreihundert Pfund auf einmal bei sich. Sie doch auch oft, Mr Randall, nicht? Stell dich nicht so spießig an, Hal!«

Dieser ungerechte Vorwurf trieb dem Oberhaupt der Familie Fitton das Blut ins Gesicht, aber er ließ nicht locker: »Wo hast du die her? Und was quatschst du da von ›erster Rate‹?«

»Das«, sagte Amanda, »darf ich dir leider nicht verraten. Jetzt muß ich mich aber fertigmachen zu der Fahrt nach Ipswich. Scatty möchte ich gerne mitnehmen, wenn's euch recht ist.«

»Aber Amanda, du machst doch bloß Witze«, legte sich Tante Hatt nervös ins Mittel. »Oder willst du etwa behaupten, das Geld ist schon gestern abend im Hause gewesen?«

»Allerdings.«

»Und da haben sie's nicht gestohlen?« rief Tante Hatt.

»Vielleicht sind das bloß sechs verkleidete Weihnachtsmänner gewesen«, sagte Hal spöttisch.

Amandas Backen wurden feuerrot. »Das ist gemein, albern und leider auch typisch«, sagte sie und stand auf. »Also ich fahre jetzt nach Ipswich.«

Als sich die Tür hinter ihr schloß, hustete Hal mißbilligend, wie ein Mann, der dreimal so alt ist wie er. »Höchst eigenartig«, bemerkte er und verzehrte mit geflissentlicher Bedächtigkeit weiter sein Frühstück.

Guffy überlegte. Amandas Verhalten mochte ja ganz amüsant sein, sagte er sich, aber sofern die Sache wirklich stimmte, war sie doch recht merkwürdig, und als er an ihre empörte Reaktion auf Hals spöttische Bemerkung dachte, die Besucher am Vorabend seien möglicherweise Weihnachtsmänner gewesen, schoß ihm ein unerfreulicher Verdacht durch den Kopf. Er wehrte sich sofort dagegen, konnte aber den Gedanken nicht loswerden, daß dreihundert Pfund, wenn man sie dringend brauchte, vielleicht kein so geringfügiges Linsengericht seien.

Auf einen ähnlichen Gedanken war offensichtlich auch Hal gekommen, denn er legte plötzlich seine Serviette hin und stand auf. »Bitte entschuldigen Sie mich einen Augenblick!« sagte er mit jener würdevollen Höflichkeit, die sein auffälligster Wesenszug war. »Ich möchte noch mal kurz mit Amanda sprechen, ehe sie losfährt.« Damit verließ er den Tisch und lief seiner Schwester nach.

Amandas Zimmer lag unmittelbar über dem Raum, in dem sie saßen, und es war unmöglich, das Stakkato der Laute zu überhören, die aus dem oberen Stockwerk drangen. Es begann mit zornigen Stimmen und setzte sich mit einem Gepolter fort, aus dem zu schließen war, daß der rechtmäßige Graf seine Schwester vermöbelte und daß sie sich mit echtem Pontisbright-Geist zur Wehr setzte. Schließlich hörte der Lärm auf, und Hal erschien wieder im Frühstückszimmer, erhitzt und ein wenig zerzaust, aber nach außen hin so gesetzt und würdevoll wie immer.

Er trat ins Zimmer, überzeugte sich durch einen Blick in die Runde, daß alle mit dem Frühstück fertig waren, und wandte sich dann respektvoll an seine Tante. »Wenn ich dich vielleicht bitten dürfte, Tante...«, sagte er in genau dem gleichen Ton, in dem einst sein Vater und sein Großvater in Augenblicken gesteigerten Selbstbewußtseins gesprochen haben mochten. »Ich hätte gern mit unsern Gästen etwas besprochen, das sie vermutlich betrifft.«

Tante Hatt, die ihrem Neffen sehr zugetan war, zog sich, ohne auch nur zu lächeln, sofort zurück und winkte Mary, ihr zu folgen.

Hal trat auf Guffy zu. »Hören Sie, Mr Randall«, begann

der Junge ungemein gravitätisch, »ich muß im Namen meiner Schwester Amanda etwas gestehen. Es tut mir leid, daß sie sich so benommen hat, aber Sie wissen ja, wie Frauen sind. Also«, fuhr er fort und vergaß plötzlich seine Familienoberhauptspose, »sie hat tatsächlich das Geld! Ich hab's gesehen. Dreihundert Pfund in Fünf-Pfund-Scheinen. Äußerst merkwürdige Sache, nicht? Aber das ist noch gar nicht das, was ich Ihnen sagen wollte. Ich möchte, daß Sie alle das hören, obwohl es sich um eine so scheußliche Angelegenheit handelt. Als ich eben zu Amanda raufging, habe ich sie in ihrem Zimmer überrascht. Sie war gerade dabei, diesen Brief zu lesen. Ich habe sie gefragt, von wem er wäre, aber das wollte sie mir nicht sagen. Und dann habe ich den Umschlag auf dem Bett liegen sehen. Hier ist er! Er ist an Campion adressiert.«

Er stand vor ihnen und streckte ihnen den Briefumschlag hin, den Guffy im Flur hatte liegen sehen. Sein stark zerknitterter Zustand erklärte bis zu einem gewissen Grade den Lärm, den sie fünf Minuten zuvor gehört hatten. Hal war rot vor Verlegenheit.

»Ich kann Ihnen nicht sagen, wie peinlich mir das ist, und ich will Amanda nicht in Schutz nehmen. Sie hat sich entsetzlich benommen, und das habe ich ihr auch gesagt. Allerdings möchte ich sagen, daß sie so was sonst nicht macht. Das ist gar nicht ihre Art. Vielleicht«, fügte er mit leiser Hoffnung hinzu, »haben die ihr gestern abend zu stark auf den Kopf gehauen. Daran könnte es liegen, wissen Sie. Immerhin, ich glaube, Sie sollten den Brief lesen. Ich weiß, es geht mich nichts an, aber es ist anscheinend wichtig. Amanda hat ihn leider auch gelesen. Aber sie scheint ihn nicht besonders interessant gefunden zu haben. Ich glaube, sie hat ihn bloß in einer Anwandlung von reinem Mutwillen an sich genommen.«

Guffy nahm den Brief und las ihn sorgfältig. Es war ein sonderbares Schriftstück, in flüssiger, ein wenig affektierter Handschrift auf einen großen, gelblich getönten Briefbogen mit rot aufgedruckter Adresse geschrieben:

Werter Herr!
In Beantwortung Ihres freundlichen Briefes möchte ich zunächst bemerken, daß mich die von Ihnen aufgeworfene Frage ungemein interessiert. In meinem Leserbrief an die ›Times‹ vom 4. Juli vorigen Jahres, den Sie liebenswürdigerweise zitieren, habe ich auf die Unsitte der Kustoden unserer weniger bekannten Museen hingewiesen, ihre besten Inventarstücke oft in die staubigsten, unzugänglichsten Winkel der häßlichen, schlecht gelüfteten Mausoleen zu verbannen, die ihrer Leitung anvertraut sind.
In diesem Zusammenhang bin ich in der Lage, die von Ihnen gestellte Frage zu beantworten, und darf Ihnen bei dieser Gelegenheit versichern, daß es mir wirklich keine Mühe, sondern im Gegenteil eine ausgesprochene Freude ist, der Allgemeinheit damit, wie ich glaube, einen Dienst erweisen zu können. Vielleicht darf ich erwähnen, daß ich im Laufe einer langjährigen – und hoffentlich nicht unnützen – Korrespondenz mit Presseorganen selten Gelegenheit gehabt habe, eine Frage zu beantworten, die mich mehr interessierte als diese.
Die Pontisbright-Trommel, die Sie irrtümlich als die ›Trommel von Malplaquet‹ bezeichnen, deren gemeinhin gebräuchlicher Name jedoch ›Pontisbright-Trommel von Malplaquet‹ lautet, wurde nach dem Erlöschen der gräflichen Linie und der Niederreißung des alten Schlosses in die Pfarrkirche zu Pontisbright verbracht. Später wurde sie als Leihgabe – wobei ich allerdings nicht weiß, mit wessen Vollmacht – in das Brome-House-Museum in Norwich überführt, wo sie sich als ein empörendes Exempel der schluderigen Behandlung historischer Schätze noch heute befindet.
Ich darf wohl voraussetzen, daß Sie meine vertrauliche Mitteilung über diese Angelegenheit diskret behandeln und die Presse erst dann darüber unterrichten, wenn es Ihnen in Ihrer Stellung als Pfarrer von Pontisbright – wie ich gewiß mit Recht annehme – gelungen ist, die Rückführung der Trommel

zu erreichen. Da mir der Kustos des Museums in Norwich nicht völlig unbekannt ist, habe ich mir erlaubt, ihn mit gleicher Post darauf aufmerksam zu machen, daß sein ordnungswidriges Verhalten entdeckt ist und daß er den Schatz, den er so lange widerrechtlich besessen hat, wird herausgeben müssen. Ich glaube, die Bevölkerung von Norwich sieht in der Trommel schon lange kein achtes Weltwunder mehr, denn nach meinen Informationen befindet sich diese heute an einem nicht sehr ehrenvollen Platze.

Mein Freund Formby – der sich meines Namens sicherlich noch erinnert, obwohl wir uns nur brieflich kennen – hatte seinen jetzigen Posten schon zur Zeit der Überführung in sein Museum inne, so daß mit unangenehmen Formalitäten wohl nicht zu rechnen ist.

Mit nochmaligem Dank für die liebenswürdigen und leider wohl allzu schmeichelhaften Worte, mit denen sie gütigerweise mein Steckenpferd bedacht haben, und in der Hoffnung, Ihnen bei Ihrer so verdienstvollen Suche behilflich gewesen zu sein, bin ich mit dem Ausdruck vorzüglicher Hochachtung

Ihr sehr ergebener
Rudyard Glencannon

»Donnerwetter noch mal!« rief Guffy aus. »Campion war doch... ich meine: ist doch wirklich ein Genie! Na, damit wär's geschafft, nicht?«

Hal hustete diskret. »Ich will mich natürlich nicht einmischen«, sagte er, »aber wer ist Mr Glencannon?«

»Einer der größten Wichtigtuer der Welt, der seine Nase in alles steckt«, sagte Farquharson grinsend. »Sein Name begegnet früher oder später jedem. Er ist ein alter Knacker, der finanziell unabhängig ist, und da hat er es sich zur Lebensaufgabe gemacht, Leserbriefe an Zeitungen zu schreiben. Er muß wohl den halben Tag Zeitungen lesen und den andern halben Tag Briefe an die Redaktionen schreiben. Das macht er jetzt schon seit ungefähr fünfzig Jahren so, und mit der Zeit ist er natürlich zu einer unerschöpflichen Informationsquelle geworden. Der einzige Mensch auf der Welt, an den man sich mit einer derartigen Frage wenden kann. Campion muß gleich an ihn geschrieben haben, als Amanda ihm den Eichenklotz gezeigt hatte.«

Hal stand immer noch verlegen da, und Guffy sagte sich, daß der Junge doch in einer recht unangenehmen Lage sei. »Paß mal auf«, sagte er zu ihm, »ich weiß nicht, wieviel du schon erraten hast, aber ich möchte dir doch zu deiner Beruhigung versichern, daß wir wirklich die besten Absichten haben – na, und so weiter. Wir können uns doch jederzeit auf dich verlassen, nicht wahr?«

Das war genau die richtige Art und Weise, den Jungen anzufassen, und Hal, der in manchen Dingen so frühreif und in andern noch so ein Kind war, sah ihn dankbar an. »Jederzeit«, sagte er begeistert. »Klar! Na, verkleiden Sie sich jetzt alle als Pfarrer und gehen Sie die Trommel holen?«

Guffy schwieg einen Augenblick. Der Aufruf zum Handeln, der in dem Brief steckte, war ihm noch nicht zum Bewußtsein gekommen, und dieser frappierende Vorschlag brachte ihn ein wenig aus der Fassung. »Nein«, sagte er und lachte. »Das können wir freilich kaum machen.«

Eager-Wright schloß sich ihm an, doch Farquharson grinste. »Das liegt doch eigentlich ganz auf Campions Linie«, sagte er. »Ich meine, irgendwie müssen wir die Trommel schließlich in die Hand bekommen, und wie die Dinge liegen, haben wir anscheinend freie Bahn, wenn wir einfach hingehen und sie verlangen.«

»Weißt du, das hat was für sich«, stimmte Eager-Wright rasch zu. »Als Pfarrer verkleiden können wir uns natürlich nicht gut; zunächst mal ist das ein ziemlich schweres, peinliches Vergehen, und außerdem glaube ich, keiner von uns könnte das überzeugend machen. Aber andererseits wüßte ich nicht, warum wir nicht als Gottesdiensthelfer oder so was auftreten sollten – eifrige Gemeindemitglieder, die gekommen sind, um das Gemeindeeigentum wieder an seine alte Heimstätte zurückzuholen. Paß auf, Guffy, das machen wir! Heute nachmittag fahren wir zusammen nach Norwich und reden mit dem Kustos. Wenn wir etwas von diesem Glencannon sagen, müßten wir eigentlich damit durchkommen. Wir können ja sagen, wir haben unsere Hilfe und unsern Wagen zur Verfügung gestellt, um der Gemeinde die Transportkosten zu ersparen. So was kommt doch oft vor.«

»Keine schlechte Idee«, stimmte Farquharson zu. »Dich werden wir aber wohl in der Stadt lassen müssen, Eager-Wright. Mit deinem zerschundenen Gesicht wirkst du nicht ganz echt in der Rolle von Pfarrer Campions rechter Hand. Also wie ist das, Guffy?«

Randall zögerte. »Es ist eigentlich ein tolles Unternehmen«, sagte er vorsichtig. »Wenn wir's schon machen, müssen wir's richtig machen. Wenn wir diesen Besuch verpatzen, bekommen wir die Trommel nie. Vielleicht schaffen wir's, wenn wir uns dunkle Anzüge anziehen und so um vier herum hingehen, kurz ehe das Museum zumacht.«

»Wer hält hier die Stellung?« fragte Farquharson. »Du wirst Lugg als einzigen Helfer haben, Hal. Sag mal, sollen wir Eager-Wright hierlassen?«

»Um Gottes willen, nein!« lehnte der Junge höflich, aber bestimmt ab. »Jetzt kann uns keiner mehr überrumpeln. Außerdem nehme ich an, sie haben gestern abend schon alles getan, was sie tun wollten, oder aber sich überzeugt, daß es hier nichts zu holen gibt.«

Die Folgerung aus dem ersten Teil dieser Antwort ahnte Guffy früher als die andern, und als er aufblickte, sah er den Jungen düster zum Fenster hinausstarren, Mißtrauen und Unbehagen in den Augen.

Wie als Antwort auf ihre Gedanken kam von draußen ein Surren und Klappern, und der Wagen, dessen rotes Gehäuse über und über zitterte, glitt aus der Remise heraus und schoß über den Fahrweg. Amanda saß dreist und kerzengerade am Steuer, und Scatty kauerte ein wenig ängstlich neben ihr.

Aus einem plötzlichen Impuls heraus stieß Hal das Fenster auf und rief ihr zu: »Amanda! Komm zurück! Ich will mit dir reden!«

Seine Schwester winkte unbekümmert mit der Hand und sauste davon.

14
Die Gemeindehelfer

»Hast du schon mal was gestohlen, Farquharson?« fragte Guffy, als sie auf dem Marktplatz in Norwich hielten, um Eager-Wright abzusetzen und sich bei einem Polizisten nach dem Wege zum Brome-House-Museum zu erkundigen.

»Massenhaft«, sagte Farquharson. »So eine kleine Trommel – was ist das schon? Wenn mir sonst noch was in die Augen sticht, bringe ich das auch noch mit. Wenn wir das hier schaffen, könnten wir uns eigentlich über das Britische Museum hermachen.«

Doch da Guffy und Farquharson nun unter sich waren, wurde ihre Stimmung bald nüchterner. Keiner von ihnen sah der Aufgabe mit großer Begeisterung entgegen, und die Aussicht, sich vor dem Adlerauge eines Wächters der städtischen Museumsschätze als etwas auszugeben, was sie nicht waren, schien ihnen alles andere als verlockend. Doch seit Guffy das Erbe des verschwundenen Campion hatte antreten müssen, war er entschlossen, die Sache auch zu Ende zu führen.

Er lenkte den Wagen in die Maple Street hinein und suchte nach der Nummer 21. Zu seiner Überraschung erwies sich dieses Gebäude als ein gewöhnliches Privathaus, was ein noch größeres Problem darstellte als ein unpersönlicher Steinpalast. Es war nicht einmal ein besonders großes Haus, sondern ein kümmerlicher, etwas schäbiger Bau aus dem Anfang des 19. Jahrhunderts mit einem kleinen Messingschild an der Tür, das Neugierigen schüchtern verkündete, dahinter liege das Brome-Museum mit Grotte. Hier gab es keinen großartigen Portier, keinen Menschenstrom, kein Durcheinander, in dessen Schutz sie ihren Schatz hätten ergreifen und sich davonmachen können. Die Tür war sogar geschlossen.

Guffy betätigte den altmodischen eisernen Klingelzug und wartete. Sein Herz klopfte unsinnig. Seine Erregung war so groß, daß er fast kehrtgemacht und die Flucht ergriffen hätte. Aber da verrieten ihnen schwere Schritte auf dem Fliesenboden im Inneren, daß jemand ihrem Rufe nachkam. Im nächsten Augenblick ging die Tür auf, und die beiden nervösen Draufgänger hatten einen Mann vor sich, der einmal groß und breit gewesen, nun aber gebeugt und eingeschrumpft war. Er hatte einen blanken blauen Tuchanzug an, den er sich offensichtlich in den Tagen seines einstigen Glanzes hatte machen lassen. Ein stumpfrotes Gesicht, verklebte Augen und graumeliertes Haar vervollständigten seine unerbauliche Erscheinung.

Er lächelte sie hoffnungsfroh an. »Sie wollen die Grotte besichtigen?« fragte er. »Ich bin gleich soweit. Ich will nur schnell einen Brief fertigmachen. Vielleicht können Sie sich schon mal allein umsehen. Kommen Sie nur rein, dann gebe ich Ihnen Ihre Karten. Drei Pence pro Person. Danke.«

Sie sahen sich in einem ganz gewöhnlichen engen Flur. An den Wänden standen ein paar Kästen mit ausgestopften Vögeln, und auf einem wackligen Tisch waren einige Stapel vergilbter Ansichtskarten ausgelegt.

»Dort bitte!« sagte der Mann und zeigte auf einen Raum links von ihnen. »Gehen Sie durch das Museum, die Stufen runter und durch den Garten in die Grotte! Ich mache nur meinen Brief fertig, dann komme ich und halte Ihnen meinen kleinen Vortrag.«

Er stapfte davon und war durch eine kleine Tür am Ende des Flurs verschwunden, ehe sie etwas sagen konnten. Das Zuschlagen einer Tür schien Guffy mit einem Ruck wieder zur Besinnung zu bringen.

»Geradezu lächerlich«, murmelte er. »Weißt du, es wäre gar kein Kunststück, das Ding zu nehmen wie es ist, und ganz einfach damit loszuziehen. Donnerwetter, wir sind doch ganz allein in der Bude. Ich denke mir, hier drin wird's sein.«

Sie traten in den Raum, der sich ›Museum‹ nannte, und standen vor einer bunt zusammengewürfelten Kuriositätensammlung. Da waren Briefmarken, Fossilien, noch ein paar ausgestopfte Vögel, Feuersteine, römische Keramik, ein großes Schiff in einer Flasche und ein mumifiziertes Kalb mit zwei Köpfen. Von der Trommel von Malplaquet jedoch war nichts zu sehen.

Sie gingen noch weiter und entdeckten einen weiteren Raum, der mit ebensolchem traurigen Krimskrams vollgestopft war. Ein säuberlich gedrucktes Schild wies ihnen den Weg zu der Grotte, und sie wollten ihm gerade hoffnungsvoll folgen, als der Mann, der sie eingelassen hatte, wiederkam.

»Alles furchtbar langweilig«, bemerkte er von der Tür aus. »Furchtbar langweilig, nicht wahr? Die Sachen sind alle nicht viel wert. Ganz gewöhnliches Zeug. An der Grotte haben Sie wahrscheinlich auch nicht viel gefunden.«

Er hatte eine leiernde Stimme, die ein wenig weinerlich klang, und wie er da so dastand und sie ansah, war es, als flutete eine Welle hoffnungsloser Melancholie durch den ganzen Raum. Er ließ ihnen keine Zeit, etwas zu sagen, sondern sprach gemächlich weiter, wobei sein Tonfall noch tiefere Abgründe des Jammers aufriß.

»Ich bin schon dreißig Jahre hier. Als der alte Dr. Poultry starb und sein Haus und seine Sammlung der Stadt vermachte, bin ich als Kustos eingesetzt worden, und seitdem bin ich eben Kustos. Von Jahr zu Jahr ist es immer langweiliger geworden. Ich weiß nicht, warum ich hierbleibe. Es ist ein elendes Leben. Besucher kommen kaum. Ich kann's den Leuten nicht übelnehmen. Die Sammlung ist elend. Haben Sie alles gesehen, was Sie sehen wollten? Niemand hält sich lange hier auf.«

Farquharson stieß Guffy an, der heldenhaft den Vorstoß wagte. »Ach, Sie sind der Kustos?« fragte er, und in seinem Bemühen, selbstsicher zu wirken, fiel seine Stimme unversehens streng aus. »Also wir kommen vom ... äh ... Pfarrer von Pontisbright. Ich gehöre zu seiner Gemeinde, wissen Sie, und da ... hm ... da habe ich zu diesem Zweck meinen Wagen zur Verfügung gestellt.«

Der Mann sah ihn stumpf an, und Guffy stolperte weiter drauflos. »Ich habe mich wohl noch nicht besonders deutlich ausgedrückt«, sagte er verbissen. »Ich glaube, Sie haben einen Brief von Glencannon bekommen – ach, verdammt noch mal, um die Trommel handelt es sich.« Durch Nervosität und schlechtes Gewissen wurde Guffy gereizt und konnte nicht mehr vernünftig sprechen.

Bei dem verschrumpelten Mann an der Tür zeigte sich ein flackernder Schimmer von Verständnis. »Ach, die Trommel!« sagte er. »Aus Pontisbright kommen Sie. Ich weiß, die hätte eigentlich zurückgeschickt werden sollen. Die hat jahrelang hier gestanden. Nichts Besonderes dran. Nichts Historisches. Eine ganz gewöhnliche Trommel. Furchtbar langweiliges Ding. Immer im Wege. Aber wenn Sie sie haben wollen, sollen Sie sie selbstverständlich haben. Mit Kircheneigentum sind die Leute manchmal sehr komisch. Wahrscheinlich haben sie ihre Gründe.«

Guffy atmete auf. Es schien also doch gutzugehen, wenn er auch die Einleitung verpatzt hatte.

»Na, das ist ja sehr erfreulich«, sagte er. »Wir wußten nicht so recht, ob Sie bereit sein würden, sie herzugeben. Schließlich hat sie lange in der Kirche gehangen, und wir – hm – wir in der Gemeinde Pontisbright haben eben gefunden, sie gehört wieder an ihren alten Platz – das werden Sie doch einsehen.«

»Ja, das ist wohl ganz verständlich«, sagte der Kustos jämmerlich, und seine Leierstimme wurde fast unerträglich. »Ganz verständlich. Es ist eine elende Trommel. Ich hoffe, Sie nehmen mir das nicht übel. Nichts Interessantes dran. Sie hat nicht mal ein Datum oder Marlboroughs Namenszug. Nichts weiter als eine gewöhnliche Trommel. Ich hätte sie schon längst zurückgeschickt, aber wir sind so arm, wir hatten kein Geld für den Transport.«

»Ach, das ist dann schon in Ordnung«, sagte Farquharson. »Wenn wir die Trommel haben können, haben wir nichts weiter zu beanstanden. Allerdings«, setzte er mit einem großartigen Aufgebot an Phantasie hinzu, »bei unserer letzten Gemeinderatssitzung ist es ziemlich stürmisch hergegangen. Also jetzt müssen wir wahrscheinlich noch ein paar Formalitäten abmachen, und dann können wir die Angelegenheit als erledigt betrachten.«

»Formalitäten sind gar nicht nötig«, leierte der erbärmliche Alte, der nun tatsächlich nahe am Weinen war. »Das ist alles schon gemacht. Heute vormittag schon. Und ich bin froh, daß ich die Trommel vom Halse habe.«

»Alles schon abgemacht?« Guffy sperrte den Mund auf, nahm sich aber zusammen und fuhr fort: »Ach, ich verstehe. Als Sie den Brief von Mr Glencannon bekommen haben, da haben Sie wohl gleich alles Nötige geregelt?«

»Da war gar nichts zu regeln. Nur die Empfangsbestätigung, und die habe ich ja. Ich habe die Trommel natürlich erst hergegeben, als ich die Empfangsbestätigung hatte.«

Der Ton der monotonen Stimme veränderte sich bei diesen bedeutungsschweren Worten nicht im geringsten, so daß es einige Sekunden dauerte, bis ihr Sinn wirklich ins Bewußtsein der beiden Besucher vordrang. Guffy sank auf einen Stuhl nieder, der zum Glück hinter ihm stand.

Doch Farquharson war geistesgegenwärtig. »Ach, sie ist schon weg?« fragte er und gab sich Mühe, seine Stimme ungezwungen klingen zu lassen. »Da ist offenbar ein kleines Mißverständnis passiert. Mein Freund hier, Mr James, war der Meinung, der Pfarrer wollte, daß er die Trommel abholte, weil er heute mit seinem Wagen nach Norwich fuhr.«

Der Kustos sah ihn stumpf an. Dann lachte er, wobei zerklüftete gelbe Zähne zutage traten. »So sind diese Pfarrer!« sagte er. Aber der Funke der Heiterkeit erlosch sofort wieder.

»So sind diese Pfarrer. Nichts als alte Weiber, sage ich immer. Dauernd setzen sie den Leuten zu, daß sie was für sie machen sollen, und dann machen sie's selber.«

Farquharson unterdrückte einen Ausruf der Verwunderung. »Ist der Pfarrer selber gekommen?« fragte er schwach.

»Nein«, sagte der Kustos, »nicht direkt. Er ist im Wagen sitzen geblieben, weil er doch so taub ist. Seine Frau ist reingekommen. Eigentlich nicht die richtige Frau für einen Pfarrer, fand ich. Sie nehmen mir das hoffentlich nicht übel. Aber als ich jung war, ist das anders gewesen. Da war's üblich, daß ein Pfarrer eine Frau seines eigenen Alters heiratete, und die mußte sich auch entsprechend benehmen können.« Er hielt inne und sah sie unsicher an. »Ich bin wohl nicht sehr galant?« sagte er. »Ich hoffe, Sie sind mit der Dame nicht persönlich befreundet. Man wird indiskret in dieser Stellung hier. Wenn man kaum mal einen Menschen sieht, das macht sich eben bemerkbar. Langsam dreht man durch. Alles ist so langweilig. Hier passiert überhaupt nichts. Nicht mal einen Einbruch haben wir gehabt. Ist ja auch nichts da, was sich zu stehlen lohnt.«

Als Farquharson zufällig Guffys Augen sah, gewann er den Eindruck, der Sensationsdurst des Kustos werde jeden Augenblick durch eine Mordtat gestillt werden, und er beeilte sich, sie zu verhindern.

»Also Sie haben die Frau von unserm Pfarrer nicht sympathisch gefunden?« sagte er mit gezwungener Jovialität. »Da stehen Sie nicht allein da. Äh ... welche ist es denn gewesen?«

»Was?« fragte der Kustos.

»Die Alte oder die Junge?« tappte Farquharson weiter. »Ich meine – seine Mutter oder seine Frau?«

»Na, seine Frau doch wohl«, sagte der verschrumpelte Mann düster, da er seine einzige Hoffnung auf eine Sensation zerschellen sah. »Rotgefärbtes Haar – paßte gar nicht zu ihren altmodischen Kleidern. Keulenärmel hab ich nicht mehr gesehen, seit meine Frau mich hat sitzenlassen.«

»Gefärbtes Haar und Keulenärmel?« sagte Guffy, der es offenbar aufgegeben hatte, seine Rolle weiterspielen zu wollen.

»Dann muß es wohl doch die alte Dame gewesen sein«, sagte Farquharson schnell. »Oder vielleicht seine Schwester.«

»Nein, nein, es ist schon Mrs Campion gewesen«, sagte der Kustos. »Sie hat ja die Empfangsbestätigung unterschrieben – Mrs A. Campion. Na jedenfalls – es tut mir leid, daß Sie umsonst gekommen sind, aber es war schön, daß ich mal mit jemandem reden konnte. Wenn Sie nach Hause kommen, werden Sie wohl die Trommel in der Kirche finden, wenn Mrs Campion sie heil hingebracht hat. Sie hat gesagt, sie hätte einen neuen Wagen, und der alte Pfarrer neben ihr hat nicht besonders stattlich ausgesehen - wie das bei diesen Landpfarrern so ist. Die kriegen nicht genug vom Leben zu sehen, und da werden sie säuerlich und stumpfsinnig.«

Bei dem letzten Wort schwang sich seine Stimme zu einem tiefempfundenen Klageton empor, und er schneuzte sich in ein nicht allzu sauberes Taschentuch.

»Der Pfarrer ist auf seine Weise ganz sportlich veranlagt«, sagte Farquharson, krampfhaft bestrebt, ihm nähere Angaben über den Mann zu entlocken, der ihnen zuvorgekommen war.

»Na, ausgesehen hat er nicht danach«, sagte der Kustos. »Komplett kahl und außerdem stocktaub, wie seine Frau sagt.«

Bei dieser Beschreibung ging sowohl Guffy wie Farquharson ein Licht auf. Sekundenlang standen sie da und starrten ihren Gesprächspartner mit glasigen Augen an. Dann erhob sich Guffy. Er ergriff die feuchte, schlaffe Hand des erstaunten Alten, schüttelte sie kräftig – wie einer, der eine unangenehme Pflicht erfüllt – und verließ das Haus.

Farquharson blickte ihm nach und beugte sich dann vertraulich auf den verdutzten Museumshüter zu. »Mr Walker ist ein bißchen aufgebracht«, sagte er. »Der Pfarrer hat ihn nämlich ganz besonders gebeten hierherzukommen. Bei der Gemeinderatssitzung hat es einige Verstimmung deswegen gegeben.«

»Das kann ich verstehen«, sagte der Kustos jämmerlich. »Aber haben sie nicht vorhin gesagt, James heißt er?«

»Wer?« fragte Farquharson.

»Ihr Freund, der eben rausgegangen ist und die Tür so zugeknallt hat, daß der Staub aufgeflogen ist.«

»So heißt er auch«, bestätigte Farquharson etwas steif. »James Walker.«

»Ach so.« Die Mitteilung schien den Kustos zu betrüben. »Also dann auf Wiedersehen!«

Farquharson entfloh. Guffy wartete draußen auf ihn. Er hatte den Motor schon angelassen, und als der andere im Wagen saß, fuhr er sofort los.

Als sie am Ende der Straße waren, wandte er sich zur Seite. »Amanda!« sagte er mit belegter Stimme.

»Amanda«, echote Farquharson, »und – gnädiger Himmel! – Scatty Williams.«

15
Die geschlagene Trommel

Im warmen, freundlichen Nachmittagssonnenschein lehnte sich Hal aus der Halbtür der Mühle und starrte mit geistesabwesenden Augen in das klare Wasser des Mühlgrabens, das über die grünen Steine auf die schmale Brücke an der Grenze des Fitton-Grundstücks zuschoß. Hinter ihm drehte sich langsam das mächtige Rad, und das sanfte Knarren klang durch das Summen von Amandas Dynamo hindurch.

Auf dem steingepflasterten Hof vor ihm stapelten sich Kisten, die ein Lastwagen aus Ipswich kaum eine halbe Stunde zuvor abgeladen hatte. Sie trugen den Namen einer großen Elektrofirma.

Beim Warten auf Amanda dachte Hal darüber nach, wie er sie gründlich zur Räson bringen könnte, was er zu ihr sagen wollte und wie sie darauf antworten würde – ein begreifliches, doch selbst in günstigen Fällen höchst nutzloses Unternehmen. Da gewahrte er Dr. Galleys rundliche Figur, die auf dem Fahrweg herangeschritten kam. Hal war zu einem Allerweltsgespräch nicht aufgelegt, und um nicht gesehen zu werden, trat er ein Stück zurück und beobachtete ihn gelassen.

Als der Arzt an der Haustür angekommen war, zog er nicht die Klingel, sondern blickte sich verstohlen um, holte dann etwas aus einer Tasche, reckte sich, so hoch er konnte, und schob den winzigen Gegenstand in einen Riß im Verputz über der Tür.

In seiner Verwunderung über dieses eigenartige Tun trat Hal einen Schritt vor, und nun sah der kleine Doktor sich um und erblickte ihn. Er legte die Hände hastig auf den Rücken, drückte die Brust heraus und schlenderte mit geflissentlicher Ungezwungenheit auf die Mühle zu.

»Hallo, mein Junge!« rief er, sobald er nahe genug heran war. »Gut, daß ich dich finde. Ich wollte euch alle sprechen«, fuhr er fort, indem er zu Hal herantrat und ihm über die Halbtür hinweg die Hand reichte. »Ich muß wohl mit euch allen auf einmal sprechen. Du darfst es mir nicht übelnehmen, wenn ich mich etwas geheimnisvoll ausdrücke, aber ich glaube, ich habe eine Entdeckung gemacht, und ich wollte euch bitten, morgen abend alle miteinander zu mir zu kommen.« Er sprach in ernsthaftem Tone, der aber etwas von seiner Aufregung durchklingen ließ. »Wenn ich ›alle‹ sage, meine ich damit dich, deine Schwestern und diesen Randall, falls er noch da ist. Der scheint ein ganz netter Mann zu sein, findest du nicht auch, Hal?«

Der Junge sah den alten Mann scharf an. Dr. Galleys Benehmen war immer eigenartig, aber heute hatte es etwas ausgesprochen Merkwürdiges an sich. Seine runden Augen wirkten größer als sonst, sein dickes Gesicht nicht ganz so rosig.

»Ist dieser Randall dir sympathisch?« fuhr der Arzt mit einem Ernst fort, der deutlich erkennen ließ, daß ihn die Frage weit mehr als nur beiläufig interessierte. »Ich meine – glaubst du, er ist ein ehrlicher, solider, anständiger, sauberer Mensch?«

»Ja, das glaube ich doch, Herr Doktor«, sagte Hal, einigermaßen verdutzt über die Richtung, die das Gespräch einschlug.

»Ausgezeichnet«, sagte der Arzt eifrig. »Ausgezeichnet. Gerade der richtige Mann. Ja, viel kann ich dir jetzt leider nicht darüber verraten. Ich muß ins Haus gehen und mit deinen Schwestern sprechen und mit deiner Tante. Die kommt am besten morgen auch mit. Das wird ein großer Tag für dich, mein Junge, ein großer Tag. Bitte, seid doch alle um halb sieben bei mir! Die Zeit ist etwas ungewöhnlich, aber für mich ist es die beste Zeit. Du wirst mich doch nicht sitzenlassen? Du würdest es bereuen.«

»Wir würden bestimmt gerne kommen, Herr Doktor«, sagte Hal unsicher. »Selbstverständlich. Sehr nett von Ihnen. Nur – wir haben jetzt gerade furchtbar viel zu tun und ...«

»Aber du würdest es dein Leben lang bereuen, wenn du nicht kämst, Hal!« Der kleine Mann beugte sich beim Sprechen vor. »Paß mal auf, soviel will ich dir verraten: Gestern abend, als ich in meinen Büchern stöberte, ist mir ein alter Band Catull in die Hände gekommen. Der Einband ging ab, und da habe ich entdeckt, daß Taschen eingearbeitet waren.« Er senkte geheimnisvoll die Stimme. »In einer dieser Taschen habe ich ein Schriftstück von meinem Großonkel gefunden. Du weißt doch, der war hier Pfarrer zur Zeit der Gräfin Josephine. Und noch etwas habe ich gefunden: eine herausgerissene Seite aus dem Kirchenbuch dieser Zeit. Ist dir klar, was das heißt?«

Hal sah ihn groß an. »Soll das heißen, Sie haben einen Beweis für die Trauung von Mary Fitton und Hal Pontisbright gefunden?«

Der Alte hob die Hand. »Kein Wort mehr bis morgen abend. Das ist meine Entdeckung, und darum will ich sie in meinem Hause feierlich verkünden. Da kommst du doch, nicht?«

»Klar! Selbstverständlich. Also das ist ja furchtbar nett von Ihnen, Herr Doktor.«

Der alte Mann sah ihn unverwandt an. »Ich kann dir noch größere Wunder zeigen, mein Junge«, sagte er feierlich. »Komm jetzt nicht mit ins Haus! Weißt du, ich möchte es deiner Tante und deinen Schwestern allein sagen. Ich verrate ihnen auch nicht mehr als dir. Die eigentliche Überraschung will ich mir noch aufheben. Also dann um halb sieben, mein Junge, morgen abend um halb sieben! Ach, Hal – nimm mir das nicht übel, aber es ist sehr wichtig: Könntet ihr ... äh ... ganz saubere Sachen anziehen – ihr alle?«

Er lief weiter, ehe der Junge dazu kam, noch etwas zu sagen, und Hal blickte ihm verwundert nach, bis er im Hause verschwand. Dann lehnte er sich wieder in seiner früheren Haltung über die Halbtür und wartete, in Gedanken versunken, auf Amanda.

Wenn Mary Fittons Heirat sich nachweisen ließ, dann war sein Anrecht auf Titel und Vermögen der Familie Pontisbright kaum noch zu bestreiten. Diesem aufregenden Gedanken folgte die Erinnerung an den katastrophalen Versuch seines Vaters, den Anspruch zu verfechten, und an die kümmerlichen Verhältnisse, in die seine Kinder dadurch geraten waren. Das Beweisstück nützte nicht viel ohne Geld, überlegte Hal düster, und das Thema Geld brachte seine Gedanken begreiflicherweise wieder zurück zu Amanda. Über alldem jedoch vergaß er vollkommen, an die Haustür zu gehen und nachzusehen, was Dr. Galley so sorgsam über dem Türrahmen versteckt habe.

Seine Entrüstung über Amanda war gerade wieder aufgeflammt, als sie erschien – am Steuer eines zwei Jahre alten Morris-Cowley, der in gefährlichem Tempo den Fahrweg entlanggesaust kam, am Mühlgraben um Zentimeter vorbeikam und mit kreischenden Bremsen anhielt. Die ungeübte Fahrerin, erhitzt, aber triumphierend, winkte ihrem Bruder keck zu und stieg voll Stolz aus.

»Na«, sagte sie, »ich weiß, da staunst du. Aber glotz mich nicht so an! Mach die Garage auf, dann will ich mal sehen, ob ich diese Karre reinsteuern kann.«

Hal empfand, daß dies kaum die rechte Einleitung zu der donnernden Gardinenpredigt war, die Amanda zu hören bekommen sollte. Außerdem interessierte er sich ungemein für den neuen Wagen, und es ärgerte ihn, daß seine Begierde, ihn sich genauer anzusehen, übermächtig wurde. Er kam aus der Mühle heraus und schritt mit aller Würde, die er aufbieten konnte, auf den Wagen zu.

»Du, hier kannst du ihn dir nicht ansehen«, sagte Amanda schnell, ehe er auf zwei Meter an sie herangekommen war. »Mach die Garage auf, und dann führe ich ihn dir da drin vor.

Scatty bringt die alte elektrische Kutsche aus Sweethearting nach Hause. Dort habe ich ihn abgesetzt. Meinst du, wir kriegen sie alle beide rein?«

»Also hör mal zu, Amanda!« Hal gab sich Mühe, nicht zänkisch, sondern mit Autorität zu sprechen. »Du bist mir eine Erklärung schuldig. Du machst der ganzen Familie Schande, bringst uns alle in eine peinliche Lage. Ich jedenfalls lasse mir das nicht gefallen. Laß diese stinkige Sardinenbüchse stehen und komm ins Haus! Da wollen wir hören, was du zu sagen hast. Unsere Gäste sind zum Glück nicht da; wenn du also durchaus Theater machen willst, ist es nicht so schlimm.«

»Das ist keine stinkige Sardinenbüchse«, sagte seine Schwester tief getroffen. »Der Auspuff stinkt ein bißchen, aber das macht überhaupt nichts. Mach die Tür da auf, oder ich überfahr dich! Auf dem Weg hierher bin ich achtzig gefahren.«

Hal legte die Hand auf die Seitenwand des Wagens, als wolle er ihn nötigenfalls mit Gewalt festhalten. Amanda wollte also Schwierigkeiten machen, wie er befürchtet hatte. »Bevor dieser Wagen in unsere Remise kommt«, sagte er bestimmt, »will ich wissen, wo du das Geld dazu herhast.«

Plötzlich hielt er inne, und seine Augen blieben an einem Paket hängen, das auf dem hinteren Sitz lag.

Amanda sah die Veränderung in seiner Miene und sprang vor; aber sie kam zu spät. Hal riß die Verpackung ab, und da lag im hellen Licht der Sonne die Pontisbright-Trommel von Malplaquet. Es war eine Wirbeltrommel, ein wenig länger als die heute gebräuchliche Form. An ihrer dunkelblauen Seitenwand prangte noch ein verblichenes Wappen, und abgewetzte Schnüre, freilich längst nicht mehr vorschriftsmäßig weiß, hingen verwegen von dem Unterreifen.

Die beiden standen einander gegenüber, den Wagen und die Trommel zwischen sich. Amanda war hochrot und kampflustig, Hal blaß vor Wut und Scham. Langsam trat er vom Trittbrett herunter und ging um den Wagen herum zu seiner Schwester. Amanda nahm nicht wahr, was er vorhatte, und als er von hinten an sie herankam, ihre Handgelenke packte und auf ihren Rücken riß, war sie völlig überrascht und überrumpelt.

Als er sie aber in die Mühle abzuführen begann, protestierte sie heftig. Doch er war zornig und nicht zu halben Maßnahmen aufgelegt. »Ich habe so eine Wut auf dich, Amanda«, sagte er mit zusammengebissenen Zähnen, wie ein Kind, »daß ich dich am liebsten verhauen möchte und einfach nicht weiß, ob ich mich beherrschen könnte. Ich werde dich in die Kornkammer sperren, damit du ein bißchen zur Besinnung kommst, und inzwischen kann ich mir überlegen, was man am besten mit dir macht.«

Amanda wußte, wann sie die Flagge streichen mußte. Frühere Raufereien mit Hal hatten ihr eindeutig gezeigt, daß er bei weitem der Stärkere war. Sie bewahrte jedoch ihre Würde, als sie sich von ihm in die betonierte Kammer im Erdgeschoß der Mühle führen ließ, die keine andern Verbindungen zur Außenwelt hatte als eine schwere Eichentür, die von außen abzuriegeln war, und ein kleines Gitterfenster hoch oben in der Wand.

Hal knallte die Tür zu und schob den Riegel vor. Dann lief er zu dem Wagen zurück, und nachdem er sich überzeugt hatte, daß ihn niemand beobachtete, packte er die Trommel wieder ein, schlich, mit dem Paket bewaffnet, durch die Seitentür ins Haus und über die hintere Treppe in sein Zimmer hinauf.

Dieses Zimmer, das im zweiten Stock unter dem Dach lag, nahm die ganze Breite des Hauses an der Ostseite ein, und von seinem kleinen Fenster hatte er einen klaren Überblick über den Hof und den Fahrweg zur Mühle. Er setzte die Trommel aufs Bett, und während er dastand und sie betrachtete, umklammerte ein Gefühl der Erregung sein Herz.

Es war ein schönes, romantisches Spielzeug, so schneidig bemalt, so verwegen gespannt. Der Gürtelhaken glänzte noch, und er konnte der begreiflichen Versuchung nicht widerstehen, ihn in seinen Gürtel zu hängen, so gut es ging, und sich im Spiegel zu bewundern. Er trommelte sacht mit den Fingerknöcheln auf das Fell, doch das löste keine unerwarteten Folgen aus.

Er wühlte in dem Krimskrams eines Kommodenfaches herum, bis er ein altes Lineal aus Elfenbein fand. Damit gerüstet, ging er auf die Trommel zu und schlug kräftig darauf.

Das Trommelfell war nicht sehr straff, und der Ton summte hohl durchs Zimmer.

Er gab es auf. Nachdem Amanda sich so unmöglich benommen hatte, überlegte er, blieb ihm nichts weiter übrig, als die Trophäe unberührt abzuliefern, sobald die anderen zurückkamen. Er ging ans Fenster, blickte hinaus und sah gerade Scatty Williams mit dem alten Elektromobil ankommen.

»Gehn Sie nicht in die Mühle, Scatty!« rief er ihm zu. »Wenn Sie dieses Ding weggebracht haben, könnten Sie noch Amandas neuen Wagen hinterherschieben. Dann gehen Sie rein in die Küche und bleiben dort!«

Der Alte tippte, ohne aufzublicken, an seinen Hutrand und machte sich gehorsam an die Arbeit.

Hal blieb auf seinem Posten am Fenster. Er sah Dr. Galley weggehen, und etwa zehn Minuten später machte sich Tante Hatt auf, einen flachen Korb mit weißen Blumen am Arm. Er vermutete, sie gehe zur Kirche. Freitag abends pflegte Miss Huntingforest sich um die Altarvasen zu kümmern.

Von seinem Standplatz aus genoß Hal einen weiten Blick über die ganze Umgebung. Er konnte sehen, wie Lugg stillvergnügt am Mühlteich angelte. Nur wo Mary steckte, wußte er nicht, nahm aber an, sie sei in der Küche und mache für Scatty etwas zum Tee zurecht.

Einmal schreckte ihn ein leises Geräusch aus der Richtung der Mühle auf, und er drehte sich zur Seite und blickte zu dem verwitterten weißen Bau hinüber. Das Oberlicht des Raumes, in dem der Eichenklotz aufbewahrt wurde, war zu, wie er zu seiner Verwunderung bemerkte, denn er hätte schwören mögen, daß es eben noch offen gewesen sei. Doch da niemand da war, der es hätte schließen können, machte er sich weiter keine Gedanken darüber.

Er hielt immer noch Wache, als die andern zurückkamen. Hal sah sie mit enttäuschten Gesichtern aus dem Lagonda klettern. Er warf einen Blick hinter sich. Die Trommel lag noch auf seinem Bett, und vor Erregung platzend, rannte er über die Hintertreppe hinunter in den Flur, wo die andern um den Tisch herumstanden.

Guffy hatte einen Brief in der Hand. Er war mit der zweiten Post gekommen und hatte schon seit zwölf Uhr dagelegen. Er blickte von dem Schreiben auf, als Hal erschien.

»Wo ist Amanda?« fragte er streng.

»Ja«, fiel Farquharson ein, »ich glaube, mit der müssen wir uns dringend unterhalten.«

»Ich weiß«, sagte Hal schnell. »Es tut mir furchtbar leid, daß das passiert ist. Sie ist natürlich völlig übergeschnappt. Aber denken Sie nicht etwa, ich lasse ihr das durchgehen! Ich hab sie in die Kornkammer gesperrt, und Sie können sich nachher selber mit ihr befassen. Aber erst müssen Sie unbedingt mit raufkommen. Verstehen Sie? Ich ... ich hab sie!«

»Die Trommel?« fragte Guffy begierig und packte den Jungen fest an der Schulter. »Das ist ja großartig! Und ich habe hier einen Brief von unserm Sachverständigen, Professor Kirk.« Er legte das Blatt auf den Tisch. »Siehst du, hier – das ist der Absatz, auf den es ankommt: ›Meines Erachtens dürfte das Verbum *schlagen* im Zusammenhang mit der Trommel von Malplaquet *zerschlagen* oder *zerreißen* bedeuten. Ich würde Ihnen empfehlen, das Erinnerungsstück, wenn Sie seiner habhaft geworden sind, zu einer sachgemäßen Untersuchung nach London zu bringen.‹«

»Lieber Himmel, her mit dem Ding!« rief Eager-Wright. »Wo ist es denn, Hal?«

Der Junge führte sie triumphierend die Haupttreppe hinauf und in sein Zimmer, das er vor kaum fünf Minuten verlassen hatte. »Die Tür konnte ich ja nicht gut abschließen«, erklärte er. »Es ist nämlich kein Schlüssel da. Außerdem habe ich ja von allen im Hause gewußt, wo sie sind. Sehen Sie, da ist sie!«

Er wies auf den blau-weißen Zylinder, der immer noch auf dem Bett lag. Sie liefen darauf zu. Guffy stieß als erster einen Ruf aus, der Hal einen Schauer des Schreckens über den Rükken jagte: »Da – wann ist denn das passiert?«

Der Junge stand da und starrte in hilflosem Erstaunen auf den Anblick, der sich ihm bot. Die Trommel von Malplaquet lag zwar noch da, wo er sie hatte liegenlassen, aber inzwischen waren die Spannschnüre durchgeschnitten und das Unterfell herausgenommen worden. Der abgenommene Reifen lag daneben auf der Bettdecke.

Der Junge starrte seine Freunde an, knallrot und stotternd. »In diesem Zustand ist sie aber noch nicht gewesen, als ich vor fünf Minuten runtergelaufen bin«, brachte er heraus. »Und kein Mensch ist in diesem Teil des Hauses gewesen. Tante Hatt ist weggegangen, Scatty und Mary sind in der Küche, Lugg angelt, Amanda habe ich in die Kornkammer eingesperrt und den Riegel vorgeschoben ...« Er brach hilflos ab.

Aus dem Hof vor dem Hause kam das scharfe, unheilschwangere Geräusch berstenden Holzes herauf. Sie drängten sich ans Fenster und sahen hinaus.

Auf dem Steinpflaster stand Amanda, Hammer und Brecheisen in der Hand. Mit der Ruhe eines Menschen, der sich über eine angenehme, aber mühsame Arbeit hermacht, brach sie die größte der drei Kisten auf.

16
Sturmzeichen

Guffy Randall lag auf dem Rücken und starrte zu dem ausgekehlten Balken empor, der sich über die Decke seines Schlafzimmers zog. Es wurde gerade hell. Durch das Fenster zu seiner Rechten sah er die Wipfel der Ulmen auf der Wiese, die das Morgenlicht vergoldete. Doch die Schönheiten von Pontisbright hatten für ihn keinen Reiz mehr. In seinem Kopf rumorte der Gedanke, daß es ihm nicht gelungen war, das Werk zu vollenden, das Campion ihm hinterlassen hatte.

Er wälzte sich auf die Seite. Da war zunächst einmal Amanda. Mit wem stand sie eigentlich im Bunde? Und da war der wunderliche kleine Doktor mit seiner undurchsichtigen Einladung und seinem verrückten astrologischen Gerede. Da waren das schreckgepeinigte Dorf, das spurlose Verschwinden des Mannes mit dem Eulengesicht und der geheimnisvolle Überfall am vorletzten Abend mit seinem noch geheimnisvolleren Ende. Beruhigend war daran nur eines: Wo immer die Beweisstücke von Averna stecken mochten, aus diesem Vorfall konnte man entnehmen, daß sie jedenfalls zu diesem Zeitpunkt nicht in fremden Händen gewesen waren.

Er setzte sich im Bett auf und schlang die Arme um die Knie. Nach dem Verschwinden des Trommelfelles am Abend zuvor war er in dieser Hinsicht nicht mehr so sicher gewesen, besonders da eine gründliche Durchsuchung von Haus und Mühle nichts zutage gefördert hatte.

Amanda freilich hatte zur Aufklärung kaum etwas beigetragen. Ein wenig nebelhaft hatte sie berichtet, sie sei aus der Kornkammer entkommen, nachdem sie die Tür entriegelt gefunden habe. Sehr überzeugend hatte das nicht geklungen, und ihre eifrige Beschäftigung mit ihren neuen Radioapparaturen war geradezu ärgerlich.

Das Ende der Suche hatte ihnen die Gewißheit gegeben, daß das Unterfell verschwunden war und daß sich das, was etwa in der Trommel gesteckt haben mochte, nun in Feindeshand befand. An dem vollständigen Fehlschlag des Unternehmens hatte man kaum noch zweifeln können, bis dann Tante Hatt mit ihrem höchst merkwürdigen Bericht von den Zelten auf der Heide aus der Kirche zurückgekommen war.

In dem kühlen Morgenlicht rief sich Guffy die Geschichte noch einmal in Erinnerung. Eine Gruppe von Wanderern – sicherlich zwanzig, so meinte die Tante – war in das Dorf eingefallen und hatte auf der Heide Zelte aufgeschlagen. Mrs Bull, die Gastwirtsfrau, die in der Kirche Kniekissen verteilt hatte, während Tante Hatt sich um die Blumen kümmerte, hatte von sich aus mitgeteilt, es handle sich um die gleichen Archäologen, denen ihr Mann am Tage zuvor die Unterkunft abgeschlagen hatte. Tante Hatt, der das verdächtig vorkam, war auf dem Nachhauseweg kühn über die Heide gegangen und hatte so viel von dem Tun und Treiben der Fremden beobachtet, wie ihre scharfen Augen wahrnehmen konnten. Sie war mit der Nachricht zurückgekommen, sie seien allesamt Verbrecher – äußerst verdächtig. Noch im Laufe des Abends waren Guffy und Eager-Wright unter dem Vorwand, sie wollten den ›Fehdehandschuh‹ aufsuchen, ins Dorf gegangen, hatten aber nichts weiter von den Archäologen gesehen als die kleinen weißen Zelte, die dicht beieinander wie die Segel eines Schoners auf dem dunklen Meer der Heide lagen.

Guffy warf sich unruhig herum. Das undeutliche Gefühl der Tatenlosigkeit und das Empfinden, daß sie auf den Ausbruch irgendeines Sturmes warteten, fand er deprimierend.

Schließlich erhob er sich, lehnte sich zum Fenster hinaus und betrachtete den Morgen. Es war kaum fünf Uhr. Ein leichter Bodennebel verwischte die Konturen des Tales, doch konnte er den schmalen Wasserlauf verfolgen, der sich durch die tiefliegenden Wiesen südlich von der Heide entlangschlängelte. Die andern Hausbewohner schienen noch zu schlafen, und er ging wieder ins Bett und verwünschte sich selbst wegen seiner Hilflosigkeit.

Wäre er nur ein wenig länger am Fenster geblieben, so wären die Ereignisse des Tages vielleicht erheblich schneller ins Rollen gekommen. Denn fast im selben Augenblick, in dem er sich mutlos wieder aufs Bett warf, wurden unten auf dem Hof die Türen der Remise vorsichtig aufgestoßen, und die Nase von Amandas neuem Morris kam zum Vorschein.

Am Steuer saß Scatty Williams, während Lugg mit dem Aufgebot seiner ganzen Kraft, wie nur selten in seinem Leben, den Wagen lautlos auf den Hof hinausschob. Scatty stieg aus, und sie verschwanden zusammen in der Mühle. Kurz darauf kamen sie wieder, beladen mit dem größten Teil von Amandas neuen Radioapparaturen und einer Rolle Seil. All das wurde sorgfältig hinten im Wagen verstaut, der dann lautlos den Fahrweg entlanggeschoben wurde.

Ein paar Minuten später, als die beiden Verschwörer sich außer Hörweite glaubten, ließen sie den Motor an und fuhren davon, wobei sie die Straße zur Linken einschlugen, die nur an der Schmalseite der Heide entlangführte.

Nach diesem heimlichen Aufbruch blieb ein paar Stunden lang alles still in Haus und Mühle. Selbst das Wasser im Mühlgraben strömte kaum, und hinter dem Wehr staute sich der träge Fluß langsam. Er führte nicht genug Wasser, um das Mühlrad dauernd zu treiben, und vor dem Mahlen pflegte Amanda deshalb das Wehr zu schließen, damit sich genügend Wasserkraft für ihren Zweck ansammeln konnte. Heute schien sie besonders viel vorzuhaben.

Um sieben Uhr kam Mary herunter, und in der Küche wurde es lebendig. Bei dem freundlichen Klappern von Steingut und dem Brutzeln von Schinken stand Guffy auf und ging hinunter, so daß ihm zum zweitenmal an diesem

Tag ein Phänomen entging, das ihm Stoff zum Nachdenken hätte geben können.

Er war gerade am Treppenfenster vorbei, als eine Gestalt in wildem Aufzug, in der man nur mit Mühe Amanda erkennen konnte, aus einem Gebüsch im Garten herausschlich und im Laufschritt die letzten paar Meter bis zur Seitentür zurücklegte. Sie schlüpfte ins Haus und gelangte, ohne gesehen zu werden, in ihr Zimmer. Ihr Kostüm, das aus einem Badeanzug und einer aus dem Schrank ihres Bruders entwendeten alten Flanellhose bestand, war mit grünen Flechten bedeckt, ihr Haar zerzaust und voller kleiner Zweige. Aber in ihren Augen lag ein triumphierendes Leuchten, und ihre Backen glühten vor Erregung.

Nachdem sie sich mit der Geschwindigkeit eines Revuestars gewaschen und umgezogen hatte, ging sie lammfromm und gesittet die Treppe hinunter. Im Flur traf sie Hal und Guffy bei einer Beratung. Ohne daran zu denken, daß sie auf ihre Mitwirkung vielleicht keinen Wert legten, trat sie zu ihnen und lugte über die Schulter ihres Bruders auf den Zettel, den er in der Hand hielt.

Der Junge sah Guffy fragend an, und da der schicksalsergeben die Achseln zuckte, reichte er ihr das Blatt.

»Hat heute morgen auf Luggs Kopfkissen gelegen«, sagte er. »Sein Bett war auch nicht angerührt, oder aber er hat es gemacht, ehe er losgezogen ist.«

Amanda las laut vor: »Ich haue ab. Hochachtend – Lugg.«

»Armer Kerl!« sagte Amanda.

»Armer Kerl – meine Fresse!« sagte Hal verächtlich. »Sich aus dem Staube zu machen, wenn's aufregend wird! Hör mal zu, Amanda, du hast dich bis jetzt ausgesprochen danebenbenommen, aber eine Chance wollen wir dir noch geben. Wir haben heute morgen mit dem Briefträger gesprochen, und der hat uns erzählt, diese angeblichen Wanderer auf der Heide hätten fünf schnelle Wagen und ungefähr ein Dutzend Motorräder in dieser weißen Scheune an der Straße nach Sweethearting stehen. Er hat sie gesehen.«

Da das keinen besonderen Eindruck auf Amanda zu machen schien, fuhr er fort: »Es kommt noch stärker. Als Perry mit den Briefen die Runde machte, ist er natürlich neugierig geworden, und da ist er über die Heide gefahren, dicht an den Zelten vorbei, und er sagt, vor dem einen hat er einen Mann sitzen sehen, der hat gerade einen Revolver gereinigt. Nun sag mal, wie findest du das? In England laufen doch Archäologen nicht mit Revolvern rum.«

»Wer hat denn gesagt, daß es Archäologen sind? Komm rein zum Frühstück! Übrigens – Tante Hatt sagt, der alte Galley will, daß wir alle saubere Wäsche anhaben, wenn wir zu ihm gehen. Ich hoffe, du hast heute morgen daran gedacht.«

Erst am Mittag, als die Hitze, die der Morgendunst verheißen hatte, drückend schwüle Wirklichkeit geworden war, die ein kommendes Gewitter ankündigte, brach die zweite Überraschung dieses erstaunlichen Tages über die Bewohner der Mühle herein. Guffy lief gerade in qualvoller Unentschlossenheit im Eßzimmer auf und ab, als der Wagen ankam, in dem ein verlegener Polizist und ein dicklicher, aber schulmeisterlicher Kommissar saßen.

Mary sprach als erste mit ihnen. Ein paar Minuten darauf kam sie mit bleichem Gesicht und erschrockenen Augen ins Eßzimmer gerannt. »Die Polizei aus Ipswich ist da. Sie suchen Farquharson und Eager-Wright.«

Die beiden jungen Männer, die auf der Fensterbank herumgesessen hatten, sprangen erstaunt auf und liefen in den Flur hinaus, gefolgt von Guffy. Hal war schon da und suchte mit unfehlbarem Instinkt dem schwitzenden, aber unerschütterlich pflichttreuen Kommissar ein Bier aufzudrängen. Auch Amanda war von der Mühle herübergeschlendert gekommen, hatte sich an den Türrahmen gelehnt und betrachtete die Szene mit ruhigen, kindlichen Augen.

»Mr Jonathan Eager-Wright?« fragte der Kommissar, in sein Notizbuch blickend, als der junge Mann erschien.

Eager-Wright nickte. »Kann ich Ihnen behilflich sein?«

Der Beamte sah ihn mit düsterer Miene an. »Ja«, sagte er. »Stellen Sie sich mal da auf die Seite, ja? So. Und jetzt Mr Richard Montgomery Farquharson. Ach, Sie sind das? Also, Jonathan Eager-Wright und Richard Montgomery Farquharson, ich verhafte Sie beide wegen des am 3. des Monats gemeinschaftlich unternommenen Versuches, aufgrund falscher Angaben die Herausgabe wertvoller Kulturgüter aus dem Brome-House-Museum in Norwich zu erreichen. Hier sind die Haftbefehle, falls Sie sie sehen wollen.«

Guffy durchbrach das eisige Schweigen, das auf diese Mitteilung folgte. »Also Herr Kommissar«, explodierte er, »ich muß schon sagen, das ist lächerlich! Zunächst – Eager-Wright hat das Museum nicht mal von weitem gesehen, und ...« Er brach einigermaßen verwirrt ab, als er Farquharsons entsetzten Blick sah.

Der Kommissar steckte sein Notizbuch in die Rocktasche zurück und seufzte. »Wenn Sie etwas vorzubringen haben, was sich auf diesen Fall bezieht, können Sie mit auf die Wache kommen und Ihre Aussage dort machen. Tut mir leid, aber ich muß diese beiden Herren mitnehmen.«

»Selbstverständlich fahre ich mit!« Guffy war rot vor Wut, Bestürzung und Schuldbewußtsein. »Außerdem werde ich meinen Freund anrufen, den Kreispolizeidirektor. Unerhört ist das, Herr Kommissar, einfach unerhört!« Er ging auf den Kleiderständer zu, an dem sein Hut hing, als wäre es ein Feind.

Amanda sprang vor. »Lassen Sie uns nicht hier allein!« flüsterte sie mit dramatischem Effekt, der für Randalls Stimmung gerade richtig bemessen war. »Vergessen Sie nicht, daß wir nicht mal mehr Lugg hierhaben!«

Guffy blieb stehen, und Farquharson, der ihre flehentliche Bitte gehört hatte, sagte schnell: »Sie hat völlig recht, Randall.

Du kannst das Haus nicht im Stich lassen. Mach dir keine Sorgen, mein Lieber! Im Laufe des Tages sind wir wieder da. Die bei der Polizei wollen doch nur eine ordentliche Erklärung – nicht wahr, Herr Kommissar?« Er wandte die ganze Kraft seines phlegmatischen, gewinnenden Lächelns dem Beamten zu.

»Ich hoffe doch, Sie haben eine«, sagte der Gestrenge nicht sehr überzeugt, während sein Hilfsgeist aufreizend grinste.

Eager-Wright schaltete sich ein: »Es kann uns ja nichts passieren, Guffy. Halt du nur hier die Stellung, bis wir wiederkommen – wahrscheinlich gegen Abend. Hoffentlich tut sich hier nichts Interessantes, ehe wir wieder da sind.«

Tief betroffen standen die Zurückbleibenden an der Tür und beobachteten die Abfahrt des Polizeiwagens. Der rundliche Kommissar nahm auf dem Rücksitz Platz, und Eager-Wright und Farquharson wurden neben ihm hineingepfercht.

Guffy fuhr sich mit zitternder Hand über die Stirn. »Da muß ich wohl gleich mal telefonieren wegen dieser beiden«, sagte er. »Wo ist denn das nächste Telefon?«

»In Sweethearting«, sagte Amanda prompt. »Und ich finde, Sie dürfen Mary und Tante Hatt nicht allein lassen. Hal und ich können doch nicht viel ausrichten, wenn's eine Keilerei gibt. Vorgestern ging das noch, da hatten wir Lugg hier, und weit und breit war niemand, aber jetzt ist das was anderes.«

Mary sah sie mit gerunzelter Stirn an. »Unsinn«, sagte sie. »Wir werden hier schon fertig. Amanda, du benimmst dich einfach lächerlich.«

Guffy bekam Bedenken, und sein rundes, gutmütiges Gesicht war sorgenvoll. »Amanda hat recht«, sagte er endlich. »Selbstverständlich, ich muß hierbleiben. Die beiden können auch allein zurechtkommen. Ich denke mir, es sind nur ein paar Anrufe nötig – um klarzustellen, wer sie sind, oder für eine Kaution zu sorgen. Aber verdammt peinlich ist die Sache doch. Ich meine, in gewissem Sinne sind Farquharson und ich ja wirklich schuldig. Wie mögen die wohl auf unsere Namen gekommen sein?«

Niemand bot eine Antwort auf diese Frage an, aber Mary schnupperte argwöhnisch. »Mein Kuchen!« rief sie. »Der ist im Ofen.«

»Ich – äh – ich komme Ihnen helfen«, erbot sich Guffy und lief ihr nach in die Küche.

Hal und Amanda tauschten Blicke aus, und Hal hatte den Eindruck, heute sei mit seiner Schwester entschieden besser zu reden. Außerdem stärkte der plötzliche Truppenausfall das Zusammengehörigkeitsgefühl.

»Komm mal mit in die Mühle!« schlug sie vor. »Ich habe dir was zu zeigen.«

Er folgte ihr skeptisch. »Ich habe keinen Brandgeruch bemerkt«, sagte er. »Du etwa?«

»Nein«, sagte Amanda. »Kampfer war das. Die Sachen von den Polizisten wahrscheinlich. Ist dir an den beiden nichts aufgefallen?«

»Was denn?« fragte er tastend.

»Daß sie natürlich gar keine richtigen Polizisten waren«, sagte seine Schwester.

»Keine richtigen ...?« Hal glotzte sie mit aufgerissenem Munde an. »Aber warum hast du das denn nicht gleich gesagt? Wir hätten ihnen doch in die Parade fahren können. Mein Gott, Amanda, warum hast du das bloß nicht gesagt?«

»Weil ich meine Gründe gehabt habe«, sagte sie geheimnisvoll. »Komm mit, dann erzähl ich dir's.«

17
Die Krone

»Wie findest du das?« fragte Amanda.

Ihr Bruder, der in dem Schilf kauerte, das den Mühlteich säumte, blickte auf das Boot hinab, das geschickt im Buschwerk verborgen war. »Gar nicht übel«, gab er dann zu. »Wer hat das gemacht?«

»Scatty und ich. Das gehört alles zu dem Plan. Aber du wirst mir wohl leider noch ein paar Stunden lang Vertrauen schenken müssen.«

»Bis jetzt habe ich dir noch keine Minute lang Vertrauen geschenkt«, bemerkte er trocken, die Augen immer noch auf das Boot geheftet.

Es war in vieler Hinsicht ein höchst sonderbares Fahrzeug. Die Grundlage bildete der alte Fährkahn, mit dem Amanda und Scatty bei Überschwemmung umherfuhren. Aber sein Aussehen war völlig verwandelt durch einen Aufbau aus hellbelaubten Ästen und Ginsterzweigen, unter denen vier oder fünf Personen in zusammengekauerter Haltung Platz hatten. Trotzdem erinnerte es den flüchtigen Beobachter an nichts so sehr wie an einen treibenden Strauch oder ein Bündel Reisig, das sich von einem Stapel irgendwo am Ufer losgerissen hat.

Amanda deutete flußabwärts auf den grünen Tunnel, zu dem sich das Blattwerk der Bäume zu beiden Ufern über dem Wasserlauf zusammenschloß. »In der Dämmerung«, sagte sie leise, »wird doch niemand dieses Ding von der Straße aus sehen, wenn es da durchfährt, meinst du nicht? Sobald ich das Wehr aufmache, kommt so viel Wasser, daß wir richtig mit Schwung flußabwärts sausen.«

Der Junge sah sie skeptisch an. »Ich hoffe in deinem Interesse, du machst keinen Blödsinn, Amanda«, sagte er.

»Nein, bestimmt nicht, Ehrenwort«, beruhigte sie ihn ernsthaft. »Ich habe dich hierher geführt und dir das gezeigt, weil ich dich unter Umständen bitten muß, es ohne mich nach Sweethearting zu bringen. Das könntest du doch, nicht?«

»Klar«, sagte er.

Er wollte gerade noch weitere Fragen stellen, da wurde er unterbrochen. Scharf und deutlich tönte von jenseits der Mühle der unverkennbare Knall eines Revolvers herüber.

Der Junge rannte quer über die Wiese auf die kleine Brücke zu, Amanda ihm dicht auf den Fersen. Als sie den Hof erreichten, fiel irgendwo im Hause ein zweiter Schuß, und Tante Hatt schrie auf.

Sie liefen in den Flur, als gerade die Tante selbst am oberen Rande der Treppe erschien. Sie war nur unvollständig bekleidet und hielt sich eine Morgenjacke um die Schultern. Gleich darauf kamen auch Mary und Guffy aus der Küche gestürzt, und Tante Hatt schrie noch einmal auf.

»Ach, ihr seid's?« rief sie aufatmend, als sie in den dunklen Flur hinunterspähte. »Wo ist der Einbrecher? Nehmt euch in acht, er hat einen Revolver!«

»Was für ein Einbrecher, Tantchen?« Mary trat vor. »Was ist denn passiert?«

»Der Einbrecher ist in meinem Zimmer gewesen. Meine Granathalskette hat er gestohlen«, sagte Tante Hatt ziemlich empört. »Viel ist sie nicht wert, aber ich habe so an ihr gehangen, denn sie hat meiner Mutter gehört. Ich hatte mir gerade alles für den Besuch bei Dr. Galley zurechtgelegt und bin in meine Kleiderkammer gegangen, um mir meinen schwarzen Rock zu holen – auf einmal habe ich hinter mir ein Geräusch gehört. Ich bin rausgekommen, und da stand er – ein wildfremder Mann in meinem Zimmer! – und stöberte die Sachen auf meinem Toilettentisch durch. Die Granatkette hat er sich aus meinem Schmuckkästchen geangelt – ich hab sie erst gestern mit einem neuen Verschluß zurückgekriegt.«

»Wo ist der Mann hin?«

»Er ist aus dem Fenster auf diesen Sims über dem Remisendach geklettert.« Tante Hatt war mehr entrüstet als verängstigt, und ihre gütigen Augen funkelten zornig. »Ich hab hinter ihm hergerufen«, sagte sie, »und da hat er die Unverschämtheit gehabt, mit dem Revolver auf mich zu zielen. Ich bin vom Fenster zurückgetreten, vor Schreck wahrscheinlich, und da hab ich's auf einmal knallen hören. Ach, horcht mal! Was war das?«

Ihre letzten Worte endeten mit einem spitzen Schreckensschrei, denn ein dritter Schuß zerriß die schläfrige Stille der Mühle. Ehe jemand etwas sagen konnte, gab es noch einen Knall – und noch einen – und noch einen, so daß es sich anhörte, als tobte unten auf dem Hofe eine Schlacht.

Guffy wollte schleunigst an den Kampfplatz rennen, und Mary hängte sich ihm an den Arm, um ihn zurückzuhalten – da wurde der Fleck blendenden Sonnenlichtes, den die Haustür umrahmte, von der schrecklichen Erscheinung eines fremden Mannes mit Revolver verdunkelt, der im Hause Deckung suchte. Er feuerte auf einen Angreifer, der noch nicht zu sehen war, und schien allerseits unbekannt zu sein: ein kleiner, untersetzter Mann mit rotem Fettwulst zwischen Rockkragen und Hut.

Guffy machte sich aus Marys ängstlicher Umklammerung los, sprang dem Eindringling an den Rücken und drückte mit bärenstarkem Griff seine Arme an seine Seiten. Der Mann fluchte wütend und bäumte sich auf, um sich zu befreien, aber Hal sprang herbei und riß ihm den Revolver aus der Hand.

»Laßt mich doch los!« sagte der Gefangene mit unerwartet piepsiger Stimme. »Haltet mich doch nicht hier an der Tür fest! Da draußen ist ein wild gewordenes Frauenzimmer mit einem Revolver!«

»Haltet ihn fest!« rief Amanda. »Haltet ihn fest!«

»Das ist er«, sagte Tante Hatt und trat drohend auf den nun hilflosen Gefangenen zu. »Das ist der Mann, der meine Granatkette gestohlen hat. Nehmt sie ihm ab!«

»Achtung!« brüllte der Fremde und duckte sich plötzlich nieder, als draußen auf den Steinen Schritte zu hören waren. »Da kommt sie! Eine blutrünstige Wahnsinnige, sage ich Ihnen!«

Die ganze wild wogende Gruppe wich ein paar Schritte zurück, als abermals der Fleck Sonnenlichts verschwand und an seinem Platz ein höchst sonderbares Individuum auftauchte, das mit dem Revolver in der Hand auf die Schwelle trat. Es war eine hagere Gestalt, auf dem Kopf einen alten Filzhut, der ziemlich unelegant mit einem Schnürsenkel festgebunden zu sein schien.

Die Gestalt stand einen Augenblick in der Tür, von den andern entgeistert angestarrt. Dann sagte eine unverwechselbare, leicht pedantische Stimme klar und deutlich: »Sie wandelt prächtig wie die Nacht. Laßt den Burschen ja nicht entwischen! Hysterischer Knabe, nicht? Er hat mir ein höchst störendes Loch in meinen neuen blauen Frühjahrshut gebrannt.«

»Campion!« rief Guffy mit erstickter Stimme. »Also da hört doch alles auf!«

»Nicht unbedingt« sagte der Ankömmling liebenswürdig. »Übrigens – ehe wir ins Plaudern kommen, wollen wir diesen Burschen erst mal fesseln. Amanda, die Wäscheleine!«

Amanda war unter den Anwesenden die einzige, die nicht im ersten Augenblick wie gelähmt war ob dieser Überraschung, und gehorsam trabte sie in die Küche hinaus.

Zehn Minuten später lag der Mann, der in dieser auf den ersten Blick unnötig dramatischen Weise Tante Hatts Granatkette gestohlen hatte, sicher und säuberlich zusammengeschnürt unter dem Eßzimmertisch, und die Gesellschaft verlegte den Tagungsort wieder in die Kühle des Flures. Campion ließ sich auf der Treppe nieder, wo er Schatten hatte und von der Tür aus nicht zu sehen war, und die andern scharten sich um ihn, neugierig und immer noch ein wenig ungläubig.

»Sie haben ja alte Sachen von mir an, Mr Campion«, sagte Tante Hatt, indem sie den Rock beäugte.

»Die hat meine Wirtin mir gegeben«, sagte Campion beiläufig und deutete auf Amanda. »Als ich mich vor ein paar Tagen bei ihr in der Mühle einfand, habe ich ihr meinen Wunsch mitgeteilt, im Dunkeln unauffällig herumlaufen zu können, und da hat sie mir freundlicherweise diese Garderobe besorgt.«

Guffy sah ihn groß an. »Da bist du also überhaupt nicht auf die ›Marquisita‹ gegangen?« fragte er. »Ich habe mir doch gedacht, daß mit diesem Brief irgendwas nicht stimmte.«

Der junge Mann, der ohne seine Hornbrille irgendwie nicht ganz so einfältig wirkte, hatte so viel Anstand, sich reuig zu zeigen. »Ich gebe zu, mein Brief war ein bißchen irreführend«, sagte er. »Dieser ganze Vorgang ist übrigens recht amüsant gewesen. Der reizende Mr Parrott und ich haben ein kleines Abkommen geschlossen. Ich hatte Zahnschmerzen, verstehst du, und da haben wir in meiner Wohnung Station gemacht, um einen Schal und einen Mantel zu holen. Der gute Parrott wußte natürlich nicht, daß in der Kammer mein Freund McCaffy wartete, angetan mit meinem zweitbesten Anzug. Ich hatte nämlich den besten an. Ich weiß nicht, ob du ganz mitkommst, aber wir haben jetzt eigentlich keine Zeit, auf alles ausführlich einzugehen. Der gute alte McCaffy ist ein Prachtkerl, einfach für alles zu haben und wirklich erstklassig. Der arme Schlucker hat dauernd Ebbe im Portemonnaie, und ich kann ihm gelegentlich was zuschanzen. So in diesem Falle. Er ist in der unglücklichen Lage, mir ungemein ähnlich zu sehen, abgesehen von der unteren Gesichtshälfte, aber wenn es zu machen ist, daß er sich Mund und Kinn einwikkelt, kann man ohne weiteres denken, ich sei's. Also« – er breitete die Hände aus –, »im Laufe meiner geschäftlichen Besprechung mit Papa Savanake oder wie ihn seine Freunde nennen mögen, habe ich McCaffy angerufen, der bei meinem Versicherungsagenten im Vorzimmer saß. Das hatten wir so ausgemacht für den Fall, daß meine Besprechung so verlief, wie ich befürchtete. Was ich am Telefon zu ihm gesagt habe, war listigerweise so formuliert, daß es sich anhörte, als ob ich mit meinem Agenten spräche. Dann hat er dem Mann, der meine Versicherungssachen besorgt, ausgerichtet, was ihn betraf, und sich dann schleunigst aufgemacht und in der Kleiderkammer auf mich gewartet. Der Rest war kindisch, aber sehr nett. Ich bin mit einer Murmel in der Backe und einem Taschentuch drüber in die Kammer gegangen, und McCaffy ist mit einem Schal ums Gesicht rausgekommen. Dann ist er mit Mr Parrott losgefahren, einer schönen Seereise entgegen, an deren Endstation ihm nichts weiter winkt als das Geld für die Rückreise; denn als er den verschlossenen Umschlag aufgemacht hat, den dieser Industriekapitän mir überreicht hatte, da wird er nichts anderes drin gefunden haben als eben das. Ich habe gewartet, bis es dunkel war, bin dann mit dem Motorrad bis Sweethearting gefahren und den Rest des Weges am nächsten Morgen in der Dämmerung zu Fuß durch die Felder gewandert, ohne eine Menschenseele zu sehen. Dann bin ich in die Mühle eingebrochen und habe alles übrige Amanda überlassen, die für ihre lobenswerte Mitarbeit in meinem Testament bedacht werden soll.«

Guffy schüttelte den Kopf. »Wenn du schon die ganze Zeit in der Mühle gewesen bist«, sagte er, »dann kann ich mir wahrhaftig nicht vorstellen, warum, in aller Welt, du dich denn darin versteckt gehalten hast, während wir beinahe gestorben sind vor Schreck und Sorgen.«

In Campions blasses, einfältiges Gesicht trat Bedauern. »Das tut mir leid«, sagte er. »Aber was hätte ich denn sonst tun können? Ich mußte euch im dunkeln lassen, denn es war absolut notwendig, daß ihr alle euch ganz so verhieltet, als wenn ich euch im Stich gelassen hätte. Weißt du, in diesem Fall hört der Feind tatsächlich überall mit. Es wimmelt nur so von Spionen.«

Guffy sah immer noch nicht alles ein. Er dachte an die

Ereignisse der letzten paar Tage zurück. »Dann erkläre mir bitte mal Amandas Verhalten«, sagte er, »die dreihundert Pfund, die Befreiung von Miss Huntingforest nach dem Überfall, den neuen Wagen! Das hast du wohl auch alles angestiftet?«

Campion sah seinen Freund an, und der Ernst in seinem Gesicht war so ungewohnt, daß Guffy vollständig verstummte. »Den spannenden Bericht über meine erstaunlichen Abenteuer im untergetauchten Zustande will ich mir für das Siegesbankett aufheben«, sagte Campion nur. »Daß ich gerade jetzt aufgetaucht bin, ist jedenfalls eine kleine Panne. Wenn nicht unser Freund, der nebenan unter dem Tisch liegt, programmwidrig dazwischengekommen wäre, hättet ihr noch bis heute abend in Unkenntnis über mein Doppelleben verharrt. Also, meine Lieben, macht bitte ruhig weiter, als wäre nichts passiert! Davon hängt alles ab.«

»Du sagst ›alles‹«, sagte Guffy finster. »Es ist doch alles aus und vorbei. Es ist völlig schiefgegangen.«

»Schiefgegangen?« rief der Erzfürst lebhaft. »Mein lieber, armer, aber irrer Freund, wenn wir allen Mut und alle Kraft zum Endspurt zusammennehmen können, dann werden wir's schaffen – das Rennen machen – das Klassenziel erreichen – die wohlverdienten Früchte unseres Schweißes ernten. Nur die nächsten paar Stunden sind schwer, und zwar so schwer und riskant, daß ich meine, man kann es Miss Huntingforest und Mary eigentlich kaum zumuten. Aber da der ganze Erfolg der Vorstellung davon abhängt, daß sie mitmachen, bitte ich sie trotzdem, das Risiko auf sich zu nehmen.«

»Verlassen Sie sich nur auf uns!« sagte Mary fest, und die ältere Verwandte nickte.

Campion beugte sich vor – eine komische Figur in seiner seltsamen Garderobe. »Bis jetzt«, bemerkte er, »ist die Situation durchaus in Ordnung. Man könnte fast sagen, die Bahn ist frei, wenn nicht diese Naturburschen da auf der Heide wären und wenn nicht der Herr im Eßzimmer uns so geschickt bewiesen hätte, daß unsere Gegner nicht ganz so auf den Kopf gefallen sind, wie ich gehofft hatte. Wie die Dinge liegen, ist leider ein Risiko vorhanden, ein erheblich größeres sogar, als ich je für möglich gehalten hätte. Diese Burschen gehen aufs Ganze. Sie stehen im Dienste eines Mannes, der noch nie einen Fehlschlag eingesteckt hat, wenn er sich etwas in den Kopf gesetzt hatte.«

»Wie meinst du das, wenn du sagst, die Situation ist in Ordnung?« fragte Guffy. »Ich sehe nicht, daß wir irgendwie weiter wären als am Anfang.«

»Wie? Nicht weiter – wo doch die Charta längst nach Whitehall unterwegs ist, zur Regierung? Das ist ein gewaltiger Schritt vorwärts. Ach richtig, das habe ich ja ganz vergessen. Also es ist so gewesen: Als mir Amanda von Glencannons Brief erzählte, habe ich sie gebeten, nach Norwich zu fahren und die Trommel zu holen. Daß ihr drei Helden die gleiche Aktion unternehmen würdet, habe ich nicht geahnt, sonst hätte ich das euch überlassen. Jedenfalls, als sie dann endlich ins Haus kam, konnte ich einfach nicht die Finger davon lassen. Ich hatte beobachtet, wie Hal sie aus dem Auto nahm, und als ich ihn aus seinem Zimmerfenster gucken sah, habe ich mir gedacht, daß er sie da oben hatte. Da habe ich mich heimlich ins obere Treppenhaus geschlichen, und als Hal euch dann entgegenlief, konnte ich schnell in sein Zimmer gehen und das Ding aus der Trommel herausnehmen.«

»Aber woher wußtest du denn, daß die Charta da drin lag?«

»Das habe ich nicht gewußt, und sie hat auch gar nicht da drin gelegen«, sagte der Erzfürst. »Es war ganz so, wie ich es von dem Augenblick an gehofft hatte, als ich den Vers auf dem Eichenklotz las. Du weißt ja, daß die Charta auf Pergament geschrieben ist. Nun, dieses Pergament war als Unterfell in die Trommel eingebaut. Ein ganz raffiniertes Versteck, was? Das Geschriebene war natürlich auf der Innenseite. Zweifellos echt – mit dem Siegel Heinrichs IV. und so weiter. Lugg hat sie heute früh durch die Felder zur Straße nach Sweethearting gebracht, und von dort aus schafft Eager-Wright sie nach London.«

Guffy, der diese Enthüllung mit kindlicher Begeisterung angehört hatte, wurde auf einmal bedrückt. »Ach, das weißt du ja noch nicht...«, sagte er. »Mit Eager-Wright und Farquharson ist etwas sehr Unangenehmes passiert.«

»Ja«, setzte Mary an; doch es verschlug ihr die Sprache, als sie den Schimmer in Amandas Augen sah.

Guffy machte ein entsetztes Gesicht. »Lieber Himmel, Campion, hast du das etwa auch angezettelt?«

»Es war die einzige Möglichkeit«, sagte der Erzfürst ohne Scham. »Überleg doch mal: Es wimmelt hier im Dorf von möglichen Unheilstiftern. Sie haben zwei Vorstöße unternommen, um festzustellen, ob wir etwas ergattert haben, und – wenn ja – es sich anzueignen. Sie sind so ziemlich überzeugt, wir haben nichts – so war's jedenfalls noch vor ein paar Stunden. Aber sie können einfach nicht verstehen, warum wir uns immer noch hier aufhalten. Sie glauben, ich sei glücklich nach Südamerika unterwegs. Gleichzeitig glauben sie, du bist irgendeiner Sache auf der Spur, denn sonst würdest du wohl nicht hierbleiben. Nun denk mal nach: Wenn Eager-Wright auf normale Weise plötzlich nach London abschwirrte, würden sie ihn abfangen und durchsuchen und ihm abnehmen, was er wegbringen will. Deshalb mußten diese beiden Knaben hier weggeschafft werden, ohne den geringsten Verdacht aufkommen zu lassen, und der Gedanke mit der Verhaftung schien der einzige zu sein, der unter den Umständen paßte. Lugg hat das heute morgen von Sweethearting aus telefonisch organisiert. Wir haben in London diverse gute Freunde, die solche Scherze wie ein paar Uniformen ohne weiteres besorgen können. Ich hoffe, sie haben ihre Rolle gut gespielt.«

»Verdammt gut«, sagte Guffy, der immer noch nicht ganz einverstanden war. »Wenn wir auf sie reingefallen sind, dann diese Schufte auf der Heide bestimmt auch!«

»Wenn sie in die Nähe von Sweethearting kommen«, fuhr Campion fort, »treffen sie dort Lugg mit der Charta, und Eager-Wright nimmt den Wagen und fährt weiter. Farquharson wartet in dem Gasthaus am Fluß den Fortgang der Ereignisse ab. Ganz flott organisiert, findest du nicht? Ich denke, falls ich eines Tages doch noch mein Reich erbe, dann könnte ich mit meinem Organisationstalent eigentlich so eine neumodische Republik draus machen und mich selbst zum Diktator aufwerfen.«

»Du sagst, auf die nächsten paar Stunden kommt es an«, sagte Guffy. »Soll man das so verstehen, daß heute abend etwas ausgesprochen Sensationelles bevorsteht?«

»Na ja, sensationell wird es schon sein, sofern es klappt. Ja, ganz entschieden.«

»Dann müssen wir Dr. Galley absagen«, warf Mary rasch ein.

»Aber nein, bitte ja nicht!« wandte sich Campion mit Nachdruck an sie. »Dieser kleine Ausflug ist ungeheuer wichtig. Übrigens Dr. Galley – der stellt ein recht interessantes Problem dar. Ich weiß zwar mit Sicherheit, daß er nicht mit unsern ach so aufmerksamen Freunden im Bunde steht. Ich stelle jedoch fest, daß er irgend etwas höchst Sonderbares im Schilde führt, wenn ich auch beim besten Willen nicht ahne, was es sein mag. Als ich von seiner Einladung hörte, habe ich zuerst gedacht, das sei das Unangenehmste, was überhaupt passieren könnte; aber jetzt bin ich dessen nicht mehr so sicher. Diese guten Leute, die sich jetzt so ungemein interessieren für alles, was ihr macht, werden überhaupt nicht mehr wissen, woran sie sind, wenn ihr gerade in diesem kritischen Stadium alle brav und bieder ausgeht. Ich muß euch inständig bitten, Klein Albert Vertrauen zu schenken, denn im Augenblick kann ich euch nur verraten, daß ihr während des Besuches bei dem guten Galley das Signal bekommen werdet. Entgehen kann es euch bestimmt nicht. Es wird sich euch aufdrängen. Dann kommt ihr mit Amanda so schnell wie möglich hierher zurück und überlaßt alles übrige ihr! Es tut mir leid, daß ich so geheimnisvoll tun muß«, setzte er bedauernd hinzu, »aber ihr versteht sicherlich, wie heikel die ganze Geschichte ist. Wenn heute abend alles gutgeht, dann haben wir das dritte und letzte, das wichtigste Beweisstück in der Hand – die Quittung von Metternich. Die beiden andern sind zwar auch wichtig, aber ich fürchte, ohne diese dritte Trophäe würde ein Prozeß beim Internationalen Gerichtshof im Haag sicherlich scheitern. Also jetzt seht ihr, wie die Dinge liegen.«

Er sah sie bittend an, und sie reagierten. »Verlassen Sie sich auf uns!« sagte Tante Hatt mit unerwartetem Nachdruck. »Ich freue mich auf den Besuch bei Dr. Galley. Vielleicht hat er wirklich diese Beweise für Mary Fittons Heirat.«

»Das habe ich mir auch gedacht«, sagte Campion, der alles zu wissen schien. »Amanda hat mir gestern abend davon erzählt, und es kam mir sehr wahrscheinlich vor. Aber irgend etwas Merkwürdiges geht dort vor – etwas, das mir ganz und gar nicht klar ist.«

Amanda machte ein entsetztes Gesicht und lenkte schleunigst ab: »Sie sagen, zwei Beweisstücke haben wir schon. Über die Charta sind wir im Bilde, aber wo ist die Krone?«

»Die Krone!« rief Campion erschrocken. »Die hab ich ja ganz vergessen!« Er sprang auf und lief ins Eßzimmer, wo der Gefangene lag.

Es dauerte einige Minuten, bis er wiederkam – triumphierend, etwas Glänzendes auf der Fläche seiner ausgestreckten Hand. Sie drängten sich um ihn, und Tante Hatt stieß einen spitzen Schrei der Überraschung aus: »Meine Granatkette!«

Campion blickte sie durch seine Brille schelmisch an. »Das sind keine Granate«, sagte er. »Das sind uralte, quadratisch geschliffene Rubine.«

»Rubine? Ach, dann ist die Kette am Ende gar wertvoll?«

Campion lächelte. »Allerdings. Dieses Schaustück, meine Damen und Herren, ist die Krone von Averna.«

Er hielt sie hoch, so daß alle sie sehen konnten. Sie bestand aus einer grob gefertigten Kette von altem rotem Gold, die in der Form eines Maßliebchenkranzes gearbeitet war, und zwischen die Glieder waren in unregelmäßigen Abständen rostrote Steine gefügt. Drei große weiße Achate schlossen den Kreis, und ein Juwelier des 20. Jahrhunderts hatte einen modernen Verschluß angebracht, so daß der funkelnde Kranz nun wirkte, als wäre er nichts weiter als ein modisch enges Halsband von etwas ungewöhnlicher Form.

»Da bitte!« sagte Campion. »Ganz wie es in der alten Handschrift heißt: ›Drei Tropfen Blut aus königlicher Wunde, drei matte Sterne gleich dem Ei der Taube, gefaßt und gebunden in blumiger Kette.‹ «

»Aber die hat doch meiner Mutter gehört«, sagte Tante Hatt verwundert. »Mein Vater hat sie ihr geschenkt, und ich weiß noch, sie hat sie immer in einem Nußbaumsekretär in unserer guten Stube liegen gehabt, weil so üppiger Schmuck damals nicht Mode war. An den Sekretär kann ich mich noch genau erinnern. In die Schreibplatte war nämlich ein kleines rautenförmiges Stück eingesetzt. Wenn man von unten auf die Raute drückte, kam sie oben heraus und ging in zwei Hälften auseinander, und dahinter kam ein winziges Geheimfach zum Vorschein.«

Sie hielt plötzlich inne, als sie den Ausdruck auf den Gesichtern der anderen sah.

»Die Raute!« stieß Guffy hervor. »›Teilt sich der Rautendiamant, dann erbt er seiner Väter Land.‹ Dieser Sekretär muß zu den Möbeln gehört haben, die Ihr Großvater Giles Huntingforest nach Amerika mitgenommen hat.«

»Aber woher haben Sie das gewußt, Mr Campion? Und wie sind die andern drauf gekommen? Warum haben sie die Kette nicht schon gestohlen, als sie das Haus durchsucht haben?« Begreiflicherweise fiel es Tante Hatt immer noch schwer, die Geschichte zu glauben.

»Wenn ich mit diesen Fragen mal von hinten anfangen darf,

will der schlaue Knabe versuchen, sie zu beantworten«, sagte Campion. »Erstens: Bei der Durchsuchung des Hauses ist sie deshalb nicht gestohlen worden, weil sie an dem Tage nicht im Hause war, sondern beim Juwelier, und selbst wenn sie hiergewesen wäre, so hatte doch keiner eine genaue Vorstellung von dem, was sie eigentlich suchten. Zur zweiten Frage: Ich denke mir, die andern sind darauf gekommen, weil der maßgebliche Mann in den letzten zwei Tagen so klug gewesen ist, Leute mit Köpfchen an diese Angelegenheit zu setzen. Deshalb ist auch die Vorstellung heute abend so eine kitzlige Angelegenheit. Der Herr im Zimmer nebenan ist ein in Fachkreisen hochangesehener Berufsdieb. Anscheinend hat man ihm ganz genau gesagt, was er zu suchen hat. Die Rabauken, die Sie am Donnerstag überfallen haben, sind wahrscheinlich auf etwas aus gewesen, was mehr der landläufigen Vorstellung einer Krone entspricht.«

»Und wie sind Sie selber drauf gekommen?« fragte Mary.

Campion betrachtete die Kette, die er in der Hand hielt. »Gestern abend«, sagte er, »stand eine ziemlich jammervolle Gestalt, die krampfhaft ihre Witwenkleider an sich raffte, draußen vor dem erleuchteten Fenster, hinter dem die Familie bei ihrer Abendmahlzeit saß – ganz wie man es im Kino sieht. Da fielen meine Augen auf Miss Huntingforest, die in erhabener Ruhe dasaß – mit der Krone von Averna um den Hals. Ich unterdrückte mühsam meine hysterischen Schreie des Staunens und Entzückens, tauchte wieder in der Dunkelheit unter, und da ich mich noch nicht zu erkennen geben wollte, tröstete ich mich mit dem Gedanken, die Krone sei dort genauso sicher aufgehoben wie sonstwo.«

»Aber ich verstehe nicht, wie Sie das bloß so beim Sehen haben erraten können«, sagte Amanda.

»Ach, wir großen Geister, wir erkennen so was eben sofort«, sagte Campion todernst. »Zuerst ist es mir natürlich unglaublich vorgekommen, aber die Beschreibung ging mir nicht aus dem Kopf. Absolut sicher war ich allerdings erst, als mir noch etwas anderes auffiel.«

»Etwas anderes? Was denn?«

»Nun ja«, sagte der junge Mann langsam, »in dieser Handschrift heißt es doch weiter: ›Doch wenn ein Pontisbright sie trägt, sieht niemand sie denn an den Sternen.‹ Gestern abend saß Miss Huntingforest zwischen Hal und Mary, und was mir da aufgefallen ist, war dies …«

Er winkte Hal zu sich heran, und als der Junge gehorsam herantrat, setzte Campion ihm das Diadem auf den Kopf. Die Wirkung war erstaunlich und auf geradezu wunderbare Weise überzeugend. Das feurige Pontisbright-Haar verschluckte das Rot des Goldes und den matten Glanz der seltsam getönten Rubine, so daß von der Krone nichts weiter zu sehen war als die drei Achate, die ›drei matten Sterne gleich dem Ei der Taube‹, die sahnig hell über der breiten Stirn des Jungen schimmerten.

18
Dr. Galleys seltsame Praxis

»Stellen Sie sich doch mal vor, Amanda, ich wäre ein gerissener Feldherr wie Hannibal oder Cäsar!« sagte Campion, der auf der Treppe hockte und sich seinen fadenscheinigen Rock um die Waden zog. »Dann werden Sie einsehen, daß mein Schlachtplan für heute abend klar, messerscharf, höchst elegant und durchaus ausführenswert ist.«

Sie waren im Flur der Mühle allein. Die andern hatten sich schon zu Dr. Galley aufgemacht, und nur Amanda war zurückgeblieben, um die letzten Anweisungen entgegenzunehmen. Jetzt lehnte sie an der Wand, bleich vor Aufregung, die Augen groß und fragend.

»Alles ist fertig«, sagte sie. »Das Boot haben wir zur Flußgabelung runtergeschafft. Unter den überhängenden Bäumen ist es vollkommen versteckt. Wenn es soweit ist, holt Hal die andern an Bord, und ich mache das Wehr auf. Das Wasser ist sehr hoch, und wenn es mit Schwung angerauscht kommt, wird das Boot ganz schön lossausen. Hal weiß genau, was er zu tun hat. Ich möchte noch mal alles durchgehen, um zu sehen, ob ich nicht etwa einen Fehler gemacht habe. Wenn wir nach Sweethearting kommen, nehmen wir den Wagen, der am Gasthaus ›König Georg‹ wartet, fahren hintenherum nach Great Kepesake und warten dort auf Scatty und Lugg, die über das Wiesenmoor kommen.«

Campion nickte. »Auf diese kleine Kriegslist bin ich sehr stolz«, sagte er. »Wenn unsere Freunde auf der Heide euch nirgends sehen, werden sie mit Sicherheit annehmen, ihr seid nach London abgeschwirrt. Sie werden nicht auf den Gedanken kommen, die Umgebung abzusuchen. Falls es aber nötig sein sollte, einen größeren Umweg zu machen, können Sie sich ruhig auf Guffy verlassen. Der kennt die Gegend hier sehr gut. Sie gehört ja zum größten Teil seinem Vater.«

Amanda zuckte die Achseln. »Bei uns wird schon alles gutgehen«, sagte sie tapfer. »Aber wie wird's mit Ihnen werden? Sie schaffen das doch niemals alleine ohne mich. Überlassen wir doch Hal das Absetzmanöver, und ich bleibe hier und helfe Ihnen!«

Campions matte Augen blickten ernst in die ihren. »Tut mir leid, meine Dame«, sagte er. »Geht nicht. Schieben Sie's auf meine charakterbedingte Sucht, den Ruhm allein einzuheimsen!«

»Das tue ich auch«, sagte Amanda kalt. »Ich glaube, bei Ihnen sind die Augen noch größer als der Mund. Vergessen Sie nicht, ich habe die technischen Kenntnisse, und ich glaube, Sie haben gar keine Ahnung, was für einen Krach dieses ...«

»Signal«, sagte Campion rasch.

»... Signal«, sprach Amanda nach, »machen wird. Das wird man bis nach Ipswich hören. Der ganze Schwarm wird auf Sie losgesaust kommen wie ein Sandsturm.«

»Sicher«, bestätigte er seelenruhig. »Aber dagegen habe ich Vorkehrungen getroffen. Der Knabe ist nämlich ganz aufgeweckt.«

»Was sind das für Vorkehrungen?« fragte Amanda erbarmungslos.

Campion seufzte. »Ich wollte Sie eigentlich zu meinem Kompagnon machen, sobald Sie aus dem schulpflichtigen Alter raus sind«, sagte er. »Aber der Traum ist aus. Sie sind viel zu neugierig. Sie sollten ehrfürchtig zu mir aufblicken. Die Hand des Schicksals sollten Sie in mir sehen, eine Gottheit, deren Wege geheimnisvoll sind.«

»Was sind das für Vorkehrungen?« beharrte Amanda.

Campion zuckte resigniert die Achseln. »Pünktlich zehn Minuten vor sieben«, sagte er, »werden die beiden Beamten, die heute vormittag Mr Farquharson verhaftet haben, ihn freundlicherweise zurückbringen, und die Außenwelt wird annehmen, sie haben festgestellt, daß er doch nicht der Gesuchte ist. Sowie sie hier ankommen, ziehen sie sich die Uniformen aus. Der Kommissar nimmt unsern Morris, der andere Polizist bleibt am Steuer des Mietwagens, den er fährt, und Farquharson nimmt den Lagonda. Sobald sie das Signal hören, zischen sie ab. Farquharson und der Kommissar fahren in höchstem Tempo die Straße an der Heide und den Zelten entlang, sausen am ›Fehdehandschuh‹ vorbei und dann weiter die Straße entlang, die um den Waldrand bei Galleys Haus herumführt. Unterdessen fährt der andere Polizist die untere Straße an der anderen Seite des Waldes entlang. Sie kreisen so geräuschvoll und so oft, wie sie es in der Zeit können, um das Dorfgelände, und sobald das Signal aufhört, fahren sie möglichst auffällig auf den drei verschiedenen Straßen davon, die aus diesem lieblichen Dorf hinausführen. Unsere Feinde – so hoffe ich zuversichtlich – werden hinter ihnen herjagen, so daß Klein Albert Zeit hat, den Klingelbeutel herumzureichen und sich mit der Kollekte aus dem Staube zu machen. Dieses Manöver dürfte gleichzeitig als Deckung für Ihre Abreise oder Flucht aus Ägypten dienen – oder wie Sie's nennen wollen.«

»Tadellos«, sagte Amanda nach einer Pause. »Ich wünsche Ihnen viel Glück. Ich werde jetzt gehen. Stellen Sie sich vor, ich bin Moses und führe meine Sippschaft aus der Wüste. Übrigens – ist Ihnen mit Guffy und Mary was aufgefallen? Ich denke mir, es muß wohl daran liegen, daß sie immer so einsam gelebt und Umgang mit Gleichaltrigen entbehrt hat, meinen Sie nicht auch?«

»Ohne meinem alten Freunde Randall zu nahe treten zu wollen«, sagte Campion vorsichtig, »– ja, vielleicht. Äh ... das Leben ist sehr schön, nicht?«

Er stand auf. »Ich werde mir jetzt diese Sachen ausziehen und in den Wald schleichen und warten. Schieben Sie ab!

Und denken Sie dran – halten Sie sie um jeden Preis dort fest, bis das Signal kommt!«

Sie wandte sich nicht zum Gehen, sondern stand zögernd da, und als Campion ihren Gesichtsausdruck sah, trat er auf sie zu und blickte sie an.

»Hören Sie mal«, sagte er ernst, »was hat es denn mit diesem Besuch bei Galley auf sich? Sie sind schon dauernd so schrecklich dagegen gewesen, und ich glaube jetzt wirklich beinahe, Sie haben Angst davor?«

Sie schüttelte trotzig den Kopf, aber zum erstenmal tauchte eine Spur Furcht in ihren braunen Augen auf.

»Was wissen Sie über Galley?« fragte er.

Sie wandte den Kopf und starrte gedankenvoll durch die offene Tür auf den Hof hinaus. »Er ist eigentlich ganz harmlos«, sagte sie dann mit ungewöhnlich leiser Stimme. »Ich kann mir nicht denken, daß er jemals einen Menschen umbringt, und ich glaube bestimmt, er tut sehr viel Gutes. Es ist selbstverständlich alles kindisch und gar nicht ernst zu nehmen, aber man wird einfach das unangenehme Gefühl nicht los, daß vielleicht doch etwas dran ist.«

Campions Augen blickten streng. »Nimmt er etwa Rauschgift?«

»Nein, das ist es nicht«, sagte Amanda, seinen Augen noch immer ausweichend. »Ich habe nie darüber gesprochen, weil ich dachte, es könnte ihm deswegen womöglich die Praxiserlaubnis entzogen werden, und ich glaube tatsächlich, in gewisser Hinsicht tut er sehr viel Gutes. Aber all die wirklich merkwürdigen Dinge, die Ihnen hier in der Gegend aufgefallen sind – das Angstzeichen und dergleichen –, all das ist hauptsächlich auf ihn zurückzuführen und auf sein Treiben in den letzten zwanzig Jahren. Er ist verrückt, wissen Sie.«

Er lachte.

»Das sind doch die meisten Leute ein bißchen«, sagte er. Doch ihre ruhige Aufrichtigkeit hatte etwas an sich, das sehr überzeugend wirkte, und er ließ sich noch einmal auf der Treppe nieder. »Heraus damit!«

Amanda zuckte verlegen. »Ich habe das noch keinem Menschen erzählt«, sagte sie. »Ich habe sogar einmal einen fürchterlichen Eid geschworen, daß ich es nie einem Menschen erzählen würde. Aber ich glaube, es ist besser, Sie wissen es.«

Sie hielt inne, um sich ihr Geständnis zu überlegen, aber dann sprudelten die Worte hervor:

»Nach meiner Theorie ist das so gewesen: Als Dr. Galley herkam, hatte er eben erst sein Examen hinter sich. Außer den Landleuten hier hat er niemanden gehabt, mit dem er sprechen konnte, und ich denke mir, er hat zuviel Zeit gehabt. Da hat er sich eben aufs Lesen verlegt. Na ja« – ihre Stimme sank –, »er hat doch von seinem Großonkel eine Riesenbibliothek geerbt, und da sind etliche sehr merkwürdige Bücher und alte Handschriften drin. Ich verstehe davon ja so gut wie gar nichts, aber noch vor siebzig, achtzig Jahren sind doch Medizin und – Aberglaube nicht immer scharf getrennt gewesen, nicht wahr?«

Campion runzelte die Stirn, und seine Augen, die nachdenklich in ihr Gesicht starrten, schienen dunkler geworden zu sein. »Wenn ich Sie recht verstehe, wollen Sie sagen, Dr. Galley wendet tatsächlich eine Art mittelalterliche Medizin an – Kräuterheilkunde und dergleichen?« fragte er.

»Ja, freilich«, bestätigte Amanda, und für einen Augenblick blitzte ihre alte Lebhaftigkeit wieder auf. »Das hat er immer gemacht. Ich meine aber noch etwas anderes. Solange ich ihn kenne, ist er immer noch ein paar Schritte weiter gegangen. Wissen Sie, es kommt darauf hinaus, daß diese alte Medizin oft eine ...« Sie hielt wieder inne.

»Eine Art Zauberei gewesen ist«, sagte Campion trocken.

Das Mädchen sah ihn vollkommen ernst an. »Ja«, sagte sie endlich. »Das ist es. Das klingt albern, nicht?«

Campion schwieg einen Augenblick. Nach jahrelanger Erfahrung mit den Abgründen des Lebens waren ihm allerlei kuriose Phänomene, wunderliche Narreteien und erstaunliche Fälle von Rückständigkeit untergekommen. Er hielt es daher nicht für ganz ausgeschlossen, daß in einer so weltfernen Gegend höchst eigenartige Dinge vorgehen könnten, die dem hungrigen Schlund der Presse völlig entgingen.

Je mehr er über Amandas sonderbare Eröffnung nachdachte, desto weniger unwahrscheinlich, wenn auch nicht weniger ungewöhnlich, erschien sie ihm. Der Umstand, daß der kleine Doktor seine Praxis nicht von einem Vorgänger übernommen, sondern einfach sein Schild an die Tür gehängt hatte, mochte ihn in den Augen seiner Berufskollegen in der Umgegend automatisch geächtet haben, und seine Patienten hatte er vermutlich im Laufe der Zeit unter den unaufgeklärten, vertrauensseligen Landleuten gefunden. Campion konnte sich recht gut ausmalen, wie ein empfänglicher junger Mensch, der sich auf sich selbst und eine Bibliothek angewiesen sah, in den alten Bänden stöberte und gierig alles verschlang, was sein Fachgebiet berührte, sei es auch nur von ferne. Er konnte sich die Versuchung vorstellen, ein uraltes Heilmittel, das er auf diese Weise entdeckt hatte, an seinen ahnungslosen Patienten auszuprobieren, und die Überraschung, wenn die Behandlung zufällig anschlug. Er hatte das Bild eines Mannes vor sich, der mit zunehmendem Alter immer verschrobener wurde, sich immer mehr in seine gefährliche Liebhaberei verrannte.

Er sah Amanda an. »In unserer ersten Nacht hier im Dorf hat Lugg auf der Heide eine Leiche aufgebahrt gesehen – meinte er jedenfalls«, sagte er. »Hat das etwas mit Galley zu tun gehabt?«

Amanda holte tief Luft. »Oft wird das hier nicht gemacht«, sagte sie. »Auf alle Fälle hat es nichts geschadet. Das Dorf war damit nur einverstanden, weil Galley es gewollt hat. Fred Cole ist eines ganz natürlichen Todes gestorben, und er ist wirklich ein ziemlich übler Bursche gewesen. Ich könnte Ihnen das erklären, aber Sie würden's ja doch nicht verstehen.«

»In manchen unzivilisierten Ländern«, bemerkte Campion, die Augen immer noch fest auf ihr Gesicht gerichtet, »glauben die Eingeborenen, wenn das Privatleben eines Verstorbenen nicht so ganz einwandfrei gewesen ist, es sei empfehlenswert, die Leiche drei Nächte hintereinander draußen im Mondschein liegen zu lassen, damit der böse Geist auch wirklich ausfahren kann und nicht in ein Grab eingesperrt wird, weil er dann wild und gefährlich werden könnte. Die mutigsten Eingeborenen beobachten die Leiche, denn es heißt, sie wollen sehen, zu welcher Stunde der Geist ausfährt, damit sie wissen, in welche Richtung sie sich wenden müssen, wenn sie Schutz vor ihm erflehen wollen.«

Amanda seufzte leise, spürbar erleichtert. »Sie sind ja genau im Bilde. Bin ich froh! Da brauche ich nicht erst viel zu erklären. Ja, genauso ist es. Ich weiß nicht, ob der alte Galley das schon einmal tatsächlich hat ausführen lassen, aber geredet hat er davon seit Jahren. Wahrscheinlich war Fred Cole der erste Tote mit einem so schlechten Ruf, daß Galley das Experiment riskieren konnte, ohne bei jemandem Anstoß zu erregen. Na ja, mehr wäre wohl nicht darüber zu sagen.«

Campion hatte den Blick nicht von ihrem Gesicht gewandt. »Sie sind dabeigewesen, stimmt's?«

Amanda wurde langsam hochrot. »Es war falsch«, stieß sie endlich hervor. »Falsch und eigentlich gräßlich. Aber Sie müssen verstehen, Galley hat das ganze Dorf – und bis zu einem gewissen Grade auch mich – so abgerichtet, daß alle an Zauberei glauben oder jedenfalls darüber Bescheid wissen. Als er mich dann hinzitiert hat, da habe ich eben das Gefühl gehabt, ich müßte gehorchen.«

Campion blieb tiefernst. »Hat Dr. Galley Ihnen gesagt, daß nach dem Aberglauben dieses Ritual nur dann erfolgreich ausgeführt werden kann, wenn unter den Zuschauern ein Zauberer ist und ›eine schöne junge Maid, keusch und ungelehrt, auf daß der Geist in sie fahren mag und sie, wenn die Tollheit sie ergreifet, festgehalten werden kann und keine Gefahr sei andern Menschen‹?«

Amanda starrte ihn an. »Nein«, sagte sie endlich. »Nein, das hat er nicht gesagt.«

»Auf alle Fälle zeigt diese Geschichte eins ganz klar«, sagte Campion finster. »Dr. Galley ist von einem Wahn besessen, und sein geistiger Defekt hat jetzt ein Stadium erreicht, in dem die Sorge für seine Freunde ihm weniger wichtig ist als seine ziemlich widerliche Liebhaberei. Das ist sehr bedenklich, Amanda.«

Sie schwieg eine Weile. Offenbar dachte sie ernsthaft über die Lage nach, denn ihre braunen Augen waren dunkel und sorgenvoll, und tief in ihnen lag Entsetzen.

»Mir ist bei dieser Einladung von Anfang an nicht wohl gewesen«, sagte sie endlich. »Wissen Sie, nach Dr. Galleys Besuch gestern hat an dem Balken über der Haustür ein Büschel Eisenkraut gesteckt, und er hat besonders darum gebeten, Hal, Guffy, Mary und ich sollten zu dem Besuch bei ihm saubere Sachen anziehen. Die andern haben reine Verschrobenheit darin gesehen, aber mir ist es doch ein bißchen komisch vorgekommen...«

Campion sprang auf. »Ich gehe mit«, sagte er. »Sie hätten das schon eher erzählen sollen. Sobald ich diese unbequeme Garderobe vom Leibe habe, machen wir uns durch den Wald auf.«

»Aber was wird mit dem Signal?« fragte Amanda.

»Mag das Signal bleiben, wo der Pfeffer wächst«, sagte Campion überraschenderweise. »Ist Ihnen klar, daß wir Ihre arme Tante, den unglücklichen Guffy und diese beiden Kinder einem Wahnsinnigen haben in die Hände laufen lassen, der dem Teufelsdienst und der Schwarzen Kunst ergeben ist? Das ist schließlich ein Wahn, der vor dreihundert Jahren ganz

England in den Krallen gehabt hat. Und jetzt finden wir zwei Anzeichen für ganz gebräuchliche Opfervorkehrungen unmittelbar vor der Nase.«

19
Trinkgeld

Unheimliche Stille lag über dem Dorf, und das Gewitter, das schon den ganzen Tag gedroht hatte, wogte jetzt von Süden her in großen, tintenschwarzen Sturmwolken heran. Es war unerträglich heiß, die Luft zum Ersticken.

Einmal, als die beiden den Fichtenhain am Westrand des freien Platzes, der die Stelle des Pontisbright-Schlosses bezeichnete, fast überquert hatten, blieb Campion stehen und pfiff leise.

Aus der Krone einer Zeder, gleich rechts von der Vertiefung, in der einst die Grundmauern des Schlosses gestanden hatten, kam ein Pfiff zurück. Campion war offenbar befriedigt, denn er drängte weiter, und Amanda stapfte hinter ihm her.

Als sie bei der niedrigen Hecke waren, die Dr. Galleys Garten von dem Schloßgrundstück abgrenzte, war das Gewitter merklich näher gekommen und tauchte die bunten Blumen rund um das ehemalige Pfarrhaus in ein unnatürliches Licht. Die Blumen der Sonne, des Mars und des Jupiter, die sämtlich im Vorgarten standen, schienen zu auffallend grellen Farbtönen zu neigen, und es mochte einem dabei wohl in den Sinn kommen, daß Hexenmeister alter Zeiten sich einer Zaubermacht über Wetter und Pflanzenleben gerühmt haben.

»Wahrscheinlich sind sie in dem großen Zimmer an der Hinterseite«, wisperte Amanda.

Campion nickte. »Ist da ein Fenster, durch das wir hineingucken können?«

»Ich glaube, ja. Kommen Sie mit!«

Sie übernahm die Führung und schlug einen Weg zwischen zwei großen Beeten mit riesigen Sonnenblumen ein. Als sie die Seitenwand des Hauses erreicht hatten, gab das Mädchen seinem Begleiter ein Zeichen, er solle nicht zu weit vortreten, und sie schlichen an der bröckligen Mauer entlang, bis sie in die Nähe des Fensters in einer Nische kamen, das von innen mit schweren Gardinen teilweise verhängt war, zum Teil aber offenstand.

Amanda richtete sich vorsichtig auf und lugte hinein, und Campion sah ihr über die Schulter. Sie blickten von oben her in das Innere des Zimmers, denn vor ihnen fiel der Boden ab.

Dr. Galleys gute Stube war völlig umgeräumt. Die Möbel waren an die Wände geschoben, und das Erkerfenster am anderen Ende des Zimmers war mit einem dunklen Vorhang zugehängt.

Tante Hatt, die mit ihrem Kostüm und ihrem praktischen Hut beruhigend konventionell wirkte, saß auf einem Sessel am Kamin und strich über ihre Handschuhe. Guffy und Mary saßen auf einer Couch ihr gegenüber, während Hal unmittelbar unter dem Fenster stand, durch das die beiden Späher hineinsahen. Es schien ein verlegenes Schweigen zu herrschen. Amanda sah, wie Dr. Galley sich über ein Tischchen beugte, auf dem eine Karaffe und Gläser standen. Dann klang seine Stimme verdrießlich aus dem düsteren Zimmer:

»Ich wünschte, Amanda käme. Ohne Amanda können wir eigentlich nicht viel machen. Sie ist so wichtig dazu. Es wird immer später.«

»Sie kommt sicherlich gleich«, sagte Tante Hatt beschwichtigend. »Ich glaube wirklich, wir brauchen nicht auf sie zu warten, Herr Doktor. Wollen Sie uns nicht etwas mehr von Ihrer aufregenden Entdeckung erzählen?«

Der alte Mann sah sie unbestimmt an. »Ach so«, sagte er endlich, »*diese* Entdeckung! Jaja, natürlich. Aber dazu ist jetzt keine Zeit mehr. Die Stunde hat ihren Höhepunkt erreicht. Wir müssen ohne Amanda anfangen. Mary, würden Sie bitte für jeden ein Glas Wein einschenken? Nur für mich nicht, ich selber trinke jetzt keinen. Ich muß einen sehr, sehr klaren Kopf behalten.«

Tante Hatt und Mary tauschten Blicke aus, während der Alte den Tisch genau in die Mitte des Zimmers brachte. Seine Hände zitterten, und die Gläser klirrten und klapperten bedenklich. Die beiden vor dem Fenster konnten das matte Funkeln des Weines in der farblosen Karaffe sehen.

Es war deutlich zu erkennen, daß Mary die unheimliche Atmosphäre im Zimmer empfand, denn sie rührte sich nicht, und auch nachdem der Arzt zurückgetreten war, blieben die Gläser sekundenlang unangetastet.

Campions Stirn legte sich in Falten, und Amanda bemerkte auf seinem sonst meistens ausdruckslosen Gesicht deutliche Zeichen der Bestürzung. Er griff in die Tasche.

»Es ist ein Jammer«, flüsterte er. »So eine hübsche Karaffe. Aber sie dürfen dieses Zeug einfach nicht trinken.«

Und ehe das Mädchen begriff, was er tat, hatte er seinen Revolver erhoben und durch den schmalen Spalt zwischen dem unteren Rande des Schiebefensters und dem Fensterbrett geschossen. Sie sah gerade noch, wie die schlanke, geschliffene Karaffe in Scherben zersprang und ihr tiefroter Inhalt sich über den Fußboden ergoß, dann packte Campion sie bei der Hand und schleifte sie der Länge nach über das Gras zu einem Aussichtspunkt zwischen den Sonnenblumen.

Dort warteten sie kauernd. Doch es kam niemand ans Fenster, und obwohl Stimmengeräusch aus dem Zimmer drang, hörte man doch kein Türenknallen und keine hastigen Schritte.

»Jetzt kann ihnen zunächst nichts passieren«, sagte Campion seufzend. »Er hat sich auf dieses Zeug verlassen. Es war ein Schlafmittel, hoffe ich, und nichts Schlimmeres.«

Amanda blinzelte und schwieg eine Weile. »Wissen Sie, es wird spät«, sagte sie endlich. »Sie müssen doch zu Lugg und Scatty gehen. Ich sorge dafür, daß die andern hier drin bleiben, bis das Signal kommt. Sie müssen mich lassen! Ich schaffe das schon. Ich begreife jetzt: Bei dem ist wahrhaftig eine Schraube locker.«

Campion sah sie nachdenklich an, und sie fuhr fort: »Seien Sie doch nicht so dickköpfig! Wenn mit dem Plan etwas schiefgeht, sitzen wir alle in der Tinte.«

Campion nahm seinen Revolver aus der Rocktasche und reichte ihn ihr. »Wenn Sie den nehmen«, sagte er, »kann Ihnen zumindest nichts Schlimmes passieren. Aber nehmen Sie sich in acht!«

Amanda hielt sich nicht mit langen Reden auf. Sie nahm ihm den Revolver aus der Hand und sagte: »Also gehn Sie zurück in den Wald! Wenn ich das Signal höre, hole ich Sie raus.«

Sie stand vorsichtig auf, schob die Waffe in die Tasche ihrer Jacke und wandte sich dem Hause zu. Dann blickte sie sich plötzlich noch einmal um, blieb stehen und küßte ihn nicht sehr romantisch auf die Nase.

»Als Trinkgeld – falls wir uns nicht wiedersehen«, sagte sie leichthin, lief auf den Gartenweg zu und ging in dem unnatürlichen Licht, in dem ihr feuerrotes Haar aufloderte, tapfer ins Haus hinein.

20
Geisterbeschwörung

Als die Karaffe auf dem Tischchen in der Mitte des Zimmers plötzlich in Stücke sprang, wurde die Atmosphäre in der guten Stube des Arztes, die ohnehin schon geladen gewesen war, auf der Stelle explosiv. Tante Hatt schrie auf, Guffy sprang empor, und Hal, über dessen Kopf der Schuß gegangen war, lief aufs Fenster zu.

Doch Dr. Galleys Reaktion war noch erstaunlicher als das Phänomen selbst, so daß sie vor Verwunderung über sein Benehmen ihren eigenen Schreck vergaßen. Er warf die Hand empor und rief mit funkelnden Augen und verzücktem Gesicht laut aus: »Er greift ein! Er tut seinen Willen kund!«

Er gab keine Erklärung für diese rätselhaften Äußerungen, sondern wandte sich, da er sich im Mittelpunkt des Interesses sah, der Gesellschaft zu und redete sie mit einer Stimme an, die ganz anders klang als sein gewohnter zurückhaltender, leiser Ton. Er war völlig verwandelt. Er richtete sich gerade auf, und seine Erscheinung ließ eine neue Kraft ahnen, als hätte eine neue, mächtige Persönlichkeit von ihm Besitz ergriffen.

»Da er ohne mein Zutun vorzugehen gedenkt, wollen wir es ihm überlassen«, sagte er. »Verhalten Sie sich alle ganz still, wenn ich bitten darf!«

Tante Hatt wollte sprechen, doch mit einer Geste gebot er Schweigen, und sie blieb still sitzen und sah ihn an, und von ihrem gütigen Gesicht war deutlich ihre Bestürzung abzulesen. Guffy hustete. Er fand die ganze Angelegenheit unverständlich. Außerdem wurde ihm die Luft lästig, denn das Zimmer war mit einem scharfen Rauch angefüllt, der an Weihrauch erinnerte, aber nicht so angenehm duftete. Er fühlte sich schwindlig und unbegreiflich schläfrig.

In diesem Augenblick entstand eine dritte Störung durch den Auftritt von Amanda, die gelassen ins Zimmer spaziert kam. Ihre rechte Hand steckte zwanglos in ihrer Jackentasche. Sie lächelte den Arzt an, der sich voller Eifer an sie wandte.

»Sie kommen sehr spät«, sagte er mürrisch. »Die Stunde hat ihren Höhepunkt schon überschritten. Es ist die Stunde des Geistes Casael – das wissen Sie doch. Stellen Sie sich da drüben hin!« Er deutete auf einen Stuhl, der rechts vom Erkerfenster stand.

Als Amanda darauf zuging, stieß sie an die Falten des Fenstervorhanges, und der erstickende aromatische Rauch in der Luft wurde noch dichter.

»Viertel vor sieben«, jammerte Dr. Galley. »Viertel vor sieben, und wir haben noch gar nicht angefangen.«

Er rückte den Tisch aus der Zimmermitte und begann den Teppich aufzurollen. Den zusammengelegten Teppich stieß er dann quer vor die Tür, und sie saßen da und starrten auf die Dielenbretter, die er freigelegt hatte. Es waren altersgeschwärzte Eichenbohlen, und auf ihrer stumpfen Oberfläche war mit Kreide eine merkwürdige Figur aufgemalt. Sie bestand aus einem drei Meter langen Quadrat, innerhalb dessen – parallel zu zwei gegenüberliegenden Seiten – je eine Linie gezogen war. Die rechteckigen Randstücke, die so entstanden, nahmen Kreuze und Dreiecke ein, während in dem Mittelfeld ein Kreis eingezeichnet war, der die beiden parallelen Linien berührte. In der Mitte dieses Kreises lag ein zweiter, der wiederum ein Quadrat umschloß. In dem Zwischenraum zwischen dem ersten und dem zweiten Kreis stand dreimal der Name ›Casael‹, und an allen vier Seiten des inneren Quadrates war in großen Lettern der Name ›Astaroth‹ geschrieben.

Die volle Bedeutung dieser Zeichnung ging zunächst niemandem außer Amanda auf.

Aber Tante Hatt erhob sich. »Die Luft hier drin ist zum

Ersticken, Herr Doktor«, sagte sie. »Ich gehe mal in den Garten.«

Er fuhr zu ihr herum. »Setzen Sie sich!« sagte er scharf.

Tante Hatt setzte sich brav hin. Sie wußte selbst nicht recht, warum, nur, daß unter ihren gemischten Gefühlen in diesem Augenblick die Neugier eine große Rolle spielte.

Dr. Galley beugte sich über die Lehne des Sofas, holte einen langen schwarzen Schlafrock hervor und zog ihn an. Dann trat er, den Kreidestrichen sorgfältig ausweichend, in die Mitte des inneren Quadrates. »Jetzt will ich Ihnen verkünden, worum es geht«, sagte er.

Draußen war das Gewitter losgebrochen, und das Heulen des Sturmes, verbunden mit dem Rauschen des Regens, der auf das Blattwerk prasselte, machte die Szene in dem Zimmer noch wunderlicher und doch zugleich echter, als wenn die Sonne geschienen hätte.

Ein heftiger Donnerschlag über ihnen verschlang einen Augenblick lang die Stimme des Alten. Als der Donner davongerollt war, war es völlig still in dem Zimmer, in dem die fünf mit schmerzenden Augen und Atembeschwerden saßen und die Gestalt im schwarzen Mantel anstarrten.

»Es gibt viele Wissenschaften, die heute vergessen sind«, begann Dr. Galley. »Mit Hilfe der hochinteressanten Bücher, die ich in diesem Hause vorfand, habe ich mich jahrelang eifrig bemüht, diese Geheimwissenschaften zu meistern, die der moderne Unverstand vernachlässigt. Ich habe fleißig studiert«, fuhr er fort und sah sie mit glitzernden Augen an, »und mit zahllosen Kleinigkeiten habe ich bewiesen, daß ich auf dem rechten Wege bin. Ich könnte Ihnen von erstaunlichen Heilerfolgen erzählen, die ich mit Hilfe der Mächte der Luft bei den braven Leuten unserer Gegend erzielt habe. Manche Dorfleute kennen mich als das, was ich bin, und verehren mich deswegen, so, wie ihre Vorväter vor noch nicht so langer Zeit den großen Dr. Dee verehrt haben, den Hofzauberer der Königin Elisabeth.«

Er sprach mit wachsender Glut und solcher inneren Kraft, daß seine Zuhörer sich kaum noch hätten von der Stelle rühren können, selbst wenn sie es gewollt hätten.

»Aber obwohl Erfolge mit kleinen Dingen mir oft genug bestätigt haben, daß ich auf dem rechten Wege bin, habe ich doch mit großen Dingen immer wieder Enttäuschungen erlebt. Zu Anfang habe ich gedacht, daß meine Bücher nicht stimmten oder daß ich selbst durch meine frühere Ausbildung zu stumpf, zu materialistisch geworden wäre, um meine Ziele zu erreichen. Vor sieben Nächten aber war mir Erfolg beschieden. Endlich ist er gekommen. Astaroth selbst ist erschienen. Warten Sie!« Er hob die Hände. »Warten Sie! Sie sollen alles hören. Sie sollen sehen, zu welchem Triumph meine Studien mich geführt haben. Vor sieben Nächten war ich in der Stunde des Methratton in diesem Zimmer allein und stand in meinem Kreise, um ihn herbeizuzitieren. Drei Tage hatte ich gefastet. Im Zimmer hatte ich Koriander und Bilsenkraut gestreut und alle andern Vorbereitungen getroffen, von denen ich Ihnen nichts verraten kann. Als ich meine Beschwörungsformel dreimal gesprochen hatte, erschien er. Er kam nicht als Geist, sondern in seiner eigenen Menschengestalt. Als ich ihn beschwor, kam er auf mich zu, und ich wußte, daß meine Zauberkünste nicht mächtig genug waren, ihn zurückzuhalten. Damit er mir nichts antat, habe ich mich zu seinem Diener gemacht. Er blieb in meinem Hause und verbarg sich, und ich gehorchte seinen Geboten. Nur einen Dienst habe ich ihm nicht erwiesen.«

Seine Augen funkelten, so daß er geradezu furchterregend wirkte, und Amanda umklammerte den Revolver in der Tasche, bis der Stahl ihr ins Fleisch schnitt.

»Ich dachte schon, er hätte mich wieder verlassen«, sprach der Arzt weiter, »aber dann geriet er in meine Hand, und ich wurde sein Herr und Meister. Ich fand ihn auf der Heide, so ermattet, daß der Geist nicht aus dem Leibe ausfahren konnte. Ich habe ihn wieder in mein Haus geholt, und seitdem ist er mein Gefangener. Aber ich hatte Angst. Der Leib stirbt ab. Den Geist habe ich mit allem gespeist, was nach der Auskunft meiner Bücher seine vornehmste Nahrung ist: mit dem Rauch von Ambra, Olibanum, rotem Storax, Mastix und Safran. Aber er hat sich noch nicht erholt.«

Er machte eine Pause, um diese Mitteilung auf seine Zuhörer wirken zu lassen, und sprach dann mit dem gleichen schauerlichen Ernst weiter:

»Wenn der Leib, in dem er sich aufhält, sterben sollte, dann muß er eine andere Wohnung finden. Jetzt verstehen Sie vielleicht, warum ich Sie hierhergeholt habe. In meinen Büchern steht geschrieben, daß Astaroth, der Fürst der Ahnder, jener großen Gruppe von Feuergeistern, mit dem Blute von zwei Jungfrauen und zwei jungen Männern besänftigt werden kann, wenn es fließt am vorgeschriebenen Tage in der Stunde des Casael.«

Ein listiger Ausdruck stahl sich in sein Gesicht, während er fortfuhr: »Ich hatte es so eingerichtet, daß Sie mit Ihrem Wein ein wenig Morphium schlucken sollten, damit es nicht so schwer wäre, mit Ihnen fertig zu werden. Aber Sie sehen, er war sich seiner Macht bewußt und hat dieses Mittel der modernen Chemie verachtet.«

Er reckte die Hand empor und stellte sich vor das verhängte Erkerfenster. Er zitterte, seine Augen funkelten, und zwischen den Lippen trat eine dünne Linie aus Schaum heraus.

»Die Zeit ist da. Zeige dich, Astaroth!«

Das Gewitter trug zu diesem schaurigen Effekt des Augenblicks bei. Ein fernes Donnergrollen unterstrich die Worte, und ein Blitz zuckte durch den Raum, diesmal von weit stärkerem Gedröhn begleitet.

»Ach, seht doch, seht!« Es war Tante Hatts Stimme, doch kaum zu erkennen. »Da, hinter dem Vorhang ist etwas! Es bewegt sich!«

Dies genügte, um echte Furcht unter Dr. Galleys Zuhörern hervorzurufen. Aller Augen richteten sich auf den schweren

Vorhang. Die erstickenden Schwaden im Zimmer nahmen jetzt zu, und während sie so hinstarrten, bewegten die Vorhänge sich ein wenig, und hinter ihnen drang ein seltsam unartikulierter Laut hervor, der zwischen Keuchen und Ächzen lag, der aber in dieser Situation gewiß nicht menschlich klang.

»Er kommt!« schrie Dr. Galley, bebend vor höchster Aufregung. »Astaroth, zeige dich! Bei den Meistern der Dämonen, welche die Höhen der Luft bewohnen, bei Python, bei Belial, bei Asmodeus und bei Merizim, komm heraus! Erscheine sichtbar vor meinen Augen! Ich banne dich in dieser Stunde des Casael, dessen Knecht du bist, daß du hier vor diesem Zauberkreise sichtbar bleibst, solange es mir beliebt, und dich nicht von hinnen hebst ohne meinen Willen.«

Als die beschwörende Stimme des Arztes verklang, blähten sich die Vorhänge und teilten sich dann, und zwischen ihnen tauchte, umwallt von den erstickenden Schwaden glimmender Kräuter, eine grauenerregende Erscheinung auf. Schwankend stand in der Öffnung die Gestalt eines so ausgemergelten Mannes, daß er fast wie ein Skelett wirkte, teilweise mit einem roten Tuch umwunden, sonst aber völlig nackt bis auf kabbalistische Symbole, die ihm auf die Haut gemalt zu sein schienen. Sein Gesicht war verzerrt, seine rotgeränderten Augen glasig. Nur an seinem Haar erkannten sie ihn. Es wuchs ihm spitz über die Stirn herab, so daß es fast bis an die Nasenwurzel reichte.

Der Arzt, der im Mittelpunkt seines Kreises wie ein Wahnsinniger fortwährend Zauberformeln leierte, erhob jetzt schrill die Stimme und rief das gespenstische Wesen auf, sein altes Recht wahrzunehmen und sich satt zu trinken an dem dargebotenen Blut.

Die andern, die im ersten Augenblick gelähmt vor dieser Erscheinung gesessen hatten, sprangen nun auf. Als der Ärmste am Vorhang plötzlich Guffy erblickte, entrang sich ihm ein gepreßter Schrei, und er taumelte vorwärts.

»Um Gottes willen«, murmelte er durch rissige Lippen, »bringt mich hier weg! Der ist verrückt – der quält mich zu Tode!«

Die paar Worte hatten ihn offenbar schon übermäßig angestrengt, denn im nächsten Augenblick war er vornüber zu Boden gestürzt und lag nun, quer über den Zauberkreis hingestreckt, vor den Füßen des Arztes.

Guffy stieß den Mann im schwarzen Mantel aus dem Wege und kniete neben dem greulichen Etwas nieder. Als er wieder aufblickte, war sein Gesicht weiß vor Entsetzen. »Ich glaube, er ist tot«, sagte er kurz. »Wir müssen hier raus. Dr. Galley, das werden Sie der Polizei melden müssen.«

Seine ruhige Stimme, in der dennoch Erregung zitterte, ging fast unter in neuem Donnergrollen. Das Gewitter war zurückgekommen, und das wütende Trommeln des Regens vor dem Fenster bildete eine passende Begleitung zu der bizarren Szene im Zimmer.

Für Dr. Galley schien es nichts und niemanden zu geben als seinen gefangenen Teufel Astaroth, von dem der Unglückselige sich so viel versprochen hatte. »Wenn der Leib tot ist«, rief er plötzlich, »dann bin ich aus meinem Kreise herausgetreten! Ich bin nicht mehr gefeit. Der Geist ist in mich gefahren. Ich bin besessen von Astaroth. Ich spüre seine Kraft in meinem Blute. Ich spüre seine Kraft in meiner Hand. Ich bin besessen ...«

Gerade noch rechtzeitig stürzte sich Guffy auf den Rasenden. Aus den Falten seines Gewandes hatte der Arzt ein langes Messer mit schmaler Klinge gezogen. Der kleine Mann schien übermenschliche Kraft entwickelt zu haben, und Hal und Amanda mußten Guffy zu Hilfe eilen, um ihn schließlich zu Boden zu bringen.

Dann, gerade als der Zauberer, der Dr. Galley gewesen war, sich in einen schäumenden, schreienden, blutrünstigen Narren verwandelt hatte und das Gewitter draußen am wildesten wütete, schlug irgendwo im Hause eine Uhr sieben, und in diesem Augenblick schwoll ein Klang auf, den keiner von ihnen je wieder vergaß, und hallte durch das Tal fort, bis es schien, als gerate in seinem Getöse die ganze Welt ins Wanken. Es war, als riefe eine Glocke von ungeheurem Ausmaß mit ihrem Geläut die Menschheit zusammen. Woher das Geräusch kam, war nicht zu erkennen, doch es schien sie ganz und gar zu umgeben.

Und dann hörte es urplötzlich auf, und in der Stille, die folgte, nahmen sie einen antwortenden Ton wahr, ein hohes, helles Summen. Es dauerte etwa eine Minute, dann dröhnte von neuem die große Glocke auf und übertönte alles andere.

Amanda, die bei ihrer überlegenen Kenntnis der Zusammenhänge nicht ganz so verstört war von diesen erschütternden Ereignissen wie die anderen, behielt den Kopf und dachte an ihre Rolle. »Guffy«, flüsterte sie, »sperren Sie Galley in das Zimmer gegenüber, und ihr andern haut ab durch den Wald! Es muß sein. Es ist keine Zeit zu verlieren.«

Die Dringlichkeit ihres Tones verlieh ihr Autorität, und da ihr Rat dem natürlichen Wunsche aller Anwesenden entsprach, gehorchten sie ihr. Hal legte den Arm um Tante Hatts Schultern und nahm Mary bei der Hand.

»Kommt!« sagte er. »Wir gehen direkt zum Boot, Amanda. Du kommst mit Guffy nach. Du kümmerst dich doch um das Wehr?«

Sie nickte, und in einer plötzlichen Regung schob sie ihm Campions Revolver in die Tasche. »Nimm du den!« sagte sie. »Ich kann dir doch alles überlassen?«

Er sah sie bedeutungsvoll an und nickte.

Als Dr. Galley sicher in seinem eigenen Eßzimmer untergebracht war, blieben Amanda und Guffy einen Augenblick in dem dunklen Flur stehen.

»Hier lang«, flüsterte sie. »Wir müssen unbedingt wieder in der Mühle sein, ehe das Glockenläuten aufhört.«

Das Gewitter hatte etwas nachgelassen, aber der Himmel war immer noch dunkel. Ein feiner Regen fiel, als sie in den wuchernden Garten hinaustraten – froh, das Haus hinter sich lassen zu können. Drinnen lag Astaroths Leiche, wie sie hingestürzt war, mit dem Gesicht auf den Dielenbrettern mit den groben Kreidestrichen.

Der Regen hatte die Atmosphäre nicht abgekühlt, und eine Welle warmer, feuchter, üppig duftender Luft schlug ihnen entgegen, als sie in den Weg zwischen den Sonnenblumen hineinliefen. Dabei hallte dauernd der mächtige Klang der großen Glocke, der jetzt noch lauter schien und von schrillen, durchdringenden Tönen zerrissen wurde, als brächen Steine auseinander. Der Lärm betäubte Guffy die Sinne und erhöhte noch seine Verwirrung.

Auf einmal hörte er wieder auf, und auch diesmal säuselte der hohe, süße Echoton sanft durch das sturmgezauste Tal.

Amanda wandte sich an Guffy, und ihre Augen tanzten. »Es funktioniert!« rief sie triumphierend. »Es funktioniert!«

»Das verstehe ich nicht«, sagte er. »Was ist denn das bloß?«

»Ach, richtig, das wissen Sie ja noch nicht! Es ist die große Glocke von St. Brigitten, dem Kloster in den Pyrenäen. Campion hat mit denen dort ausgemacht, daß sie das Geläut auf einer Sonderwellenlänge übertragen. Zu diesem Zweck haben wir doch das ganze Radiozeug gebraucht. Scatty hat die Lautsprecher so hoch wie möglich in einer Zeder angebracht, damit die Schallbedingungen ähnlich sind wie früher bei der richtigen Glocke im alten Schloßturm. Dieses schreckliche Knallen und Knacken sind atmosphärische Störungen. Das Gewitter verbessert nicht gerade den Empfang. Aber darauf kommt es nicht an. Die Hauptsache ist dieser andere Ton, den wir mitschwingen hören. Sie wissen doch noch, wie es auf dem Eichenklotz heißt? Da – es kommt Antwort!«

Sie zerrte an seinem Arm und trieb ihn durch das Gestrüpp vorwärts. Als sie über den schmalen Weg kamen, hinter dem der Waldstreifen in der Nähe der Mühle begann, flitzte ein Wagen vorbei, den ein Verrückter zu steuern schien, und bog ein, um an dem alten Gutsgelände der Grafen Pontisbright entlangzufahren.

Amandas Augen blitzten. Der ›Plan‹ begann zu funktionieren.

21

Am Born der Wahrheit

Um die Zeit, als Dr. Galley seinen Astaroth herbeizitierte, hockte Campion im ausgehöhlten Innern eines Brombeergestrüpps unter dem Zedernbaum und sprach mit Lugg. Der Riese, der mit seinen Kopfhörern noch trübsinniger aussah als sonst, gab mit gewohnter Unverblümtheit seiner Meinung Ausdruck.

»Wir setzen uns doch mit Gewalt in die Nesseln«, sagte er, indem er auf einen quadratmetergroßen Akkumulator niederblickte, während Sturm und Blitz um ihn und seine Gerätschaften spielten. »Mit Gewalt gradezu!« wiederholte er. »Wenn Sie meine Meinung wissen wollen über Ihren Plan – Mist isses, find ich!«

»Aber ich nicht«, sagte sein Herr ebenso offen. »Ist Scatty soweit?«

Lugg zog an einer Schnur, die am Stamm der Zeder herabhing, und ihm antwortete ein Zupfen von Scatty, der die oben installierten Lautsprecher überwachte.

»Na, bis jetzt hat ihn noch kein Blitzschlag getroffen«, sagte er. »Sollen wir's losbullern lassen?«

Campion nickte, und sein Adjutant beugte sich über den Verstärker. »Auf geht's«, sagte er. »Achtmal so laut wie 'ne richtige Glocke. Für Glockenläuten hab ich 'ne Schwäche.«

Alsbald ertönte über ihren Köpfen der Schall, der eine so starke Wirkung auf die kleine Gesellschaft in Dr. Galleys guter Stube ausübte und der in der ganzen Gegend auf viele Jahre hinaus legendär bleiben sollte. Selbst Campion war nicht auf das ungeheure Getöse gefaßt, das die Übertragung der Glocke von St. Brigitten, der Schwester der Riesenglocke von Pontisbright, bei achtfacher Verstärkung hervorrufen konnte. Er konnte sich ausmalen, wie dieser brausende Klang auf die abergläubischen Dörfler wirken mußte und – noch wichtiger – auf die Leute in den Zelten auf der Heide. Dort hatte man im Laufe des Tages Streitkräfte zusammengezogen, und sicherlich trieb sie nun das Glockensignal in den Kampf.

Durch das Laub gestattete er sich einen besorgten Blick zu dem weißen Haus des Arztes. Wenn der kleinen Gesellschaft dort etwas zustieß, würde er sich das nie verzeihen können.

Hinter allen diesen Überlegungen aber, die ihm durch den Kopf schossen, stand eine große, übermächtige Hoffnung: Wenn der ohrenbetäubende Lärm über ihm für einen Augenblick aussetzte, dann würde er die Antwort auf eine Frage wissen, die die ganze Zeit in seinen Gedanken obenan gestanden hatte.

Jeder hat schon einmal festgestellt, daß bestimmte Geräusche in einem Raume, in dem hohle Gefäße stehen, leise Antwortgeräusche hervorrufen. Bei kräftigem Hundegebell kann eine Reihe von Tassen in einem Geschirrschrank zu klirren beginnen. Schlägt man auf einem Klavier bestimmte Tasten an, so können Metalltabletts dadurch in Schwingung geraten. Campion hatte gehofft, daß vielleicht ein derartiges Phänomen auch die Erklärung für das sonderbare Orakel lieferte, das jemand mit so viel Mühe in das Holz unter der Sonnenuhr eingeschnitten hatte.

Wie er so wartete, verstummte die große Glocke, und sein Herz hüpfte, als aus der Tiefe des Waldes, der vor ihm lag, das leise Antwortgeräusch kam, das er ersehnt hatte; ein Summen – hell, hoch, süß und unverkennbar – wies ihm den Weg.

Er wandte sich an Lugg: »Vergessen Sie nicht, daß das Geläut fünfmal übertragen wird! Nach dem vierten Mal holen Sie Scatty herunter, und sobald die fünfte Übertragung vorbei ist, zerhauen Sie ein paar Röhren und machen sich schleunigst aus dem Staube.«

»Aber was wird, wenn diesem Bonzen seine Trabanten schon vorher spitzkriegen, wo wir stecken?« fragte Lugg mit Recht.

»Dann heißt es eben kämpfen. Aber sie werden's schon nicht merken. Sie werden dem zweiten Ton nachgehen. Die sind nicht auf den Kopf gefallen. Also auf Wiedersehen bis morgen!«

»Na, hoffen wir's!« sagte Lugg. Aber dieser fromme Wunsch drang nicht mehr bis zu den Ohren seines Herrn, denn Campion hatte bereits seine dürre Gestalt gegen den Wind gelehnt und lief in den Wald hinein.

Daß er sich nichts Leichtes vorgenommen hatte, war ihm von vornherein klargewesen, und obwohl er den größten Teil der vergangenen beiden Nächte damit zugebracht hatte, sich mit den überwucherten Pfaden und verfallenen Grenzzäunen des ehemals herrlichen Parks vertraut zu machen, fand er die Aufgabe keineswegs leichter.

Als die Glocke von St. Brigitten zum zweitenmal markerschütternd erdröhnte, blieb er jäh stehen und wartete bange, daß der Lärm wieder aufhörte. Das Gewitter toste immer noch. Trotzdem hörte er das Motorengeräusch eines Wagens, der die Straße entlangsauste, und erkannte den Lagonda. Farquharson also tat seine Pflicht. Von der Heide her kamen noch andere Geräusche, in dem Dröhnen nur schwach wahrnehmbar.

Da schwieg das Glockenläuten über ihm abermals, und es folgte ein süßer musikalischer Ton, dessen Quelle irgendwo vor ihm zu liegen schien. Er strebte energisch darauf zu. Die Zeit war knapp. Nur dreimal sollte die große Glocke noch läuten. Bis zum Verhallen der letzten Schwingung mußte er die Quelle des Antwortgeräusches finden.

Indem er weiterdrängte, erkannte er zu seiner Erleichterung, daß sie näher lag, als er vermutet hatte. Das Geräusch führte ihn über die alte Schloßwiese und über einen schmalen Pfad zu einem Platz, an dem früher die Stallungen gestanden haben mußten, der aber jetzt nichts weiter war als höckeriges Grasland. Es war riskant, aus dem Schutze des Waldes herauszutreten, doch er stapfte unbekümmert weiter. Er hatte gerade eine Gruppe von knorrigen Lorbeerbäumen erreicht, als aus den Lautsprechern in der Zeder von neuem die Herausforderung der Schwesterglocke ertönte. Und wieder kam die Antwort und lockte ihn immer weiter geradeaus durch das regenschwere Laub. Höchste Unruhe ergriff ihn: Nun nur noch zweimal!

Campion eilte weiter. Er kam auf die offene Flur, die an die Straße unterhalb der Kirche stieß, dieselbe Straße, die zwischen Dr. Galleys Haus und der Heide lag. Wie auf vielen Wiesen, die früher Parkland gewesen sind, stand in der Mitte eine Gruppe schöner Ulmen, die einen Kreis um eine kleine Vertiefung im Grase bildete. Als Campion sie sah, krampfte sich ihm das Herz zusammen. Er kroch durch die Hecke und stand dann wartend da, während die Glocke zum viertenmal dröhnte und wieder ihre Antwort empfing.

Ja, da war kein Zweifel: Das Echo kam von den Ulmen her.

Zwischen der Wiese und der Straße war keine Hecke, und der herrschaftliche Parkzaun war längst verschwunden. Zwei Wagen waren schon vorbeigefahren. Es war keine Zeit zu verlieren.

Er lief über das kurze Gras und verließ sich darauf, daß er in dem Regen und dem ungewissen Licht ungesehen bleiben würde. Als er bei den Bäumen anlangte, war das Summen verklungen, und er drückte sich flach an den Stamm einer Ulme, während die mächtige Stimme der Zwillingsschwester der Glocke von Pontisbright zum letzten Male die Gegend in Schrecken versetzte und längst vergessene Echos wachrief.

Da stieg aus der Mitte der Bäume – beinahe vor seinen Füßen, so schien es – die hohe, klare Stimme der Antwort empor an sein Ohr, und auf einmal sah er auch die Erklärung: einen alten, halbverfallenen Brunnenrand, dessen bemooste Steine in dem kurzen Gras ganz deutlich zu erkennen waren.

Er sah sich um, und in diesem Augenblick schwenkte ein schnittiger schwarzer Wagen, gefolgt von drei Motorrädern, um die Kurve und kam auf die Wiese gefahren.

An seinem Standplatz war Campion zwar verborgen, doch auf die Dauer schien Entdeckung unvermeidlich. Wenn man ihn aber fand, dann fand man auch das gesuchte Versteck. Die kurzen Äste der Ulme lockten ihn. Er erfaßte einen und schwang sich rasch in das Laubwerk empor, wo er verhältnismäßig sicher war. Er kletterte höher und fand schließlich eine Stelle, von der aus er in das Halbdunkel hinuntersehen und das Brunnengemäuer sechs oder sieben Meter unter sich immer noch in schwachen Umrissen erkennen konnte.

Er reckte gerade den Hals, um etwas von den Insassen des Autos sehen zu können, da drang ihm ein anderer Laut ans Ohr, in dem er sofort das Rauschen des Mühlrades unten im Tal erkannte. Amanda hatte also das Wehr erreicht.

Er drehte sich unwillkürlich in die Richtung des Geräusches. Zwar lag die Mühle nicht in seinem Blickfeld, doch zwischen den überhängenden Bäumen konnte er das kühle Glitzern des Wassers sehen. Gespannt spähte er dorthin, und es war ihm, als sähe er etwas Dunkles rasch flußabwärts gleiten – etwas, das ein Reisigbündel sein mochte oder ein Strohballen, den der Fluß aus einem überschwemmten Hof mitgerissen hatte.

Gleich aber lenkten Stimmen dicht unter ihm seine Aufmerksamkeit ab. Als eine Gestalt in dunklem Mantel sich für einen Augenblick an den Stamm des gleichen Baumes lehnte, auf dem er saß, durchlief ihn ein Schauer der Überraschung. Diese mächtigen Schultern waren unverkennbar: Savanake selbst war gekommen.

Aus dem Brunnen kam immer noch ein leises Säuseln. Er konnte nicht hoffen, daß sie es nicht bemerkten, und als eine Stimme, die zu seinem Erstaunen die Anwesenheit von Mr Parrott verriet, klar und deutlich sagte: »Hier irgendwo ist es! Horchen Sie doch!« da milderte Campions ohnmächtigen

Ärger das Bewußtsein, daß eigentlich nichts anderes zu erwarten gewesen war.

Das Tageslicht schwand rasch. Den Brunnen konnte er nicht mehr sehen, und der Flußlauf war nur noch an kleinen Silberflecken im Grau der Wiesen zu erkennen.

»Ja, hier ist es«, sagte Savanakes Stimme. »Daß es sich um irgend etwas von der Art handelte, war ja von dem Augenblick an völlig klar, als wir von dem Lautsprecher im Wald gehört haben, aber richtig durchschaut habe ich es erst, als ich das Glockenläuten hörte.« Er lachte. »Es ist doch ein Witz, daß die sich soviel Mühe gemacht haben und es nun uns überlassen, die Stelle zu finden. Aber wir müssen uns beeilen.«

»Von der Mühle sind drei Wagen weggefahren, Herr Direktor«, meldete einer der Motorradfahrer, und Campion sah seine dunkle Gestalt vortreten. »Zwei sind in Richtung Sweethearting gefahren, der andere ist in die untere Straße eingebogen.«

»Das ist schon in Ordnung«, sagte Parrott rasch. »Unsere Leute sind hinter ihnen her. Die wollen mit der Krone durchgehen. Merken wahrscheinlich, daß das über ihre Kräfte geht. Noch vor morgen früh nehmen wir ihnen alles ab, was sie haben.«

»Was halten wir uns lange auf?« sagte Savanake nervös. »Die Hauptsache liegt wahrscheinlich hier vor unsern Füßen. Verdammt dunkel ist es, nicht?«

Campion konnte die Bewegungen der Gestalten unter seinem Baum nur noch an der roten Glut ihrer Zigaretten und an ihren Stimmen erkennen.

»Man kann überhaupt nichts sehen bei der Dunkelheit«, brummte Parrott. »Wenn wir Taschenlampen nehmen, sieht man uns. Schadet das was?«

»Machen Sie, was Sie wollen, aber finden Sie das Ding! Everett, kommen Sie her!«

Campion hörte, wie die Wagentür aufging und eine Gestalt durch die Dunkelheit stolperte.

»Ja, Herr Direktor.« Es war offenbar die Stimme des Chauffeurs.

»Bringen Sie den Wagen hierher und stellen Sie ihn so hin, daß die Scheinwerfer genau in diese Vertiefung leuchten, verstanden?«

»Jawohl, Herr Direktor.«

Gleich darauf war das leise Brummen eines Automotors zu hören. Zwei große Lichtkegel strichen über das kurze Gras, während der Rolls-Royce über die Wiese vorwärts kroch.

»Ich weiß nicht recht, Mr Savanake.« Parrotts Stimme klang nervös und bedenklich. »Wir werden sie gleich auf der Pelle haben.«

»Und wenn schon! Wir haben ja Waffen. Die sind doch in diesen drei Wagen abgehauen, und unsere Leute setzen ihnen alle nach. Aus dem Dorf kommt bestimmt tagelang keiner hierher. Die hocken wahrscheinlich sowieso in frommer Furcht da und beten. Los, weiter, Everett!«

Langsam kam der große Wagen in die richtige Stellung, und im Lichte der mächtigen Scheinwerfer trat jeder Grashalm in der Bodenvertiefung auffallend scharf hervor. Der Brunnen schien den Suchern geradezu ins Gesicht zu springen, und Campions letzte Hoffnungen schwanden, als Parrot sich vorbeugte.

»Na, das ist aber Glück!« rief er mit vor Erregung schriller Stimme.

Die kleine Gruppe drängte sich um den Brunnen. Nur der Chauffeur stand noch neben dem Wagen. Die Männer, die mit den Motorrädern gekommen waren, hatten Brechstangen und Spitzhacken mitgebracht. Sie machten sich sofort über die steinerne Deckplatte her, die mit Unkraut, Moos und Erde in ihrem Lager festzementiert und geradezu angewachsen war.

Campion beobachtete sie mit Bangigkeit. Seine Lage war verzweifelt. Er hatte nicht einmal einen Revolver. Er hockte auf dem Baum und sah zu ihnen hinunter. Obwohl ihm Savanakes breiter Rücken meistens die Sicht versperrte, hörte er doch das befriedigte Brummen, als die Steinplatte unter der Spitzhacke nachgab, und sah, wie die Männer für einen Augenblick auseinandersprangen, als sie herausgehoben wurde.

Sie waren jetzt alle zu erregt und von ihrem Entdeckerwerk in Anspruch genommen, um noch auf etwas anderes zu achten. Campion machte sich an den Abstieg. Er kletterte vorsichtig und tastete sich an der dunkelsten Seite des Baumes abwärts. Schließlich kam er auf einem Ast an, der keine drei Meter vom Boden entfernt war. Unter ihm stand der Chauffeur, der sich vorbeugte und den Hals reckte, um den Brunnen sehen zu können. Der Schein des Standlichtes beleuchtete seine breiten Schultern.

Campion tastete nach seiner einzigen Waffe, einem schweren Stein, den er in sein Taschentuch eingebunden hatte. Er hatte sich mit diesem primitiven Schlaggerät ausgerüstet, als er aus Dr. Galleys Garten aufbrach, um Lugg aufzusuchen.

»Da! Da!« rief Parrotts Stimme erregt. »Eine andere Glocke – an einem Querbalken aufgehängt.«

»Damit brauchen wir uns nicht abzugeben.« Sogar Savanakes Stimme klang nervös. »Das Ding selber wollen wir haben. Wahrscheinlich ein eiserner Kasten oder Zylinder. Sehen Sie mal, ob vielleicht im Mauerwerk irgendwo ein Loch ist! Aber fallen Sie nicht rein! Wir haben nichts da, um Sie wieder raufzuziehen. Halt – was ist das?«

In die Gruppe kam Bewegung, gedämpfte Ausrufe waren zu hören. Der Chauffeur trat noch einen Schritt vor, und in diesem Augenblick ließ Campion sich fallen.

Im Innern des Brunnens war es dunkel. Seine runden Wände waren mit grauen Flechten überzogen. Aus seiner Tiefe stieg der unangenehm muffige Geruch des Moders von Jahrhunderten herauf. Doch die aufgeregten Männer achteten auf nichts als den Gegenstand ihrer Suche. Savanake selbst kniete auf den Steinen und zerrte an etwas, das gleich über der Krone der Glocke in Moos eingebettet war. Einmal rutschte seine Hand ab, und sein Arm prallte zurück, so daß sein Ellenbogen an das Metall stieß und einen Augenblick lang ein schwacher, hoher Ton durch die Nacht klang.

»Da, holen Sie das Ding 'raus!« knurrte er, indem er aufstand und sich kräftig den Arm rieb.

Ein anderer Mann trat begierig an seinen Platz. Man hörte Eisen und Stein aneinanderschlagen, und irgend jemand fluchte.

»Vorsicht, das Ding ist schwer!«

Sie zogen eine eiserne Kassette auf die Steinplatte herauf.

»Natürlich zugeschlossen.«

»Soll ich sie mit der Picke aufhauen, Herr Direktor?«

»Nein, nein! Ist vielleicht irgendwo ein Schlüssel?«

Die Spalte im Brunnengemäuer wurde noch einmal abgesucht, aber vergeblich.

Savanake faßte offenbar einen Entschluß. »Ich nehme sie mit, wie sie ist«, sagte er. »Ihr drei deckt alles wieder zu. Ihr könnt eure Taschenlampe dabei gebrauchen. Es stört uns ja anscheinend doch niemand. Dann fahrt ihr wieder nach London zurück. Meldet euch morgen bei Mr Parrott! Kommen Sie, Parrott, wir beide nehmen das Ding mit!«

Er hob die Kassette an dem Eisenring hoch, der in den Dekkel eingelassen war, und ging auf das Auto zu. Er trug das schwere Ding mühelos, als wäre es ein Spielzeug für ihn.

»Nach Hause, Everett!« sagte er, während er in den Fond des Rolls-Royce einstieg. Sein Gehilfe sprang hinter ihm hinein.

Die Gestalt im Chauffeurmantel legte respektvoll die Finger an den Mützenrand, und der schwere Wagen stieß über das Gras zurück und schoß dann mit einem schärferen Ruck, als man ihn von einem mit dem Motor vertrauten Fahrer erwartet hätte, vor und auf die Straße hinaus.

Wie ein Wirbelwind jagte der Wagen die schmale Schotterstraße entlang, vorbei an dem dunklen ›Fehdehandschuh‹. Der Mann auf dem Sitz hinter Campion war ein Riese, bewaffnet und rücksichtslos, und hatte obendrein einen Gefährten bei sich. Doch in seiner Hand war das, was Albert Campion in diesem Augenblick mehr begehrte als irgend etwas anderes.

22
Der Mühlteich

Der Wagen sauste durch den engen Fahrweg auf die Mühle zu. Seine mächtigen Scheinwerfer erfaßten die vertrauten Gebäude und tauchten sie in ein seltsam unwirkliches Licht, als wären die Mühle und das stille Haus Kulissen eines gewaltigen Bühnenbildes. Nur das Rauschen des Wassers und das beständige Rattern des Mühlrades waren echtes Leben.

Campion, unbewaffnet bis auf sein improvisiertes Schlaggerät, fuhr ingrimmig weiter und brachte den Wagen kaum einen halben Meter vor dem Mühlgraben zum Stehen.

»Haben Sie sich verfahren, Everett?« Savanakes Stimme klang ermutigend ruhig.

Campion antwortete mit einem kaum hörbaren Murmeln, sprang aus dem Wagen und klappte die Kühlerhaube auf. Er beugte sich über den makellosen Motor und verließ sich darauf, daß in dem Schatten der Haube sein Gesicht nicht zu erkennen wäre.

Wie er gehofft hatte, ging alsbald die Tür auf. Campion packte fest sein Taschentuch, in dem immer noch der schwere Stein lag. Aus der Dunkelheit trat Parrott heran, diensteifrig und zitternd.

»Also das ist doch unerhört, Everett, daß gerade jetzt so was passiert. Sie können sich auf was gefaßt machen. Mr Savanake ist sehr aufgebracht.«

Campion hob den Kopf. Der Ausdruck in Parrotts eingebildetem Gesicht, als er den Mann erkannte, den er sicher an Bord der ›Marquisita‹ gebracht zu haben glaubte, war sehenswert. Campion ließ ihm keine Zeit, sich von seiner Überraschung zu erholen. Zu dem Schlag der Erkenntnis, daß Unglaubliches mitunter wirklich eintritt, erhielt Parrott einen

Schlag über den Schädel, unter dem er zusammensank wie ein Sack.

Doch noch während er fiel, sagte eine Stimme scharf und mit hörbarer Genugtuung: »Nehmen Sie die Hände hoch, Campion! Jetzt können Sie mir nicht entwischen.«

Campion, der in der Chauffeurmütze und dem Mantel, der ihm viel zu weit war, noch dürrer und blasser wirkte als sonst, hatte keine andere Wahl, als zu gehorchen. Er machte sich keine Illusionen darüber, mit was für einem Manne er es zu tun hatte. Er hob daher die Hände über den Kopf und wartete.

Savanake kam auf ihn zu. Das Scheinwerferlicht fiel auf den blinkenden Revolverlauf, den er auf Campion richtete. In der linken Hand trug er noch immer die eiserne Kassette, als hätte er es nicht über sich gebracht, sie auch nur für einen Augenblick abzusetzen.

Campion spürte die Mündung der Waffe in den Rippen. Sein siegreicher Gegner warf einen Blick auf den Mühlgraben.

»Das geht nicht«, sagte er plötzlich und fuhr dann fort, immer noch mit leiser Stimme, immer noch im Gesprächston: »Sie gehen jetzt mit dem Revolver im Rücken vor mir her, Campion, bis wir am Mühlteich sind. Ich möchte aus naheliegenden Gründen vermeiden, daß Sie mit einer Kugel aus meinem Revolver gefunden werden. Aber wenn Sie irgendwelche Mätzchen machen, wenn Sie stolpern oder zur Seite treten, drücke ich sofort ab. Verstanden? Diesmal besorge ich's selber, da kann kein Fehler passieren.«

Campion gab keine Antwort, aber sein Schweigen war bedeutsam genug. Es war, als stünden sie am Ende der Welt, so fern schien jede Möglichkeit einer Unterbrechung. Parrott lag, wo er zu Boden gefallen war.

Die große Seitentür der Mühle stand, wie immer, offen. Durch sie hindurch, über eine betonierte Fläche hinweg, war im dunklen Hintergrund ein schwacher Schimmer zu sehen, denn dort stand auch die zweite Tür offen, die den Hauptausgang zu den Schleusen und zu den Stegen an Fluß und Mühlteich bildete.

Campion ging langsam in die Mühle hinein. Auf der Schwelle wurde der Druck der Revolvermündung gegen seine Rippen stärker, und er machte halt.

»Warum führen Sie mich hier rein, Campion?« fragte dieselbe unheimlich leise Stimme. »Sie kennen mich doch zu gut, um Dummheiten zu machen.«

»Das ist der einzige Weg zum Mühlteich«, sagte Campion. »Die Brücke an dem Gitter hinter der Mühle ist so morsch, daß die Müller sie zur Sicherheit abgesperrt haben, und wenn Sie nicht gerade durch den Fluß schwimmen wollen, kann man nur hier durch zum Teich kommen. Es macht mir ja nicht viel aus, daß Sie mich erschießen wollen, aber herumkommandieren lass ich mich nicht.«

»Also los!« sagte der Mann hinter ihm. »Führen Sie mich zum Mühlteich! Ich habe ja in letzter Zeit eine ganze Menge von Ihrer Gerissenheit gehört, aber wieso Sie zu einem solchen Unternehmen keinen Revolver mitgenommen haben, begreife ich wirklich nicht.«

»Ich möchte eben nicht gerne gehängt werden«, gestand Campion in der Dunkelheit. »Sie machen sich ja anscheinend keine Kopfschmerzen wegen so etwas.«

Sie durchquerten die Mühle und kamen nun auf den abgetretenen Bohlenweg, der an der Bude mit dem Dynamo vorbei- und über die Schleusentore des Mühlteichs hinwegführte. Als sie auf diesem schmalen Laufsteg standen, sahen sie rechts den Fluß und links die steil abfallende Seitenwand des Mühlteiches. Hier schien es etwas heller zu sein, und das Wasser zu beiden Seiten von ihnen wirkte unheimlich und nicht gerade verlockend. Die Schleusentore ein Stückchen vor ihnen waren geschlossen, damit die gesamte Wasserkraft des Flußes durch die Mühle hindurch in den Mühlgraben strömte.

»Ich glaube, hier geht's sehr gut«, sagte Savanake ruhig. »Drehen Sie sich um!«

Die dürre Gestalt vor ihm drehte sich gehorsam um. Campions Miene war noch immer harmlos und ausdruckslos. Savanake konnte ihn in dem schwachen Licht deutlich sehen. Als sie einander gegenüberstanden, legte sich die Einsamkeit des Schauplatzes dieser düsteren Szene noch dichter um sie. Beide Männer waren todernst, doch während Savanake eine gewisse Spannung verriet, sah Campion noch genauso einfältig und hilflos aus wie sonst.

»Einen Augenblick« murmelte er. »Soll ich mir nicht erst den Mantel ausziehen? Sie wissen doch, der ist von Ihrem Chauffeur. Auf so etwas stürzt sich die Polizei. Solche augenfälligen Spuren sind ihre starke Seite.«

»Nehmen Sie nicht die Hände runter!« sagte der andere warnend; aber offenbar leuchtete ihm der Gedanke ein, denn er setzte die kostbare Kassette auf den Steg und packte mit der linken Hand fest den Mantelkragen. »Strecken Sie die Arme nach hinten aus!«

Er streifte seinem Gefangenen das Kleidungsstück ab und legte es auf den Boden, hob aber die Kassette nicht wieder auf.

»Es tut mir wirklich leid, daß ich Sie umbringen muß«, sagte er. »Ich habe nur einen einzigen Grund zu dem Wunsch, daß Sie von der Bildfläche verschwinden; aber der genügt. Sie sind der einzige Mensch, der genau weiß, was in der Kassette steckt und was es damit auf sich hat.«

Campion zuckte die Achseln. »Ich weiß nicht, wieso Sie auf den Gedanken kommen, es würde mich in meinen letzten Augenblicken trösten, wenn Sie mir versichern, daß Sie ein vernünftiger Mensch sind«, sagte er. »Was für eine Methode gedenken Sie anzuwenden? Es tut mir leid, wenn das etwas primitiv klingt, aber in meiner Lage interessiert mich dieses Thema doch noch mehr. Oder ist das vielleicht ein Geheimnis?«

Savanake lachte. Er stand in seiner ganzen Größe vor Campion, und der junge Mann wurde sich plötzlich der ungeheuren Kräfte seines Gegners bewußt.

»Kein Geheimnis dabei«, sagte er. »Man wird Ihre Leiche im Mühlteich finden. Sie werden natürlich ein paar Schrammen haben, aber man wird annehmen, Sie sind durch einen Unfall ums Leben gekommen. Man wird keine verräterische Kugel finden, keine blödsinnigen Spuren, denen halbgebildete Polizisten nachgehen könnten. Was meinen Sie denn, wie ich Sie umbringen werde, Sie mieser Lümmel, Sie? Mit meinen Händen!«

In seinem Ton lag eine Spur von Genugtuung, eine fast tierische Roheit, die hinter der aalglatten Stimme lauerte.

Campion stand noch immer gedankenvoll da. »Aha«, sagte er. »Etwas haben Sie allerdings übersehen. Aber ich kann mir jetzt nicht über Ihre Probleme den Kopf zerbrechen. Ich muß an mein ewiges Leben denken. Immerhin, ich kann's ja ruhig sagen. Diese eiserne Kassette« – er warf einen Blick auf den Schatz, der auf dem Steg stand –, »was ist da nun eigentlich drin?« Und mit einer heftigen Fußbewegung stieß er das kostbare Beutestück über den Rand des Stegs in den Mühlteich.

Das Klatschen, mit dem sie ins Wasser tauchte, war durch das Rattern des Mühlrades hindurch zu hören.

Savanake, für einen Augenblick aus der Fassung geraten, fluchte wild und wandte sich instinktiv zu dem dunklen Gewässer um. In dieser Sekunde sprang Campion.

Er packte den Mann um die Schultern, schwang sich hoch und stieß ihm die Waffe aus der Hand. Sie fiel auf den Steg, glitt aber nicht ins Wasser. Jeder gewöhnliche Gegner wäre unter der Wucht dieses plötzlichen Überfalls zurückgetaumelt oder gestürzt, doch Savanake war ein Mann von mehr als gewöhnlicher Stärke. Er bot die ungeheure Kraft auf, die in seinem riesigen Körper lag, und stemmte sich seinem Angreifer entgegen. Eine mächtige Hand schloß sich wie ein Schraubstock um Campions Fußknöchel, und mit einem heftigen Ruck der gewaltigen Schultern wurde der Griff des jungen Mannes gesprengt. Campion glitt ab, faßte seinen Feind um die Knie und bohrte ihm den Kopf wütend in die Magengrube.

Savanake brummte und warf sich vorwärts, aber sein Griff um den Knöchel des jungen Mannes lockerte sich nicht, als sie zusammen drei Meter tief in das kalte, dunkle Wasser des Mühlteichs hinabstürzten.

Als Campion ein paar Sekunden später wieder an die Oberfläche kam, empfand er zuallererst ein Gefühl der Erleichterung. Er war frei. Der lähmende Griff an seinem Knöchel war weg. Er holte vorsichtig aus und schwamm halb unter Wasser. Seine Kleider zerrten schwer an ihm, und nach der Gewitterschwüle war ihm eisig kalt.

Er stellte fest, daß er sich dicht unterhalb der Aussparung der gemauerten Wand des Teiches befand, in der die Schleusentore angebracht waren. Wenn das Wehr vor dem großen Rade geschlossen und die Mühle nicht in Betrieb war, wurde das Wasser durch diese Tore am Mühlwerk vorbei in den Teich und von da in den Unterlauf des Flußes abgelassen, und dann machte das herabstürzende Wasser diese Aussparung – den sogenannten Drempel – zum reißenden Strom. Jetzt aber war alles still, und das bißchen Wasser, das durch die Tore sickerte, benetzte kaum die Steine.

Campion streckte die Hand aus und griff nach einer der eisernen Klammern im Mauerwerk. Dankbar schlossen sich seine Finger darum, und er wollte sich gerade hinaufziehen, als das Unerwartete geschah. Eine andere Hand kam aus der Schwärze der kleinen Einbuchtung, eine Hand, die an ihrer Größe und Kraft eindeutig zu erkennen war. Sie packte ihn an der Gurgel, und Savanakes Stimme sagte deutlich: »Jetzt!«

Campion hatte die Gefahr eine Sekunde zu spät bemerkt. Er ergriff das Handgelenk des Feindes und warf sich mit seinem Körpergewicht darauf, um ihn wieder vornüber ins Wasser zu ziehen. Er konnte die wachen, drohenden Augen in dem Gesicht sehen, das so dicht an dem seinen war, und vermutete, der Mann liege auf dem Bauch und halte sich mit einer Hand an der eisernen Klammer fest, die in den gemauerten Boden des Durchlasses eingelassen war, während er mit der andern sein Opfer packte.

Campions Anstrengungen waren vergeblich. Er erkannte sofort, daß sie aussichtslos waren.

Savanake lachte. Dann sprach er, und die Worte drangen durch den Dunstschleier, der sich um ihn senkte, zu Campion. Langsam begriff er den Sinn: »Ertrunken aufgefunden.«

Fester umspannte die Hand seinen Hals, und er wurde hinabgedrückt, bis das Wasser über seinem Kopf zusammenschlug. Er setzte sich zur Wehr, aber der Griff war erbarmungslos. Der Mann war dabei, ihn planmäßig zu ertränken, ihn unter Wasser zu halten, bis das Leben aus seinem Körper hinausgespült wäre. Plötzlich überfiel Campion die Erkenntnis: Das war also das Ende. Aus. Eigentlich schade.

Er machte einen letzten, verzweifelten Versuch, sich zu befreien, aber die Hand, die ihn festhielt, und das Wasser, das ihn umschloß, waren eins geworden. Das Gefühl, die Adern an seinem Kopf müßten platzen, hatte sich gelegt. Er fühlte sich ruhig, beinahe schläfrig.

Dann, ganz plötzlich, war er sich einer Veränderung bewußt. Er spürte, wie er in eine scheinbar unglaubliche Höhe emporschoß. Er spürte, wie sich die Luft in seine Lungen drängte, so daß er prustete. In dem Wasser, dessen Oberfläche aufgequirlt worden war, sauste ein dunkles Etwas an ihm vorüber. Eine Strömung riß ihn in die Mitte des Mühlteiches hinaus.

In dem einen Augenblick wiedererlangten Bewußtseins, ehe sich von neuem die dunklen Schatten um ihn legten, erkannte Campion den Grund dieses Phänomens: Irgendein Dritter hatte die Schleusentore geöffnet, und die Wasserflut, die sich plötzlich durch den Durchlaß ergoß, hatte Savanake und sein Opfer wieder in den Mühlteich hinausgespült.

Er versuchte krampfhaft, sich aufzuraffen, doch das fried-

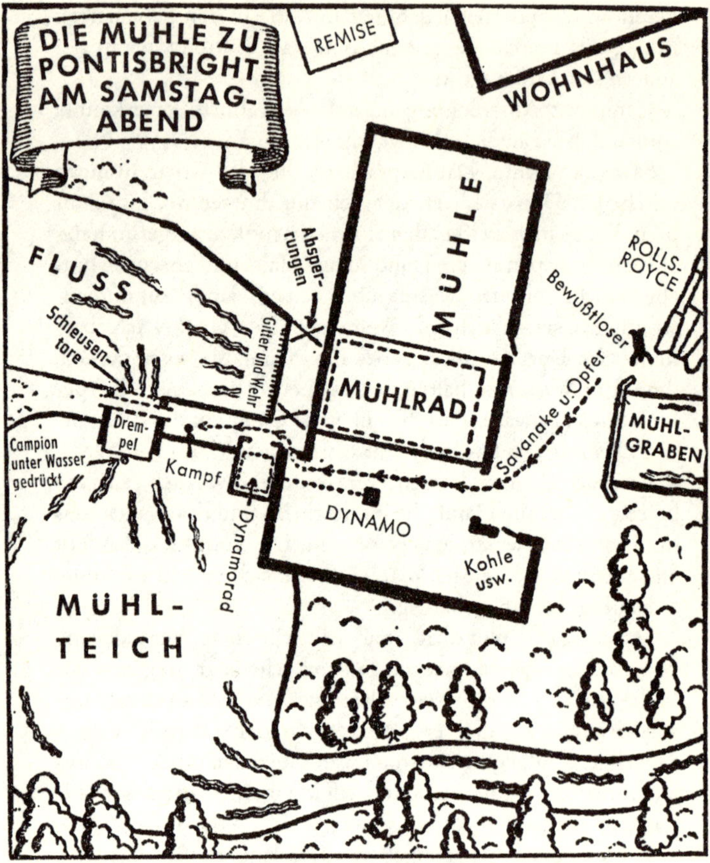
DIE MÜHLE ZU PONTISBRIGHT AM SAMSTAG-ABEND
REMISE
WOHNHAUS
MÜHLE
FLUSS
Absperrungen
Gitter und Wehr
Schleusen-tore
ROLLS-ROYCE
Bewußtloser
Savanake u. Opfer
MÜHLRAD
Drempel
Campion unter Wasser gedrückt
Kampf
MÜHL-GRABEN
DYNAMO
Dynamorad
Kohle usw.
MÜHL-TEICH

liche Gefühl von vorhin kam wieder, und schlaff ließ er sich durch den Teich auf den unteren Flußlauf zutreiben, über dem die Uferbäume sich zum Tunnel wölbten.

Phil Savanake kletterte an der Seite gegenüber den Schleusentoren, wo die Sohle des Teiches steil zum Ufer anstieg, aus dem Wasser. Er hatte keine klare Vorstellung von der Ursache des plötzlichen Wassersturzes, der ihn in den Teich zurückgerissen hatte. Unbestimmt vermutete er, er müsse wohl irgend etwas berührt, einen Hebel heruntergedrückt oder sonstwie einen simplen Mechanismus ausgelöst haben.

Es war typisch für ihn, daß er an Campion gar nicht mehr dachte. Die Campion-Episode war vorbei; es war am besten, sie zu vergessen. Er ging zu der Stelle zurück, wo sein Revolver lag und von wo aus der junge Mann die eiserne Kassette ins Wasser gestoßen hatte.

Während er suchend zu Boden blickte, fiel ihm ein schwaches Geräusch aus der Richtung der dunklen Bude mit dem Dynamorad auf, und er blieb stehen und horchte. Aber da sich nichts Verdächtiges mehr ereignete, fuhr er mit seinem Tun fort.

Flach an die dunkle Außenwand der Bude gepreßt stand Amanda. Sie zitterte und wagte kaum zu atmen. Sie hatte die Vorgänge zunächst vom Fenster im ersten Stockwerk der Mühle und dann von ihrem gegenwärtigen Versteck aus mit angesehen. Sie kannte Campion zu gut, um sich einzumischen, und hatte erst helfend eingegriffen und die Schleusentore geöffnet, als die Lage so verzweifelt war, daß ihr Beistand gerechtfertigt schien. Nun war sie – zum erstenmal in ihrem Leben – fast starr vor Angst.

Wo war Campion? Sie horchte. Ihr Herz klopfte so laut und heftig, daß ihr die Seite weh tat. Von ihrem Standort aus konnte sie Savanake eben sehen, und sie beobachtete, wie er sich Jacke und Schuhe auszog und noch einmal ins Wasser sprang.

Sie lauschte angstvoll, ob etwas von Campion zu hören

wäre, doch in das Rattern des Mühlrades mischte sich kein anderes Geräusch als das Planschen des Mannes, der eben in den Teich gesprungen war. Der Revolver lag noch auf dem Steg neben dem Chauffeurmantel. Sie hatte ihn nicht gleich gesehen, aber jetzt fiel ihr Blick darauf, und sie hatte sich gerade entschlossen, vorzukriechen und ihn an sich zu nehmen, als sie Savanake wieder aus dem Wasser herauskommen hörte, und sie zog sich wieder in den Mauerschatten zurück, wo sie verhältnismäßig sicher war.

Von ihrem Platz aus konnte sie ihn auf den Steg zukommen sehen, wo seine Jacke lag. Das Gewitter hatte sich vollständig verzogen, und der Himmel war sternenhell, so daß sie sehen konnte, daß er etwas in der Hand hatte – eine eiserne Kassette mit einem Ring am Deckel, an dem er sie trug. Als sie das sah, dämmerte ihr, was das alles zu bedeuten hatte, und ihr Mut kam wieder, als sie erkannte, daß es etwas Bestimmtes zu tun gab.

Keine zehn Schritt von ihr saß Savanake und zog sich die Schuhe an. Sie hatte das Gefühl, er müsse ihren Atem hören können. Aber ihm war es anscheinend vor allem darum zu tun, sich so schnell wie möglich anzuziehen. Die eiserne Kassette lag unbewacht neben ihm.

Amanda bückte sich und hob einen Kieselstein auf. Dann wartete sie einen geeigneten Augenblick ab und schleuderte ihn mit aller Kraft über den Mühlteich. Er schlug gegen einen Baum am gegenüberliegenden Ufer, und der scharfe Ton, mit dem er abprallte, um mit leisem Plumps ins Wasser zu hüpfen, riß den Mann empor. Angestrengt hielt er Ausschau nach dem geringsten Zeichen von Bewegung am andern Ufer.

Amanda glitt vor wie ein Schatten, schnappte die Kassette und lief über den Steg auf die Mühle zu. Sie hörte seinen erschrockenen Ausruf, und gleich darauf zischte eine Kugel durch die Schulter ihres Kleides.

Doch sie erreichte die Mühle und schlug die Tür hinter sich zu. Der schwere Eisenriegel war steif; sie brauchte einen

Augenblick, um ihn richtig zuzuschieben. Während sie sich noch darüberbeugte, gab es einen Knall, Holz splitterte, und ein scharfer Schmerz stach ihr in die Brust. Die Kassette fiel ihr aus der Hand und rasselte auf den Steinfußboden, und als sie sich danach bückte, kam ein seltsames Schwindelgefühl über sie, und sie sank in die Knie.

Ein zweiter Schuß schlug durch die Tür. Amanda suchte sich aufzurappeln, um aus der Schußlinie zu kommen. Ihr Mund schien voll Blut zu sein, und ein Taubheitsgefühl breitete sich über ihren Körper aus. Kaum stand sie, da taumelte sie gleich wieder um und sank der Länge nach in die Arme einer Gestalt, die durch die entgegengesetzte Tür der Mühle hereingerannt war und sie jetzt mit nassen Armen umfaßte.

»Amanda!« Campions Stimme klang gepreßt. »Um Gottes willen, was haben Sie denn hier zu suchen, Sie dummes Kind?« Und dann in einem neuen Ton: »Amanda! Ist Ihnen was passiert, Amanda?« Und schließlich, als sie nicht sprach, sondern schlaff und schwer in seinen Armen hing, entfuhr ihm ein Ausruf, und er setzte sie sanft an der Mauer ab.

Draußen hatte Savanake das Feuer eingestellt und schien sich mit der Schulter gegen die Bretter der Tür zu stemmen. Campion ging vorsichtig darauf zu, wobei er sich möglichst aus der Schußlinie heraushielt, aber ehe er noch den Riegel erreicht hatte, hörte das Poltern auf, und durch das Rattern des Mühlrades hindurch vernahm er ein Geräusch knackenden Holzes.

Campion war normalerweise nicht tollkühn. Sein Gegner war bewaffnet und hatte vor kaum einer Viertelstunde einen beinahe erfolgreichen Versuch unternommen, ihn zu ermorden. Außerdem war die eiserne Kassette für den Augenblick in Sicherheit. Etwas aber, das er nicht hätte in Worte fassen mögen, selbst wenn er es gekonnt hätte, und das eindeutig mit Amanda zusammenhing, trieb ihn mordlüstern hinaus, hinter Savanake her.

Er schob den Riegel so leise wie möglich zurück und

machte die Tür einen Spalt auf. Zunächst schien es, als wäre der Mann verschwunden, doch auf einmal erblickte er ihn, und sein Herz krampfte sich zusammen.

Savanake hatte unbedingt um das Gebäude herum zu dem Auto vor der Mühle kommen wollen, ehe das Mädchen mit der Kassette es erreichen konnte. In seiner Eile hatte er die Warnung der Absperrung an der Brücke über den Fluß mißachtet, war darübergeklettert und prompt durch eines der klaffenden Löcher in den Planken gefallen. Im Augenblick war er bis zu den Achselhöhlen eingebrochen und griff fieberhaft nach den morschen Brettern, die unter seinen Händen zersplitterten, während der Fluß gierig an seinem Körper zerrte.

Campion sah ihn starr an, und plötzlich wurde ihm klar, in welch furchtbarer Gefahr der Mann schwebte. Die Brücke, durch die Savanake gefallen war, lag über dem eisernen Gitter, mit dem bei jeder Mühle Holzstücke und anderer Bruch, der im Flusse treibt, vor dem Rade abgefangen werden. Der hilflose Körper des Mannes hing an der inneren Seite des Gitters ins Wasser hinab, und kaum zwei Meter von ihm ratterte und patschte das mächtige Rad.

Eben war Campion noch hinausgelaufen, um sich an seinem Feind zu rächen. Ein solcher Tod aber war gar zu gräßlich.

»Halten Sie sich fest!« rief er. »Ich komme.«

Das weiße Gesicht, an dessen Stirn die Adern wulstig hervortraten, kehrte sich für Sekunden dem seinen entgegen. In den Augen zuckte Erkennen auf, verbunden mit Erstaunen und einem Glimmer abergläubischer Angst. Dann, als Campion die Absperrung erreichte, tastete die rechte Hand vor und ergriff den Revolver, der am Rande des Loches lag, wo er ihn hatte fallen lassen. Ein plötzliches Lächeln breitete sich auf dem verzerrten Gesicht aus.

Mit übermenschlicher Anstrengung hob der Mann den Arm und drückte ab. Die Kugel pfiff über Campions Kopf, ohne Schaden anzurichten, aber die Bewegung war für den Mann im Wasser zuviel gewesen. Während er den Arm hob, riß der Fluß seinen letzten Halt fort, und er glitt unter die Bretter.

Das stetige Rattern des Rades, so eintönig, so unerbittlich, stockte – so schien es Campions entsetzten Ohren – eine Sekunde lang, und ein kaum merkliches und doch so fürchterliches Beben ging durch den großen weißen Bau. Sonst nichts.

Dann war alles still bis auf das Rattern des Schaufelrads.

23
Ende gut, alles gut

In der dunklen Mühle kniete Campion neben dem stillen Häufchen, das Amanda war, und lauschte ängstlich. Zuerst schien das ganze Dorf still, bis auf das stetige Rattern des Rades und das Murmeln des Wassers im Mühlgraben. Er stand daher auf und raffte sich zusammen, um das Mädchen aufzuheben. Ihm war schwindlig, und seine Kleider hingen ihm schwer am Körper. Er ärgerte sich über seine eigene Schwäche, aber vor allem war er außer sich vor Sorge um sie.

Er hatte sie gerade hochgehoben und wollte sie und die eiserne Kassette ins Haus tragen, als ein Lichtschein über die Außenwand der Mühle strich und das eintrat, was er am meisten fürchtete. Ein Wagen, dessen Motorengeräusch er nicht erkannte, kam über die losen Steine des Fahrweges herangerattert und hielt neben dem Rolls-Royce an.

Campion lehnte sich an die Wand, Amanda in den Armen. Für den Augenblick bot die Dunkelheit ihnen Deckung. Doch sie mußten völlig ungeschützt dastehen, falls eine dunkle Gestalt in der offenen Tür erschien und mit einer Taschenlampe ins Innere leuchtete. Er hielt den Atem an und horchte angestrengt auf jeden Laut. Seine Besorgnis wuchs.

Die Ankömmlinge – wer immer sie sein mochten – nahmen offenbar an, daß niemand in der Mühle sei. Einer von ihnen redete laut, wenn auch Campion zunächst nichts verstehen konnte. Er hörte, wie sie an der Tür des Wohnhauses rüttelten und dann zur Hinterseite herumstapften.

Campion strauchelte vorwärts. Er mußte unbedingt schleunigst irgendein Versteck für Amanda und sich finden. War auch Savanake tot, so liefen doch seine Trabanten noch frei herum.

Er war gerade in der Mitte des Raumes angelangt, als draußen auf dem Steinpflaster Schritte dröhnten, und gleich darauf klopfte jemand mit einem Stock an die Türfüllung, und eine Stimme – alt, jovial und ein wenig großspurig – fragte energisch: »Jemand da?«

Campion erstarrte. Er spürte, wie ihm die Haare zu Berge standen. »Jemand da?« wiederholte die Stimme barsch, und gleichzeitig stach der grelle Strahl einer starken Taschenlampe in die Dunkelheit und blieb an Campions Gesicht hängen. Blinzelnd stand er da, das Mädchen in den Armen.

Von der Tür kam ein verwundertes, aber befriedigtes Brummen, ehe die Stimme zu Campions Verwunderung sagte: »Na, Campion, mein Junge! Donnerwetter, was machen Sie denn hier für Sachen? Der jungen Dame was passiert? Gut, daß ich gekommen bin!«

Campion konnte sich gerade noch aufrecht halten. »Oberst Featherstone!« rief er. »Lieber Himmel, wie kommen denn Sie hierher?«

»Geheimbefehl von oben, mein Junge.« Die alte Stimme klang ein wenig selbstgefällig. »Sie wissen doch, in Colchester stationiert. Erst vor einer Stunde von der Sache gehört, und da bin ich! Da draußen ist dieser Knabe Stukely-Wivenhoe und sucht mit zwei Mann die Gegend ums Haus ab. Ein Leutnant und ein Unteroffizier mit drei Gruppen kommen in zwei Lastwagen nach. Sie haben unterwegs eine kleine Reiberei mit einer Wagenladung voll Lumpengesindel gehabt, aber sie müssen jeden Augenblick hiersein. Ich hab gesehen, daß sie keine Hilfe brauchten, und da bin ich schon vorausgefahren. Da draußen liegt ein Mann neben einem Rolls-Royce. Anscheinend ohnmächtig. Campion – das Mädchen ist ja verwundet!«

Campion sagte kein Wort, sondern stand taumelnd da. Das friedliche Gefühl, das er unter Wasser empfunden hatte, kehrte wieder, und nur Amandas Gewicht, das seine Arme trugen, zwang ihn, sich an sein Bewußtsein zu klammern.

An der Tür bewegte sich etwas, und Oberst Featherstones große, dunkle Gestalt kam näher. »Junge!« rief er. »Donnerwetter, das hab ich gar nicht gemerkt, Sie sind ja ganz fertig. Geben Sie mir mal die Kleine! Ja – so ist's gut. Wivenhoe!«

Alsbald klapperten Stiefel draußen auf dem Pflaster, und Campion fiel in eine Art Koma.

Als er wieder zu sich kam, saß er im Flur des Wohngebäudes der Mühle, während der alte Featherstone, unterstützt von dem sehnigen, stattlichen Hauptmann Wivenhoe und zwei aufgeregten Soldaten, Amanda auf die Couch in der guten Stube legte.

Der Oberst kam wieder, schnaufend vor Hilfsbereitschaft, Wichtigkeit und ungewohnter Anstrengung. »Arzt im Dorf, Campion?«

Der junge Mann blickte abrupt auf. Dann riß er sich zusammen und sagte: »Im Augenblick nicht. Es wird wohl jemand nach Sweethearting fahren und den Arzt dort holen müssen.«

Der Oberst schickte seinen Fahrer mit dem knappen und präzisen Befehl los, in der kürzesten Frist mit einem Arzt wiederzukommen. Wivenhoe und die andern gingen hinaus, um sich ein Bild vom Zustand des unglückseligen Parrott zu machen.

Unterdessen ging Campion ins Zimmer. Amanda war immer noch ohne Besinnung, aber was er von Revolverwunden verstand, gab ihm die Hoffnung, daß die Gefahr beträchtlich geringer sei, als er zunächst befürchtet hatte.

Er ließ sie wieder allein und ging zurück in den Flur. Der Oberst und Hauptmann Stukely-Wivenhoe, der Kompaniechef, warteten auf ihn. Beide waren begreiflicherweise neugierig. Die Atmosphäre des Erregenden und Geheimnisvollen, die Mühle und Haus einhüllte wie eine Wolke, war unverkennbar, und sie wurde auch nicht durchsichtiger, als die Ordonnanz aus dem Eßzimmer zurückkam, in das man Parrott geschleppt hatte. Der Soldat war spürbar erregt, und

Featherstone forderte ihn durch eine Kopfbewegung auf zu sprechen.

»Verzeihung, Herr Oberst, aber da im Zimmer liegt ein Mann unterm Tisch.«

»Versteckt?« Der Oberst beugte sich interessiert vor.

»Anscheinend nicht, Herr Oberst. Er ist gefesselt und geknebelt.«

»Ach ja, natürlich!« sagte Campion. »Natürlich! Den hab ich ja ganz vergessen.«

Die kleinen blauen Augen des Obersten ruhten ein paar Sekunden lang musternd auf dem jungen Mann. Dann hustete er geräuschvoll und wandte sich wieder an seinen Untergebenen: »Schon in Ordnung, Bates. Gehn Sie mal rauf und sehen Sie zu, daß Sie einen Toilettenmantel und eine Hose für Mr Campion finden! Können doch so nicht rumstehen, Campion«, fuhr er fort, während der Mann loszog. »Könnten sich erkälten – man weiß ja nie.«

Der junge Mann lächelte leise. Die Unerschütterlichkeit des alten Featherstone grenzte schon ans Unwahrscheinliche.

»Ach, Herr Oberst«, sagte er, »ich müßte Ihnen das hier wohl mal ein bißchen erklären, nicht?«

»Immer mit der Ruhe, mein Junge, immer mit der Ruhe! Zunächst mal – haben Sie irgendwelche Wünsche? Wir sind in erster Linie hier, um Ihnen zu helfen, und in zweiter, um ... na ja, um irgendwas nach London zu bringen. Befehl bißchen hastig gewesen, wissen Sie. Dieser Knabe Oxley mit den Männern wird jetzt jeden Augenblick dasein.«

Campion überlegte. »Jemand könnte nach Great Kepesake fahren und Miss Huntingforest, die ältere Fitton-Schwester, ihren Bruder und Randall abholen«, meinte er.

Der Oberst steckte den Kopf zur Tür hinaus. »Ich höre schon die Lastwagen. Wivenhoe, nehmen Sie den Rolls-Royce da und bringen Sie die ganze Gesellschaft her! Was dagegen, Campion? Gehört der Wagen Ihnen?«

»Nein, Herr Oberst. Aber ich finde, das ist eine glänzende

Idee, wenn ich mir die Bemerkung gestatten darf. Dieser Wagen wird überall ungehindert durchkommen. Trotzdem würde ich an Ihrer Stelle noch jemanden mitnehmen, Wivenhoe.«

»Gut. Dann hole ich mir einen Mann von dem ersten Lastwagen runter.«

Der alte Featherstone sah ihm nach und kam dann wieder zu Campion zurück, der sich gerade die trockenen Sachen anzog, die der Soldat aufgestöbert hatte.

Er ließ sich die Ereignisse der letzten paar Stunden durch den Kopf gehen. Die eiserne Kassette stand auf dem Tisch, und er legte gedankenverloren die Hand darauf.

»In dem Fluß unterhalb der Mühle schwimmt eine Leiche«, sagte er langsam. »Sehr gut erhalten ist sie wahrscheinlich nicht. Der Mann ist nämlich durch die Mühle gedreht worden. Außerdem wäre der Kerl da, der gefesselt im Eßzimmer liegt. Der ist ein Fall für die Polizei.«

»Na ja, dann lassen wir ihn mal da liegen.« Der alte Oberst schien erleichtert zu sein. »Wir sind bloß dazu da, Sie und Ihre Schäflein zu schützen und um die zwei – äh – Gegenstände, die Sie aufgespürt haben, zum Ministerium zu bringen. Unter uns gesagt, Campion, mir ist die ganze Geschichte ja nicht ganz klar, aber soviel ich gehört habe, hat jemand, der Name von dem jungen Eager-Wright wurde genannt, irgendwas nach London gebracht, worüber das ganze Ministerium aus dem Häuschen geraten ist, und da haben sie mich angerufen.«

Während Campion wissend nickte, kamen die Lastwagen an, und unvermutet erschien Farquharson, gefolgt von Leutnant Oxley.

Der junge Offizier meldete dem Obersten knapp: »Wir haben Mr Farquharsons Wagen umgestürzt auf der Straße nach Sweethearting gefunden, Herr Oberst. Er wurde von den Insassen eines zweiten Wagens angegriffen, die bewaffnet waren und das Feuer auf uns eröffneten. Einer von unsern

Männern ist an der Schulter verwundet. Mr Farquharson hat uns um Hilfe gebeten, und da aus seinen Angaben hervorging, daß er etwas mit dieser... mit dieser Geschichte zu tun hat, habe ich es für richtig gehalten, ihn mitzubringen.«

»Durchaus richtig. Nicht ganz vorschriftsmäßig, aber durchaus richtig. Wo sind die Lumpen, die auf Sie geschossen haben?« Das rötliche Gesicht des alten Featherstone strahlte geradezu.

»Im zweiten Wagen hinten drin, Herr Oberst.«

»Na, großartig. Die werden wir wohl den Zivilbehörden übergeben müssen. So, Oxley, und jetzt lassen Sie den Unteroffizier und ein paar Mann den Fluß nach einer Leiche absuchen. Leiche von einem Mann. Durch die Mühle gedreht worden, das arme Schwein. Bringen Sie ihn rein!«

»Jawohl, Herr Oberst.« Der junge Mann salutierte und ging los, und Farquharson trat vor, bleich und zerzaust, aber vor Aufregung platzend. Der alte Featherstone gab ihm die Hand.

»Anscheinend haben sie dich geschnappt?« erkundigte sich Campion.

»Ja, zum Schluß. Aber zuerst hab ich sie ganz schön durch die Gegend gejagt. Was ist denn hier passiert? Hast du was abgekriegt?«

»Nein, aber Amanda.«

»Amanda? Wo ist sie denn?«

»Dort im Zimmer. Ich glaube, er hat sie ziemlich übel erwischt.«

»Lieber Himmel!« Farquharson setzte sich plötzlich auf den Tischrand.

Der Arzt aus Sweethearting traf beinahe im selben Augenblick ein, in dem ein Spähtrupp unter Führung von Oxley meldete, auf der Heide sei kein Mensch mehr und die Scheune, die den Angreifern als Garage gedient hatte, stehe leer. Der Arzt ging zu Amanda ins Zimmer, und auf dem Flur warteten Farquharson und Campion auf ihn. Beide schwiegen, doch während Farquharson ausgesprochen besorgt dreinschaute, war Campions Gesicht völlig ausdruckslos.

Endlich kam der Arzt, ein stämmiger, ungemein praktischer junger Mann, zu ihnen heraus, und als Farquharson sein Gesicht sah, empfand er Erleichterung.

»Ist es noch mal gutgegangen?«

Der Arzt warf ihm einen mißtrauischen Blick zu. Mit Schußwunden hatte er nur selten zu tun, und sie bedeuteten für ihn immer einen Tag als Zeuge vor Gericht. »Gutgegangen? Das kann ich nicht sagen«, antwortete er schroff. »Lebensgefahr besteht nicht, wenn Sie das meinen. Können wir sie nach oben ins Bett schaffen? Es ist Ihnen hoffentlich klar, daß die Polizei sich damit befassen muß.«

Campion, der in seinem Aufzug – einer viel zu weiten Flanellhose und einem bunten Toilettenmantel, die beide Guffy Randall gehörten – nicht gerade vorteilhaft wirkte, nickte dem Arzt gefaßt zu. »Das ist schon in Ordnung«, sagte er. »Deshalb brauchen Sie sich keine Sorgen zu machen. Farquharson, kümmerst du dich mal um Amanda? Ich muß zu Featherstone.«

Als Farquharson nach einer Weile wieder die Treppe herunterkam, lag Amanda wohlbehalten in ihrem Bett. Sie war bei Bewußtsein und fühlte sich einigermaßen wohl. Unten vor der Tür der guten Stube fand Farquharson einen Posten.

»Da sind Sie ja«, sagte der Soldat. »Herr Oberst läßt Sie bitten, zu der Besprechung reinzukommen.«

Farquharson eilte hinein. Die Möbel waren – offenbar auf Anordnung des alten Obersten – alle zur Seite geschoben, nur in der Mitte des Zimmers stand ein kleiner rechteckiger Tisch. Dahinter saß der Oberst, links neben ihm Wivenhoe, rechts zu Farquharsons Erstaunen Tante Hatt mit besorgtem Gesicht, aber immer noch durchaus bei der Sache. Mary saß hinter ihrer Tante, während Campion, Guffy und Hal auf einer langen, schmalen Bank Platz genommen hatten, die vor dem Tisch des Obersten aufgestellt war.

Campion hatte gerade ausgeredet, als Farquharson hereinkam, und Tante Hatt, die sich in ihrer Sorge um Amanda von keiner militärischen Etikette einschüchtern ließ, sprang auf: »Wie geht's ihr? Kann ich rauf zu ihr?«

Oberst Featherstones Gesicht wurde um einen Grad dunkler, aber er bewahrte Haltung. Er raffte sich auf, ging mit schweren Schritten an die Tür und hielt sie auf. »Empfehlen Sie mich der tapferen jungen Dame!« sagte er. Und als Tante Hatt hinausgetippelt war, ging er zurück zu seinem Stuhl, ohne auch nur auf den Gedanken zu kommen, er habe anders geredet als in der schlichtesten, natürlichsten Art und Weise der Welt.

»Ah, Farquharson, mein Junge«, sagte er. »Setzen Sie sich doch hin! Campion hat uns gerade eine tolle Geschichte erzählt. Eine verdammt tolle Geschichte – verzeihen Sie, mein Kind!« Er nickte Mary zu. »Also, Campion, da wollen wir uns mal diese eiserne Kassette vornehmen und sie aufmachen, was? Wollen doch nicht etwa noch zu guter Letzt einen Fehler machen.«

Die Kassette wurde auf den Tisch gestellt, auf dem schon die Krone von Averna lag, und Hauptmann Wivenhoe und Campion machten sich mit einem Stahlzinken an dem Taschenmesser des Hauptmanns darüber her. Die lange Lagerung in dem feuchten Brunnen hatte das Metall angegriffen. Doch endlich sprang das Schloß mit einem Knall auf, der wie ein Pistolenschuß klang. Alle drängten sich um den Tisch.

Die Kassette enthielt ein kleines Paket, in Ölstoff eingeschlagen, aus dem, als es ausgewickelt wurde, ein derber Leinenbeutel zum Vorschein kam, vergilbt und klamm vor Alter. Darin wiederum war ein Bogen altes, dickes Aktenpapier und ein zusammengefaltetes Stück Pergament, dessen Verschlußsiegel durchgebrochen war.

Oberst Featherstone holte eine Brille hervor, und seine kurzen, dicken Finger strichen unbeholfen über die Papiere hin. »Das sieht ja sehr wichtig aus, Campion«, sagte er. »Aber Sie können mich totschlagen – ich habe keine Ahnung, was das zu bedeuten hat. Sehen Sie sich's mal an!«

Campion nahm den Bogen Papier und las die ausgeblichene braune Schrift laut vor:

»Die Glocke hat mich gut bewahrt,
so Pontisbright dein Name ist.
Doch wünsch ich dir die Höllenfahrt,
wenn du ein fremder Räuber bist.«

»Uuuh!« machte der alte Featherstone und setzte, zu Hal gewandt, hinzu: »Hier, mein Sohn, sieh dir das an!«

Er reichte das Pergamentblatt dem Jungen, der es vorsichtig entfaltete. Vor sich hatten sie eine Reihe von Siegeln und einen schwungvoll geschriebenen lateinischen Text, der zu juristisch und zu altertümelnd war, als daß man auf den ersten Blick daraus hätte schlau werden können. Aber es kam jedenfalls immer wieder das Wort ›Avernium‹ darin vor, und am Fuß des Blattes stand die Jahreszahl 1815 und klar und eindeutig die bekannte Unterschrift ›Metternich‹.

»Das ist es!« Guffy sah Campion in die Augen, und ein Gefühl der Begeisterung breitete sich im ganzen Zimmer aus.

Featherstone schob die Dokumente behutsam wieder in den Leinenbeutel und steckte die Krone dazu.

»Also, Campion, mein Junge«, sagte er, »da will ich die Sachen mal übernehmen, ja? Sind wahrscheinlich heilfroh, die Verantwortung loszuwerden nach dem ganzen Rummel. Sie können beruhigt sein, die Sachen kommen nicht eher aus meinem Waffenrock raus, als bis ich sie dem Minister persönlich übergebe. Ihr werdet eure Anerkennung dafür kriegen, meine jungen Freunde, und meiner Meinung nach habt ihr sie verdient.«

Sie sahen zu, wie er den Leinenbeutel sorgfältig in die Innentasche seines Waffenrockes einknöpfte. »So«, sagte er mit unverhohlener Genugtuung. »Jetzt muß ich mich ja wohl als königlichen Kurier betrachten. Wir machen das, wie sich's gehört. Können's nicht drauf ankommen lassen. Ich werde Bates und eine Gruppe in dem einen Lastwagen als Eskorte mitnehmen. Wivenhoe, diese Herrschaften hier lasse ich in Ihrer Obhut, bis Sie alles an die Zivilbehörden übergeben können. Also auf Wiedersehn, Campion! Gratuliere, gratuliere herzlich!«

Sie begleiteten ihn zur Tür und sahen zu, wie er sich auf dem Rücksitz seines Wagens niederließ. Bates und der Fahrer saßen vorn. Der Lastwagen schaukelte hinterher. Diese imposante Abfahrt hatte etwas leicht Komisches, leicht Imposantes und ungemein Romantisches an sich, und selbst wenn Phil Savanake nicht zermalmt in den sanften Wassern des Flusses Bright gelegen hätte, wäre Campion ganz ohne Sorgen um die Sicherheit der kostbaren Beweisstücke gewesen.

Hauptmann Wivenhoe erwies sich als ebenso tüchtig wie sein Vorgesetzter, wenn auch weniger originell. »Wissen Sie, Mr Randall«, sagte er, als sie ins Zimmer zurückgingen, »ich kenne den Kreispolizeidirektor ganz gut. Der gute Tenderton ist ein verständnisvoller, gescheiter alter Knabe. Ich möchte ihm eigentlich die ganze Geschichte vortragen – oder doch zum größten Teil. Schließlich gibt's hier noch einiges zu klären, soviel ich weiß, und das fällt in sein Ressort. Die Leiche haben sie übrigens gefunden. Das Mühlrad hat ihm den Kopf eingedrückt.«

Guffy sah sich ratsuchend nach Campion um. »Sollen wir uns an den Kreispolizeidirektor wenden?« fragte er.

Campion nickte. »Schön«, sagte er. »Schön, wenn ihr das miteinander erledigen könnt. Unser Arzt muß auch noch beruhigt werden, und es ist noch anderes zu bedenken – Dr. Galley zum Beispiel.«

Wivenhoe stand auf, um einen Soldaten mit einer Nachricht zum Kreispolizeidirektor zu schicken, und als er aus dem Zimmer war, sagte Campion: »Diese Amanda – Mut hat das Mädchen! Nach dem ganzen Rummel ist sie noch hiergeblieben.«

Guffy blickte durchs Zimmer zu Mary, die mit dem Rükken zu ihm stand und mit Hal sprach. »Ja, die sind großartig, alle miteinander«, sagte er, und sein rundes, ernstes Gesicht wurde ganz hell. »Ich bin sehr glücklich, Campion«, verkündete er feierlich. »Sehr, sehr glücklich. Mary hat ebensoviel für Landleben und Güter und so weiter übrig wie ich. Ist das nicht Glück? Nur etwas macht mir dabei Sorge. Wir haben uns heute nachmittag verlobt«, sagte er, »und ich versichere dir, zu dieser Zeit habe ich noch keine Ahnung gehabt, was es mit dieser Enthüllung von dem alten Galley auf sich hatte. Weißt du, so, wie die Dinge liegen, kann der Premierminister kaum umhin, sich persönlich mit den Ansprüchen der Familie zu befassen, und wenn er dieses Blatt aus dem Kirchenbuch vor sich hat, scheint mir, dann steht der Ausgang schon ziemlich fest. Das bedeutet, daß ich Mary gerade in dem Augenblick heirate, in dem ihr Bruder den Grafentitel und das Vermögen bekommt. Peinlich, nicht?«

Campion fuhr sich mit der Hand durch sein blondes Haar. »Du lieber dummer Schwätzer«, sagte er, »laß dir zuerst einmal sagen, daß der Gedanke, jemand aus deiner Familie könnte einem großen Vermögen oder einem schönen Titel zuliebe heiraten, so absurd ist, daß er nicht einmal in dem unterentwickelten Hirn des geringsten Klatschjournalisten Wurzeln schlagen könnte. Und zweitens – da ich offenbar vor Liebe und Suff schwachsinnig geworden bin, darf ich vielleicht ganz höflich und bescheiden anfragen, wovon du da eigentlich quasselst? Von was für einer Seite aus was für einem Kirchenbuch?«

Guffy sah ihn blinzelnd an. »Ach, richtig!« rief er. »Richtig, das weißt du ja gar nicht! Also das war so: Als wir vorhin zu diesem unglückseligen Galley hinkamen, da hat der Mann einen Umschlag hervorgeholt und gesagt, da steckten ein paar

Seiten aus dem Tagebuch seines Onkels und ein Blatt aus dem Kirchenbuch drin. Er wollte uns das gerade zeigen, aber da hat die Uhr halb geschlagen, und irgendwie hat dieser Ton seinen.. äh... Anfall ausgelöst. Na, und in der Aufregung, die dann kam, hab ich natürlich diese Blätter komplett vergessen, aber Tante Hatt – die Frau ist bewundernswert, Campion –, die hat den Umschlag einfach an sich genommen, als sie wegging. Als wir dann aus dem Boot ausgestiegen und in den ›König Georg‹ in Great Kepesake gegangen sind, da hat sie ihn aus der Tasche gezogen. Hal hat ihn jetzt. Echt sind die Sachen zweifellos.«

Der Junge kam heran und schloß den Rosenholzsekretär in der Ecke auf. »Ich hab sie sicherheitshalber hier reingesteckt«, sagte er.

Campion nahm den Umschlag, und sie versammelten sich um den Tisch und studierten den Inhalt. Da waren zunächst zwei Seiten aus dem Tagebuch, zwei kleine, vergilbte Blätter mit ungleichmäßiger, krakeliger Handschrift. Die erste Eintragung trug das Datum des 30. Juni 1854 und lautete:

»Beizeiten aufgestanden. Kuh immer noch krank. Mrs Parritch hat meine beste Salatschüssel fallen lassen und zerbrochen, so daß ich gezwungen war, sie zu entlassen. Heute nachmittag kam der junge Hal aus dem Schloß mich besuchen. Gab mir 20 Guineas, damit ich ihn ohne seiner Mutter Wissen mit Miss Mary Fitton aus Sweethearting traue. Brachte mich in Verlegenheit, aber da er der Erbe ist und ich noch ein junger Mann bin und vielleicht noch viele Jahre hier lebe, habe ich einen Kompromiß mit meinem Gewissen geschlossen und eingewilligt. Habe ihn heute abend um sieben Uhr mit der Jungfer vermählt. Trauzeugen waren Mrs Parritch und Branch, der Diener ihres Vaters. Die junge Frau sah elend aus. Wer weiß, ob sie noch lebt, wenn er heimkehrt.«

Campion legte das Blatt hin. Dieser intime Einblick in das längst verflossene Leben eines anderen wirkte selbst nach so viel modernem Tumult ernüchternd.

Die zweite Eintragung – vom 5. Januar 1855 – war noch aufschlußreicher:

»Habe mich endlich den Wünschen der Frau Gräfin gefügt. Mein Gewissen zwackt mich, aber ich sehe keinen Ausweg aus dem Dilemma. Außerdem soll die junge Frau vor Kummer über den Verlust ihres Mannes dem Tode nahe sein, so daß sie letzten Endes keinen Schaden davon hat. Die Frau Gräfin ist unerbittlich. Eine strenge Frau. Ihr gegenüber bin ich hilflos. Habe ein Blatt aus dem Kirchenbuch genommen und in dem Deckel des Catull in Leder versteckt. Habe inständig um Vergebung meiner Sünden gebetet.«

»Da haben wir's!« sagte Mary. »Später hat er Angst gekriegt, es könnte jemand sein Tagebuch lesen, und da hat er diese Seiten rausgenommen und sie an derselben Stelle versteckt wie das Blatt aus dem Kirchenbuch.«

Campion entfaltete das letzte Blatt, die Seite aus dem Kirchenbuch. Die Unterschriften waren verblichen, aber noch deutlich lesbar: »Hal Huntingforest, Sohn des Grafen Pontisbright – Mary Fitton – 30. Juni 1854.«

»Was meinen Sie, Mr Campion?« Hals junge Stimme war voll Eifer. »Kommen wir durch damit? Sie wissen doch, wir haben kein Geld.«

Campion sah von den Dokumenten auf und lächelte. »Das wird schon gehen«, sagte er. »Ich glaube, so, wie die Dinge liegen, kommen wir ohne die geringste Schwierigkeit damit durch. Was das Geld betrifft, so dürfte dem Erzfürsten von Averna eine ganz anständige Stange zufallen. Ich, Albert, danke als Thronprätendent zu deinen Gunsten ab, Hal – na, und so weiter.«

Hal reichte ihm feierlich die Hand, und Mary hakte sich bei Guffy ein.

Plötzlich streckte Eager-Wright den Kopf durch die Tür

und sagte: »Moment mal, Campion! Der Unteroffizier und eine Streife haben gerade Lugg und Scatty angebracht. Die beiden Rindviecher sind von Kepesake bis hierher gelaufen.«

Campion eilte seinem Gefolgsmann zu Hilfe. Lugg saß mit besonders leidender Leichenbittermiene zusammen mit Scatty auf der Schwelle der Mühle. Die Soldaten, die sie gefangengenommen hatten, standen nachsichtig lächelnd um sie herum.

»Die Armee!« sagte Lugg mit einer Stimme, die vor Verachtung troff, und warf seinem Brotgeber einen zornigen Blick zu. »Die verdammte Armee! Nichts kann man in Ruhe machen, gleich kommt die Armee angewetzt. In einer Tour ›Jawoll, Herr Unteroffizier!‹ – ›Nein, Herr Unteroffizier!‹ Zum Hals kommt mir's raus. Jawoll!« Und als er Campions Miene sah, setzte er schleunigst hinzu: »Jawoll, ich komme melden: Alles ruhig.«

Nachdem Campion den Unteroffizier aufgeklärt hatte, wandte er sich ab. Er war entsetzlich müde. Sein Kopf brannte, sein Mund war trocken. Das Abenteuer war also vorüber, der Sieg vollständig. Langsam ging er die Treppe hinauf.

Als er an Amandas Zimmer vorbeiging, kam Tante Hatt heraus. Sie lächelte. »Ich glaube, es geht ihr wirklich schon besser«, meinte sie. »Sie ist schon wieder ganz munter, aber natürlich ein bißchen schwach. Gehen Sie nur rein zu ihr! Sie brennt darauf, zu hören, daß alles in Ordnung ist.«

Campion trat in das freundliche kleine Zimmer. Amanda, bleich und etwas mitgenommen, aber springlebendig, lächelte ihm aus dem Bett entgegen. »Kommen Sie Bericht erstatten? Fangen Sie mit dem Schlimmsten an!«

»Schlimmes gibt es gar nicht«, sagte er, indem er sich auf dem Fußende des Bettes niederließ. »Die sensationelle Aktion ist erfolgreich abgeschlossen. Der Schatz wird gerade in der Obhut eines zwar kleinen, aber großartigen Bestandteils der britischen Armee nach London überführt, der enterbte Graf ist auf dem besten Wege zu seinem Platz im Adelsalmanach, dank Ihnen sind wir beide noch am Leben, und ich schlafe schon halb.«

»Gut«, sagte Amanda und seufzte. Ein Schmerz zuckte über ihr Gesicht, und zwinkernd gingen ihre Augen auf, aus deren braunen Tiefen Verwunderung sprach. »Wenn ich das mache, tut's weh«, sagte sie. »Aber in ein paar Tagen werd ich schon wieder auf der Höhe sein. Ich bin kerngesund, habe gute Zähne, schnarche nicht, und meine Verwandten behaupten, ich bin sanftmütig veranlagt.«

Campion saß da und sah sie an, und sie hob mit einiger Mühe die Hand und legte sie auf seinen Arm.

»Keine Angst«, sagte sie. »Das ist kein Heiratsantrag. Aber ich dachte, eventuell könnten Sie mich für später als Geschäftskompagnon vormerken. Wissen Sie, wenn Hal das Vermögen erbt, dann kommen für Scatty und mich langweilige Zeiten. In ein Mädchenpensionat möchte ich nämlich nicht gehen, wissen Sie.«

»Um Gottes willen, nein!« sagte Campion, der bei der Vorstellung erschrak.

»Das wär's«, sagte Amanda. »Merken Sie sich das: Keine höhere Bildung für mich! Übrigens – sagen Sie mal, denken Sie manchmal an irgendein anderes Mädchen?«

Er begegnete ihrem forschenden Blick mit unverhüllter Ehrlichkeit. »Ja«, sagte er.

Amanda seufzte. Dann sagte sie: »Das hab ich mir doch gedacht. Aber wenn irgendwas dazwischenkommt und doch nichts daraus wird, dann ... Ich werde erst in ungefähr sechs Jahren soweit sein, aber dann – na ja, ich würde Sie ganz gerne als meinen Spitzenkandidaten betrachten.«

Campion streckte ihr mit plötzlichem Eifer die Hand hin. »Soll das eine Abmachung sein?«

Amandas kleine, kalte Finger ergriffen die seinen. »Abgemacht«, sagte sie.

Campion blieb lange auf dem Bett sitzen und starrte vor

sich hin. Sein Gesicht war ausdrucksvoll – ein Luxus, den er sich nur sehr selten einmal gestattete. Endlich stand er langsam auf und sah voll Zärtlichkeit auf diese sonderbare kleine Person hinab, die mit Bravour eines der wildesten Abenteuer, die ihm je begegnet waren, bestanden und nebenbei noch eine feine, helle Flamme in ihm entzündet hatte.

»Meinst du, du änderst dich in sechs Jahren, du komisches kleines Biest?« sagte er langsam.

Sie rührte sich nicht. Ihre Augen waren geschlossen, ihre Lippen waren geteilt, und ihr Atem ging gleichmäßig. Amanda schlief.

Margery Allingham
im Diogenes Verlag

Die Handschuhe des Franzosen
Kriminalgeschichten
Aus dem Englischen von Peter Naujack
Zeichnungen von Georges Eckert
detebe 20929

Trau keiner Lady
Roman. Deutsch von Gerd van Bebber
detebe 21567

Gefährliches Landleben
Roman. Deutsch von Brigitte Mentz
detebe 21568

Süße Gefahr
Roman. Deutsch von Peter Fischer
detebe 21569

Judaslohn
Roman. Deutsch von Edith Walther
detebe 21570